岭南偶遇

王溱——著

图书在版编目（CIP）数据

岭南偶遇 / 王溱著. －－ 广州：花城出版社，2024.9
　　ISBN 978-7-5749-0145-2

Ⅰ. ①岭… Ⅱ. ①王… Ⅲ. ①长篇小说－中国－当代 Ⅳ. ①I247.5

中国国家版本馆CIP数据核字(2024)第020078号

出 版 人：张　懿
责任编辑：周思仪　王子玮
责任校对：梁秋华
技术编辑：凌春梅
封面设计：具伊宁
插　　图：Diane

书　　名	岭南偶遇 LINGNAN OUYÜ
出版发行	花城出版社 （广州市环市东路水荫路11号）
经　　销	全国新华书店
印　　刷	广州市岭美文化科技有限公司 （广州市荔湾区花地大道南海南工商贸易区A幢）
开　　本	880毫米×1230毫米　32开
印　　张	10　2插页
字　　数	160 000字
版　　次	2024年9月第1版　2024年9月第1次印刷
定　　价	49.80元

如发现印装质量问题，请直接与印刷厂联系调换。
购书热线：020-37604658　37602954
花城出版社网站：http://www.fcph.com.cn

落雨大，水浸街
虾仔落街整湿鞋
整湿鞋点返书斋
塞把树叶落鞋底

—— 粤语童谣

目 录

第一章	初 见	1
第二章	惊 变	31
第三章	出 走	62
第四章	花 枝	98
第五章	偶 遇	130
第六章	谜 团	155
第七章	谋 生	183
第八章	变 故	213
第九章	真 相	240
第十章	重 生	272
尾 声		307

第一章　初　见

1

一声响雷，总算把捂在棉被里昏沉沉的春天给惊醒。随之而来的是雨季，雨水沿着镬耳山墙的弧度往下漫延，在朱雀纹瓦当间汇集成瀑哗哗流下，屋檐下变成了名副其实的"水帘洞"。木偶团青苗班的学员们望着水帘唉声叹气，怎么办呢，困在了这小小的练功房里。

空气黏糊糊的，把人里里外外都黏住了，像是手指缝间长了蹼子，或是脖子上糊了糨糊，什么都施展不开。星仔可忍不了这种"禁锢"，太难受了，就跟孙悟空被压在五行山下一样难受。星仔从小是在骑楼街长大的，骑楼可不怕雨，雨再大他都照样能沿着长廊满大街乱窜。

星仔嘟起嘴，心想假如我是夏天，我会立刻召唤来一阵风，把练功房里黏糊糊的空气都吹走，吹远点，越远越好。

但星仔不可能是夏天。岭南的夏天是湿热而肥硕的，不可能像星仔这样瘦小，还干巴巴。风没有召唤来，星仔的练功服还是湿漉漉地黏在身上。整面墙的镜子趁机欺负星仔，

清晰无比映照出他身上一根根"排骨架"。镜面上明明浮着一层薄薄的水汽,朦朦胧胧的,偏偏就星仔站的这个位置清晰无比,像被谁故意用抹布擦拭过一样。学员们又嘲弄地窃窃私语:

"这个排骨仔,手臂都还冇碌蔗粗(没甘蔗粗),怎么举这么重的木偶?"

"是啰,小心将排骨整断晒!"

星仔下意识就把手缩回来。手抬得越高,身上的排骨架就愈加明显。手刚一缩落,背后即刻传来霍师傅一声吼:

"举高点!两分钟都未到!"

其他学员闻声别开脸偷笑。他们已经可以面不改色地举上五六分钟了。

他们练的是"举功"。

这是每个杖头木偶演员的日常必修课,作为青苗班的学员,自然也得从最基础的基本功练起。霍师傅是青苗班的班主,据说年轻时是木偶团的台柱子。他最擅长操控的木偶角色是哪吒,哪吒在他手上脚踩风火轮手舞红缨枪,风火轮咕噜咕噜跑,红缨枪能舞上十八转,活灵活现与真人无异。后来听说是身体不好退居二线,给木偶团制作木偶,打打杂。木偶团东奔西跑出外演出,给青苗班上课的事就顺理成章扔给霍师傅了。

年过六十的人,霍师傅脸皱了,头秃了,眼神还跟老鹰似的，明明低着头在那里修补着旧木偶，哪个学员偷懒了，或是哪个学员动了歪心思，都逃不过霍师傅的火眼金睛。

"都同我认真练！"

"手震啊！"

"再勤力点，练多了手就不会震了！"

练多少算多呢？一个木偶少说也有五六斤重，一场演出下来，即便是最边缘的配角，也要举上个十来分钟，更别说主角了。

"将来想演主角的，至少得练到能举一粒钟（一小时）！"

"一粒钟?！"

学员们手一软，手里的木偶差点跌落在地。

霍师傅见状赶紧给学员们打气。

霍师傅也有温柔的一面的。他的说法很有诗意。他说："我们木偶演员的手不是规规矩矩在身体两侧垂着的，而是树杈一样向上长，必须得伸得高高的，直直的。你们要把自己想象成一棵树，像托举果子一样托举起属于自己的那个'偶'。"

果子？什么果子这么重？那得是榴莲！

学员们心里虽还抱怨，到底老老实实又把手举起来了。大家伙儿心里都有数，举功只是第一步，接下来还要练身段、练步伐，哪个都不会比举功轻松。

被星仔高高举在头顶上的是个块头不小的木偶——哪吒，但不是现役的哪吒，现役的哪吒被团里带出去演《新哪吒传奇》了。这是个旧木偶，二十几年前团里演《哪吒闹海》时用的，霍师傅退了后，这戏就被淘汰了。哪吒被扔在仓库里多年，衣衫早就残旧不堪，风火轮只剩一个，脸上也掉了漆。霍师傅不忍心看自己曾经天天举着的"果子"就这么腐烂掉，花了好些功夫给它做修复。即便如此，跟其他用了新工艺制作的木偶比起来，哪吒还是显得过时且笨重。同学们谁也不肯要这个木偶，星仔也不肯要。但星仔抢不过其他人，别人挑剩下这一个，不要也得要。

瘦不拉几的"排骨仔"，举着最笨重的哪吒，画面的确不太协调。但霍师傅并不觉不妥，反而高兴地拍着星仔的肩膀，连拍了好几下，丝毫不理会手掌拍在骨头上硌得慌。他对星仔说瘦不要紧，他小时候也像星仔这么瘦，多练练手就有力了。又说那班衰仔（臭小子）都不识货，这个哪吒"不知几好（好得很）"！若不是偶还差一个，他才舍不得把千辛万苦修复好的哪吒拿出来。

"好好练，以后你就知。"他说。

星仔并没有留心听霍师傅说什么，他的心思早就随着一只嘤嘤叫的蚊子飞到九霄云外。

星仔是个敏感的孩子。

他能看见掉落的木棉花是以什么样的姿态落地，也能发现睡莲在偷偷吐着泡泡，还能分辨出雨水打在芭蕉叶上用的正是《旱天雷》的节奏。

小时候他时常会沿着骑楼的长廊疯跑，脚上的木屐"啪嗒啪嗒"，一侧的明黄色罗马柱列队给他报数，齐刷刷往后退去，阳光却一直抢到前方，用影子给星仔铺出一条带着温度的跑道。

后来星仔长大了。长大了的星仔更喜欢一个人在热闹的骑楼街边坐着，痴痴盯着一个方向看，看不同打扮的人在熟悉的街道上走马灯一样更换，看地上的影子悄悄变换着角度，看日光落在满洲窗的彩色玻璃上，又把五彩缤纷的光反射到看它的人脸上——比如星仔。

星仔最羡慕的是时常蜷着身子躺在二楼窗台上睡大觉的一只橘色大猫，星仔给它取名叫橘猫。橘猫蜷成一团，有时甚至连头都埋到身体里，远看确实就像个大橘子。橘猫真幸福呀，整天懒洋洋地睡大觉，还能晒太阳。橘猫有时候会睁开眼，把意味深长的眼光投到星仔身上，又轻蔑地闭上。那个样子很是不屑，星仔竖起耳朵听，它肚子发出的呼噜声也一样不屑。

橘猫不搭理星仔，让星仔讨了没趣，但橘猫依旧是星仔羡慕的对象。星仔断定橘猫一定是属于某个有能耐的王国的，不像那些没能耐的猫，不是逮老鼠就是翻垃圾桶。它橘色的毛发底下说不定就藏着许多关于宇宙的秘密。橘猫每天

岭南偶遇

都躺在那里，但橘猫每天都在环游世界。

星仔也想环游世界。

星仔才不想练什么杖头木偶呢，现在谁还看木偶戏呀？老掉牙的东西了。可是星仔没别的选择。阿爸阿妈非要把他送来参加这个"青苗班"，说是要让星仔锻炼锻炼身体好长壮实些。星仔学橘猫一样喉咙处发出轻蔑的呼噜声以示抗议。借口！爸妈的说辞分明是借口！他们整日不是做萝卜牛杂，就是卖萝卜牛杂，早出晚归的没空儿管他，恰好把这个班当成免费"托管班"罢了。青苗班是一个非遗基金会赞助的，不管是平日周末的训练还是寒暑假的特训，吃住学统统不用爸妈掏一分钱。据说学好了将来还能推荐去艺术学校读书。这多好，按星仔平时的成绩可考不上什么好学校。爸妈激动地说：好好学，好好学，学门手艺好傍身！

刚开始星仔不太明白什么叫"非遗"，以为是"非要遗留下来"的意思，心想干吗非要遗留下来呢？这东西没人看就没人看了吧，你可以去旅游，去看电影，去玩游戏，哪个不比这些做得一点都不像的"假人"好玩？后来霍师傅给大家讲了，说非遗其实是指"非物质文化遗产"。星仔还是半懂不懂，非物质？手里沉得要命的木偶不是物质又是什么？

没劲！星仔半点听不进去。

只要没人看着星仔就躲起来，像橘猫一样蜷缩着身体发呆，或者睡大觉。不管是发呆还是睡大觉，星仔的脑袋都没闲着，他的脑袋里长了腿，满世界跑了一遍。

霍师傅并没有发现。

自从新"任命"了个班长，霍师傅就不再时时盯着他们了，经常是布置下训练的内容就躲进工作室干活儿去，叫班长盯着点。

受命的班长外号叫"大钢牛"，很形象，他的块头几乎有两个星仔那么大，还是个大嗓门。也正是这两个特点，助他成了班长。霍师傅就需要一个能压得住这帮"马骝仔（顽皮孩子）"的班长。

排练厅是以前的旧祠堂改造的，新粉刷的墙漆根本盖不住底下的沧桑。一到回南天，躲在墙壁里的霉渍就借着水汽往外冒。学员们都觉得这个祠堂里一定住着某位奇怪的神灵，神灵不喜欢在人跟前说话，于是在回南天的时候就会把所有想说的话通过霉渍的形式"画"在墙上。这十分难懂，比甲骨文还难懂，学员们叽叽喳喳讨论了半天也没讨论出来神灵到底要告诉他们什么。

墙壁新长出的霉渍还在的时候，天突然就变热了，而且是又潮又热。重重的霉味想钻进星仔的鼻孔，鼻孔不让，挥舞着鼻毛挡。它们便退而求其次攻击眼睛，眼睫毛挡得敷衍，霉味便全堆积在眼皮上，把眼皮变得很重很重，差点就要合上。星仔算是明白了，这是位会催眠的神灵！

"举高点！一练功就想睡觉！"班长大钢牛走过来当头

 岭南偶遇

一声喝。

真是奇怪,难道大钢牛就听不见神灵的召唤吗?星仔只好稍稍把手再绷直些,汗水直接沿着手臂滚落下来。

太热了太热了!连大钢牛都想变成水牛一头扎进水里凉快凉快呀。学员们都吵着要开空调,可遥控器咧?墙架上没有,柜子上也没有,一定是被霍师傅收起来了。

"你们这班衰仔!这么早就想开空调?!"霍师傅听见喧闹声急急从工作室跑出来。

"还早?就快五月啦!"

"等六月再开!电费好贵㗎!"

"这么热怎么练呀?"

"我小时候都是这么练的,怕什么热!夏天就应该出出汗,出咗汗周身舒畅!"

同学们都在心里骂霍师傅抠门,无人性,嘴上是不敢多言了。男学员默默把湿答答的上衣脱下来,打赤膊练。星仔自然是不敢脱,一脱那腺人的排骨架又将成为笑料。星仔咬住牙忍着,时不时腾出手来把衣服往外扯一扯。衣服经过汗水的浇灌早就根深叶茂长在身上了,拉开衣服就像撕开皮一样,星仔甚至都能听见皮肉分离的声音。

霍师傅忽然走近星仔说:"去换套衫啦,湿成这样好容易感冒㗎。"

星仔一愣,第一次听出了那浑厚男中音背后的温柔。

第一章 初见

黑面怪！秃鹰怪！这都是星仔背地里给霍师傅起的外号，但此刻的霍师傅眼神慈祥，破了洞的白背心紧紧裹在他凸起的肚腩上，明明更像个慈父。星仔笑嘻嘻从书包里拿出换洗的衣服，装模作样给霍师傅鞠了个躬便撒腿往后台跑去。

别人都是在一块简易的帘布后换衣服，星仔偏不，他就要在自己的"更衣室"换。

他的更衣室是后台一个约莫半平方米的小壁柜，原本是挂木偶的地方，能并排挂上两个大木偶。后来木偶都挪去专门的道具间安放了，星仔见它空着就私自把它霸占了下来，当成自己专属的"更衣室"。星仔第一次钻进壁柜时，耳边响起一阵窸窸窣窣的脚步声，那是一群"禽罗"（高脚蜘蛛）在夺路而逃，星仔顿时有些不好意思，毕竟是自己侵占了人家的地盘。

壁柜不深，门一关，门板刚好贴着星仔的鼻梁。正常人在里头只能直挺挺站着，转个身都难。但星仔个子小，灵活，在里头还能挪得开手换衣衫。

这时候如果有人来打开门准会被吓一跳，星仔站在里面就像一个挂在柜子里的大木偶。

换完衣服的星仔并不着急出来，柜门一关，星仔就感觉自己像进入了另一个世界。壁柜里真安静呀，安静得可以听清春夏两季的密谈，它们每年都要为你多一天我少一天这样

岭南偶遇

的事来回斟酌几回的，有时候还争吵起来。春的声音低沉清亮，夏的声音嘶哑高亢，星仔听得入迷都舍不得开门出去。

跟星仔共享这份"秘密"的还有哪吒。星仔躲在壁柜里换衣服时，随手就把他的哪吒挂在壁柜里的另一侧。哪吒挂的高度刚好同星仔差不多高，一人一偶并排"站着"，星仔一转头就与哪吒脸对着脸。借着柜门缝隙透进来的光，星仔终于第一次仔仔细细地打量了自己的这个搭档。

正如霍师傅所说，哪吒的眉目确实是很生动。硕大的菱形吊眼几乎占据了脸部的一半，显得特别精神，一撮头发护住囟门，一左一右两个对称的发髻系着飘扬的头绳，身穿红肚兜，腰系荷叶裙，颈套乾坤圈，身披混天绫，四肢腕上各套着一个箍环儿，胖乎乎的藕节手脚被箍环衬托得更为丰腴。

星仔羡慕地伸手摸摸哪吒的胳膊，有点凉，有点滑，心想当初制作哪吒的师傅应该是花了大力气去刨的，用的也是上等的木料，才能把哪吒肉乎乎的手脚呈现得这么逼真。

但这个哪吒没有风火轮，旧的风火轮丢了一个，霍师傅也没给重新做一双。哪吒的下半身就这么赤着脚在空中晃呀晃，即便如此，还是比其他木偶要细致得多。其他木偶基本只有上半身，衣裙下藏着的就是操控杆，没有脚。拜风火轮所赐，哪吒才有了脚。

哪吒手上也没有火尖枪，右手手握拳头，手心空出一个

第一章 初见

凹洞来，明显就是原先插入火尖枪的位置。霍师傅说，舞火尖枪那得靠机关，这个木偶的机关早就坏了，他还没来得及修。反正星仔是初学，举起木偶都艰难，也腾不出手来摁机关。

星仔开始对哪吒有些兴趣了。如果没记错的话，哪吒上过天，下过海，绝对是见过世面的。再看哪吒时，星仔发现它的表情有些不屑，不由想起了橘猫，果然见过世面的都习惯蔑视一切。

他屈起手指在哪吒身上轻敲，笃笃笃，声音低沉的。毋庸置疑，哪吒是货真价实的木偶，是真用木头雕出来的。其他同学的木偶就不是这样了，敲起来是轻飘飘的"咻咻"声。为了减轻木偶的重量，木偶制作的材料和工艺改了又改，早就不是像最早先一样全用木头来雕了。

星仔想起霍师傅说过，为了表情生动，通常木偶的眼睛和嘴巴的位置是挖空的，再重新做了能活动的眼睛和嘴巴安上，扳动机关就能让它们动起来。星仔也见霍师傅拿这个哪吒给同学们演示，哪吒说话时眼珠子可灵活了，左看右看咕噜转，说话时嘴巴也一张一合的，就跟真人一般。星仔还没学会怎么让它们动起来，只好用手去掰，眼睛和嘴巴果然能掰动。哪吒那表情似乎是在嘲笑星仔呢，星仔也不好意思地笑了一声。

岭南偶遇

2

就在星仔仔细打量哪吒的同时,哪吒也仔细打量了他。哪吒的眼睛很大,是星仔的好几倍,打量只需要一瞬间。

对于这个搭档,哪吒很不满意。瘦小,塌鼻子,眼睛本来就不大还整天耷拉着眼皮,根本算不上是个好看的"肉豆"!

是的,肉豆!在偶的世界里,人类是被叫作"肉豆"的,肉肉的,很形象。星仔再怎么瘦也还是骨肉做的,哪吒没好气地叫他"干扁豆"。

哪吒曾经的肉豆搭档是多么威风凛凛啊!年轻时候的霍师傅俊朗帅气,他把哪吒当成了自己身体的一部分,哪吒也就把他当成了身体的一部分,舞起来动作行云流水,台下掌声雷动。那是哪吒自诞生以来最辉煌的时刻,是个家喻户晓的大明星。星仔的名字里虽然也有一个"星"字,却是颗懒星,整日里躲在厚厚的云彩后边连闪都懒得闪一下的那种。

哪吒不甘心呀,被封存在仓库二十几年了,好不容易重见天日,竟撞上个这样的搭档,真是倒了八辈子霉了!

哪吒被他举在手上时总感觉天旋地转,摇摇晃晃的,有气无力的,也太不稳阵了!哪吒知道,这个干扁豆是偷懒没有使力呢。把木偶举起来靠的是手的力,而稳住木偶不晃使

第一章 初见

的却是心力,别的学员可能有心无力,或者有力无心,这个干扁豆明显是无心也无力!

木偶表演讲究人偶合一,人的动作神态就是偶的动作神态,人的情绪就是偶的情绪。这个懒惰的干扁豆总是一副无精打采的样子,连累哪吒也病恹恹的,别说闹海,脾气都快要闹不起来。

"唉——"哪吒忍不住叹了一口气。

叹气的声音自然是很轻很轻的,人类的世界与偶的世界是两个不同的世界,仅靠一些微弱的能量联系着,这中间隔着一百多万里咧!就算哪吒的叹息声像孙悟空那样会驾驭筋斗云,那也得连翻十个筋斗才能穿透到人类的世界去。可星仔的耳朵分明在叹息声刚落就动了一动:

"谁?谁在叹气?"

他能听到?!哪吒吓了一跳,下意识停了一切动静,就像听到"一二三木头人"的指令那样瞬间一动不敢动。这没有难度,哪吒本来就是木头人。

"是你在叹气吗?"星仔竟转过头来盯着哪吒的眼睛问。

哪吒惊慌失措。难不成眼前这个干扁的"肉豆"还是个"半偶人"?

关于半偶人的传说,是沙面一棵活了好几百年的老榕树告诉哪吒的。半偶人原是古代的一个木匠,伐木时遭遇意外

岭南偶遇

失去了两条腿之后就用木头自己给自己安了两条木腿,从此变成了半偶人。半偶人既是人,又是偶,可以自由地在人的世界与偶的世界之间穿梭。但这个木匠可不是善类,他总是挥舞着手中各种可怕的工具威胁木偶们,让木偶们给他干活儿,听他指挥,俨然把自己当成了木偶界的国王。

哪吒当然没有见过半偶人。半偶人只是偶界一个恐怖的传说,也是经常被老一辈木偶拿来吓唬新木偶的把戏。哪吒小时候也是被吓唬过的。斧头、铁锯、刨刀、凿子、锛子……一想起这些东西,哪吒就瑟瑟发抖。这在偶的世界里可都是"酷刑"呀!当一个偶可真是不容易,被这些工具"千刀万剐"好不容易成为一个偶,却还要时时提防着这些工具哪天不高兴了又要把偶变成废木头。

哪吒战战兢兢地从头到脚打量星仔,眼前这个骨瘦如柴的干扁"肉豆",会不会有哪个部分是木头做的呢?左看看,不像。右看看,还是不像。星仔虽然没那么多肉,但也是个彻彻底底的"肉豆",看不出半点半偶人的迹象。

果然,星仔只是在自言自语呢。他紧接着又说:

"唉,我也想叹气呀。没有人会重视一个小孩叹的气。大人叹气就意味着有烦恼,难道小孩子就不可以有烦恼?"

哪吒盯着星仔的眼睛,搞不清楚这个人类的小孩到底在说什么,他的眼睛有些怪怪的,像两个深邃的无底洞,里头不见丝毫亮光。

第一章 初见

星仔又问哪吒:"做个木偶好不好玩呀?"哪吒自然是没法回答他的,星仔也没指望它回答,又继续喃喃自语:

"做个人可真是无聊透顶!你看下那些大人,日日都像上了发条,忙忙碌碌反复做着同样的事情,几咁无聊(多无聊)!"

自己整天在这里傻乎乎举着块木头也挺没意思的。到底要做什么事才有意思呢?星仔觉得,整日被萝卜牛杂摊捆绑住的阿爸阿妈是不会知道的。谁会知道?对,那只高深莫测的橘猫肯定知道!

星仔又想溜去骑楼街找橘猫。

你说,天气这么热,窗台肯定很烫,橘猫可以在哪里躺着?它会不会变得像学员们一样暴躁?它的呼噜声又会不会变得跟雷一样响?

霍师傅已经开始教他们怎么操控偶的双手和头部了。这回他没有拿哪吒来示范,用的是另一位学员的木偶。那是一位身材窈窕的美丽花旦,头盘发髻长袖善舞,飘逸的衣裙下罩住的是一根粗壮的大直竹,没有脚。

霍师傅左手握住裙底下的大直竹,另一只手把操控两只手的操纵杆握在手里。他踩着小碎步,小花旦便也踩着小碎步,他侧着腰,小花旦便也侧着婀娜的腰肢,他扭头往后看,小花旦便回眸一笑,他用灵活的手指掰动操纵杆凭空划

出一道彩虹般的弧线，花旦长长的袖带已在半空中舞出一道真实的彩虹来。

"好！"喝彩声起。

学员们想从脑袋瓜里搜寻出个有学问的词来形容眼前的美妙，但谁也想不出来。只有一个平时在学校里还算认真听课的女学员说了个"惟妙惟肖"，大家就都跟风叫嚷起来：

"惟妙惟肖！实在是太惟妙惟肖了！"

霍师傅又让小花旦道了个万福，这才把木偶倒过来给学员们看。花旦裙底下的大直竹上有几个铁丝做成的"扳扣"，都是机关来的，要让木偶转头得扳动一个铁丝做成的机关，要让木偶的嘴巴动起来，得扳动另一个机关，还有耳朵、眼睛、花旦手里圆扇或酒壶之类的道具……天哪，都要靠手来扳，这霍师傅到底是长了几只手?!

"试下！都试下！木偶好好玩㗎！"霍师傅看大家的眼神满是期待。

学员们也的确跃跃欲试，可是他们都只有两只手，一只撑着木偶，另一只拿着两个操作杆，哪里还有手去扳什么机关？木偶在学员们手里像喝醉酒一样东歪西倒，有的差点要一头栽到地上。

难！太难了！

霍师傅叫他们不要猴急，说心急吃不了热豆腐，得一步步来。

"先不要去理什么机关,今日你们能让木偶的手动起来就不错啦!"霍师傅说。

"这有什么难的!"大钢牛的语气里满是不屑。

他力气大,木偶在他健硕胳膊的托举下早就十分稳当。那是一个肥头大耳的地主,身体圆滚滚的,两撇小胡子翘得老高,翘到了额角上,一看就是不好惹的角色。这形象跟壮实的大钢牛倒是挺搭。大钢牛把两个操纵杆紧紧攥在宽大的右手里,勉强能让木偶做出一些简单的手势:

地主招招手,大钢牛就压低嗓子给它配音:"过来!都同我过来!"

地主把一只手叉到腰上,大钢牛又压着嗓子说:"同我打!同我落力打!"

这说话的语气很逗,地主的姿态也惟妙惟肖,马上就有人拍掌大声叫起好来——现在学员们都晓得使用"惟妙惟肖"这个成语了,甚至还有人冒出了类似"活灵活现"这样的新词,要是让他们的语文老师知道了,心里得乐开花。受了鼓舞的大钢牛更是得意,他心想地主就应该大摇大摆地走起来哇!于是钢牛真的就大摇大摆地走起来,没走几步,地主已重心不稳歪倒下来。

"哈哈哈哈……"被大钢牛"压迫"过的学员趁机幸灾乐祸。

霍师傅没有笑。他帮大钢牛扶起木偶,鼓励说你做得很不错，只是还没掌握方法。

要掌握什么方法呢？霍师傅又说起"人偶合一"那一套，大家依旧听得云里雾里。霍师傅叹了口气，换了个通俗点的说辞："就是你的偶做什么动作的时候，人也要根据动作随时做出相应的动作调整重心，重心稳咗，偶就不会跌喇。"

这个是好理解些，但做起来依旧难。学员们试了一次又一次，有人把手掌都磨破皮了，还是没法让木偶的手灵活动起来。

"练！一定要勤力练！练多了就识做了！"霍师傅鼓励学员们，但学员们都不怎么买账，七嘴八舌地抱怨：

"我手都夹破晒啦！"

"我这只手指好痛！会不会夹歪了哇？"

"是啰，手都就快废啰！"

…………

霍师傅伸出自己的手给学员看，学员们顿时都噤了声。这真是一双奇特的大手哇，手心的茧有厚有薄，掌纹也有深有浅。这哪里是手？分明是一张暗藏着许多神秘符号的藏宝图！仿佛谁能够解开上面符号的秘密，谁就能拥有宝藏。

"我们的手也会变成像你这样吗？"有学员惴惴问。

霍师傅摇头。

"不会，现在的木偶改进了工艺，早就轻了许多了。我

似你们这么大的时候拿的木偶那真的全是木头做的,一个有现在三个咁重!"

"三个!"学员们不好意思再抱怨什么了。

"唯独——"霍师傅走到星仔跟前,拍着他的肩膀说,"你的哪吒除外。哪吒确实重,你可能需要付出比别人多的努力才行。"

星仔勉强点了点头。撑了这么久,他的手已经止不住颤抖了。

星仔大可以趁机要求霍师傅给他弄一个轻点的木偶的,但星仔咬咬牙并没有出声。不知道为什么,星仔竟有点不舍得。

3

星仔不是喜欢哪吒,他只是喜欢有哪吒陪他静静待在壁柜里。

然而壁柜哪里是静静的呀!柜门是木头做的,柜子板也是木头做的,在偶的世界里,所有木的东西都是有生命的。星仔的呼吸声在柜子板上撞来撞去,轻轻的,暖乎乎的,就像呵痒痒。柜子板们忍不住"咯咯咯"笑,哪吒赶紧制止它们:

"嘘!勿出声哇,小心被他听见!"

柜子板们才不理呢。

"你真是行骑楼底戴钢盔——谨慎过头!他又不是偶,听不见的!"

"他、他可能是半偶人!"

"哈哈哈……还半偶人!你当我们是三岁细路(小孩)哇?我们在偶的世界里已经有六十几年啦!"柜子板们笑得直不起腰,差点要把柜子笑塌。

哪吒被笑得不好意思了,连自己也觉得这个说法确实好笑。

识大体的柜子门示意柜子板们安静,清了清嗓子问哪吒:"你这个搭档怎么样呢?你们什么时候可以开始演出?"

这话戳中了哪吒的痛处。按星仔现在这种状态,整日里不是躲起来发呆就是躺在哪里睡大觉,别说演出了,能不能继续在这里学下去还是个问题。

"我怎么知道?他这么懒!"哪吒没好气地撇嘴。

柜子门催促哪吒说:"万不能掉以轻心啊,演出是头等大事!你勿忘记,如果再也没有人表演木偶戏,偶的世界就没有能量维持下去。偶的世界消失了,我们可怎么办哇?"

消失!柜子板们听到这两个字都不由瑟瑟发抖起来。若没有偶的世界,它们都只是一块块直挺挺的木板,多没意思!

岭南偶遇

"练习！练习！快去练习！"柜子板们齐声呼喊起来。

哪吒委屈极了。"他不肯练习，我都冇计（办法）呀！"

柜子门安慰哪吒说："有办法！有办法！你再想下，会有办法的。"

"谁？"星仔忽然开口说话，吓得大家赶紧闭上嘴。

柜门还是柜门，柜子板还是柜子板，哪吒也还是木头做的，都一动不动的，都是静物。星仔竖起耳朵屏住呼吸听，壁柜里分明还有细细的摩擦声，像一万个爪子在挠地。那种摩擦声并不少见，若人的双手轻轻摩挲，也能发出类似这样的声音。

有东西！柜子里肯定有别的什么东西！星仔觉得有好多双眼睛在黑暗里盯着自己，盯得他浑身都不自在。

星仔警觉地把柜门推开一条缝，那窸窸窣窣的摩擦声更响了。星仔干脆把柜门一把推开，光瞬间把整个壁柜填满，一群黑色的身影惊慌四散往黑暗处逃去，发出更杂乱的摩擦声。

原来是禽罗！那些摩擦声就是它们细细长长的腿发出来的。

星仔松了口气。他并不惧怕禽罗。

书里说了，禽罗会吃蚊子、吃小蟑螂，是益虫。

可书里没有告诉星仔，禽罗十分讨厌别人侵占它们的地盘。

在深夜里，禽罗是十分活跃的。既然它们的食物喜欢在深夜里出来活动，那禽罗们自然也就喜欢在深夜里"开工"。嗡嗡嗡，那是苍蝇；嘶嘶嘶，那是蟑螂；嘤嘤嘤，那是蚊子。再加上禽罗四处捕猎的窸窣脚步声，深夜里多声部的鸣奏曲在岭南的夏天长奏不衰。

所以说岭南的夏夜是一直有背景音乐的。谁是主乐手就不好说了，现在可能是蚊子，或者蟋蟀，等到了盛夏，蝉开始嘶哑着嗓子发出长鸣的时候，其他任何声音都会被盖住。

星仔还没睡。但他显然辜负了夜的盛情，半点没留意到那么美妙的鸣奏曲。

他半趴在宿舍的木板床上，聚精会神地用撕下来的日历纸折星星。学员宿舍也是旧祠堂改的，只有一扇很小的木质花格窗，安着曲曲直直的木制棂条。通风是通风，可看不到星星。

真怀念住在骑楼的日子。小时候星仔只要睡不着就会起身跑到窗边把木窗户推开，探出大半个身子去看星星。星空真是神秘呀，星仔从来都无法数清楚自己到底能看到多少颗星，好不容易数完了，就会发现有的星星已经消失不见，或者又有新的星星现身出来。云也是一样的，一下看得到，一下又看不到，若隐若现，这也正是星空最让星仔着迷的地

岭南偶遇

方——他最喜欢变幻莫测的东西了，"未知"二字，总是充满着无穷的吸引力，如记忆中阿爸安详又深邃的眼神。可那种眼神只出现过一次，星仔的病好了，那眼神也就消失了。星仔甚至怀疑那眼神只是自己的幻觉，毕竟高烧近四十摄氏度。平日里阿爸的行踪十分明确：凌晨四五点起身处理牛杂，催促星仔上学，给生病的阿爷送饭，上街卖牛杂，接星仔放学，问星仔完成作业没，催促星仔睡觉……"急"字贯串每一个环节！星仔想破脑袋也想不出那样安详深邃的眼神可能出现在哪个环节。

幻觉。必定是幻觉。莫不是星空上还住着另外一个一模一样的阿爸？

哪吒看着专心折星星的星仔，忧心忡忡。

柜门的话还像颗石子一样在哪吒心里硌着。怎么办？星仔不愿意练习，自己就永远都无法重返舞台。一个不能上舞台的木偶还能叫木偶吗？不，只能算是一块等待腐烂的木头！即便是还有别的木偶继续演出维持住偶的世界，哪吒自己的世界也会腐朽坍塌。

哪吒被扔在仓库里当一块"废木头"已经二十多年了。二十多年来，哪吒每一天都在眼睁睁看着周围同样被废弃的木偶"老去"，有断胳膊掉头的，有脸上掉漆的，有全身被蛀虫钻了无数孔的，看得哪吒胆战心惊。仓库里没有镜子，

哪吒看不到自己，他只能对照着周围其他的同伴，想象着自己的惨状。

那是怎样的恐怖境况啊！不不不，哪吒才不想回仓库里去！绝不！

命运干吗非要把自己的生死存亡和前程压在那个懒惰的干扁豆身上呢？哪吒心里有气，那气还挺多。幸好哪吒的身体是木头做的不是纸做的或者橡皮做的，否则非胀成个圆灯笼不可。

等那些气"滋滋"从哪吒身上细微的裂缝漏走了以后，哪吒有主意了：

自己练功！

哪吒是这么考虑的：既然是人偶合一，人练功，或者偶练功，结果应该是一样的。人能操控偶，偶大概也能操控人吧？

试过才知！

这句话来自霍师傅，哪吒一直记得。很久很久以前霍师傅还是个年轻气盛的小伙子时，这句话是被他经常挂在嘴边的：

"哪吒的嘴巴能不能这样挖？""试过才知！"

"哪吒脖子处安两个弹簧会不会太紧？""试过才知！"

"哪吒脚上的风火轮能不能转得起来？""试过

才知！"

霍师傅的长相早已不是以前那样，但这句话依旧藏在哪吒挖得十分精细的耳朵里，依旧那么可信。

说试就试。

星仔歪倒在木板床上呼呼大睡时，哪吒悄悄潜到了练功房。

4

祠堂大门口有两棵性子很急的蒲桃树，不久前才掉落满地芒刺，黏糊糊粘在学员的鞋底，这五月刚到没几天，满树就挂上圆滚滚的诱人果子了。学员们怎么可能错过这样的美味，胆大的早就噌噌爬上树摘了，胆小的也禁不住馋虫的撺掇偷晾衣服的竹竿去捅。大钢牛仗着自己人高马大，一个助跑纵身一跃，整个人就牢牢挂在树杈上了，引得一阵哄笑。瘦弱的树杈自然是扛不住大钢牛这块头的，随着大钢牛缓缓往下坠，"咔嚓"一声，整枝树杈都折断下来了，金晃晃的蒲桃果子唾手可得。

大钢牛才不给别人"得"呢，他张开双臂护住，"我的！都是我的！你们哪个都不准拿！"

"这么多你又吃不完！"

"吃不完也是我的！"

"你个缩骨仔！孤寒鬼（小气鬼）！"

"敢骂我？只抽（单挑）！"

学员们边骂边躲，但谁也不敢真去动大钢牛的果子。大钢牛已经红了眼，被红眼的大钢牛用牛角顶一下可不是闹着玩的。好在树大果多，折了一权还有好多权，学员们又跃跃欲试要上树去摘。树上的果子才好呢，干干净净的，拿到手里摇还咕噜咕噜响。蒲桃不经摔，掉到地上就变哑巴了，怎么摇都不会响。

果然，大钢牛扯下一颗摇，裂的，不会响，再扯下一颗，扁的，还是不会响。果子是拿来吃的又不是拿来玩的！大钢牛一气之下把整权上的果子全吃了，烂的，没烂的，响的，不响的，全吃了。

"食咁多，小心肚屙（拉肚子）！"霍师傅好意提醒，但已经迟了。

大钢牛之所以大半夜老是往厕所跑，就是这个原因。

厕所在屋后，从学员宿舍到厕所该是往屋后走，大钢牛却穿过天井往前厅方向走去，到了前厅再从祠堂另一侧火巷往回绕。这是大钢牛从公仔书里学来的计谋——声东击西。这种糗事，万不能让那帮衰仔知道，就怕他们偷偷尾随到厕所门口，挑自己最尴尬的时刻在门口起哄，然后把厕所里的纸一整卷都拿走。

还好还好，大钢牛轻手轻脚地，踮起脚尖走路，那丁点

动静一下就被天井的吸水砖吸得无影无踪,连砖缝冒出头的绿草都没被惊扰,更别说宿舍里呼呼大睡的学员们了。

唯一尾随大钢牛的大概只有不知名的虫子吧,叫得起劲,走到哪儿都像在脚边。大钢牛渐渐就把警觉放松下来了,这么惬意的夏夜,慌什么。月光洒在青砖墙上只蒙上一层低调的薄纱,可照到光滑的瓦当上就哆嗦了,赖着不走,非要给残缺的屋檐镶上个明晃晃的边。边上有两个亮点,像星星一样一闪一闪。

大钢牛凑近去看,是屋檐下一块雕了立体图案的封檐板,上面的花茬是一只奇怪的神兽,说是龙吧,偏偏有四条腿,说是羊吧,明明有龙的长须和尾巴。更怪的是,这家伙还浑身裹着长长的毛发,嘴大如盆,眼大如鼓,那一闪一闪的光就是它两个眼珠发出来的,像镶嵌在木头身体里的两颗夜明珠。

大钢牛盯着它看了一会儿,渐渐发怵,总感觉它也在盯着自己看。大钢牛刚要心虚地把视线移开,就猛地看见有个黑影在练功房的窗户里闪过来又嗖地闪过去。

大半夜的会是谁呢?这个时间练功房自然是关着灯的,不像有人在的样子。胆大如大钢牛,后脖也瞬间渗出了豆大的汗珠。

大钢牛顾不得脚步轻重了,撒开腿往厕所跑,等完了事从厕所出来又经过时,终于忍不住过去推开了门。

"谁在里面?"

没有人回答。

大钢牛开了灯环视,没有人,空荡荡的练功房只有哪吒一个木偶歪歪扭扭躺在地上,像是被谁刚刚丢弃在地。

谁?谁三更半夜不睡觉偷偷跑来练功?大钢牛才不相信那个懒成"死蛇烂鳝"的星仔会干这种事,可这分明是星仔的木偶!大钢牛好不容易排空了的肚子又装上了满肚子的疑惑。

第二天见到星仔,大钢牛装作若无其事。他决定按兵不动,先暗中观察观察——这策略自然也是从公仔书里看来的,书上说了:欲成大事,切不可打草惊蛇。

公仔书里还说了另外一个策略,叫"明修栈道暗度陈仓"。大钢牛越看星仔越觉得不对劲,这只瘦猴子莫不是在放烟幕弹吧?明里假装懒散,背地里却发狠练习。为什么?当然是为优秀学员的称号!入学时基金会的人可说了,优秀学员会被推荐到艺术学校去上学,大钢牛就是为赢得这个称号才来的。

大钢牛这么推断是有根据的:

早上练举功的时候,大钢牛的视线可一直没离开过星仔呢。星仔的手臂还是像螳螂腿一样细,举的时候也一样懒懒散散,但沉甸甸的哪吒被他举过头顶竟不摇也不晃了,更不像之前那样歪歪扭扭。连霍师傅都拍着星仔的肩膀夸奖他,

说他悟性高,有天赋。

鬼扯!什么悟性?什么天赋?

大钢牛在心里恨恨地说:等着,你同我等着!叫你扮嘢!

第二章　惊　变

1

太阳什么时候下的山,学员们一清二楚。

屋顶虽有天窗,日头高照时可不敢开,通风是通风了,热辣辣的日头能把人晒出油来。练功房外的阳光是从天井上方四角形的天空照下来的,在地面上画出瓦坡屋顶的波浪线与小檐角的形状。波浪线在地上如退潮般在地上逐渐拉长、拉宽,等到影子退到天井一边的下水口处,轻轻绕过那个金钱形状的下水道盖子,太阳就会变成温柔的太阳。

啊!温柔的太阳!学员们翘首期盼的温柔的太阳!

练功房那两台嘎吱作响的风扇形同虚设,空调遥控器又在霍师傅手里,几个闷坏了的学员见日头好不容易开始西斜,迫不及待去扯绳子把天窗拉开。绳子连着一个滚轮,轱辘轱辘转几下就能让天窗稳稳阵阵平移开来。大都是在西关一带长大的孩子,对这种天窗并不陌生。

"不晒啦!外头不晒啦!"有人开了天窗还嫌不过瘾,干脆拿着木偶跑到天井去练习。

"快出来!外边凉爽好多!"

星仔是第一个响应的,他身上写满广告词的T恤早就紧紧贴在排骨架上。大钢牛身上的汗不比星仔少,自从"发现"星仔的秘密后,大钢牛练功也比以前勤力得多。

直到今日,大钢牛才想起来看看那天晚上见到的伏栖在封檐板上的那个"怪物"。

"怪物"确实怪,几个学员叽叽喳喳讨论了半天,也说不准这是个什么东西。这老祠堂的封檐板也是怪,不像平日里常见的雕些规则的花纹图案,就算想讲究些,大不了雕石榴花篮,或者雕八仙贺寿,偏不,偏雕出个这么奇怪的东西来。

在这种规模的老祠堂里,封檐板雕上花几乎是标配,再气派些的屋顶还有灰塑,或是嵌瓷,即便立上几尊神兽也不出奇,都是叫得出名字的,什么麒麟,什么貔貅,或者简单些就狮子,总是个可以朝好意头方面说出些门道来的角色。眼前这羊不像羊龙不像龙的,到底是个什么东西?

星仔并没有加入他们的讨论,拧去衣服上的汗之后,星仔觉得整个人都被拧干了,连脑子都变得轻飘飘,经不住用。

星仔心里也揣着疑惑呀!这疑惑可比辨不清一个木雕图案大多了:

关于哪吒的。

第二章 惊 变

这几日霍师傅开始教大家身段，先是站相，现在是台步。今天要大家练的是一个丁字步，霍师傅差点把嗓子都喊哑了："腰挺直！腿绷直！一步一顿，记住！手也要直的，把偶举起来，要气宇轩昂！"

又是一个新成语！霍师傅的示范的确对得住"气宇轩昂"四个字。精气神到位的话，头发的数量，身上肥肉的多寡，都算不得什么了。

让星仔疑惑的，正是这股精气神。这段时间星仔只要一举起哪吒，这股精气神就不由分说强行笼罩在星仔身上，纵然他想偷个懒耷拉下身子，这股气也泄不下来，死死撑住星仔的腰杆。再看手里的哪吒，两条藕节腿也是站成标准的丁字形，跟星仔脚下一样一样的。霍师傅高兴地说："看看！看看星仔！这就叫人偶合一呀！大家都要向星仔学习！多练！一定要多练！"

被人夸奖总是受用的，星仔也不例外，即便"多练"二字叫星仔心虚。依旧是那么重的哪吒，撑在依旧是那么瘦的星仔手里忽然就毫不费劲了，想叫它挺胸就挺胸，想叫它迈腿就迈腿，哈哈哈……别的学员手里的木偶都还塌着身子或是一迈步身子就歪呢，哪个都不及星仔手里的哪吒"气宇轩昂"！

霍师傅高兴地看看星仔又摸摸哪吒，嘴里不停夸着："有天赋，有天赋哇！"

　　星仔一听"天赋"二字心头一热，心想"有天赋"这回事说不定真是家传的。星仔隐约记得小时候阿爸阿妈刚开始接手爷爷的萝卜牛杂摊时，爷爷也说过"天赋"二字。那时星仔竹竿般瘦弱的阿爸第一次学切萝卜，把洗净削好皮的大白萝卜摆在木砧板上，想都不用想就是一刀，声音清脆果断，白萝卜应声一分为二，截面整齐光滑，连肥肥壮壮的阿妈都自愧不如。爷爷当下就赞不绝口了："好！好！不大不小，角度合适，有天赋！有天赋！"

　　萝卜归萝卜，木偶归木偶，虽说是不同门类，但眼下也只能用天赋来解释了，勤奋是远远算不上的，星仔心中还能没数？

　　"哼！他有哪门子天赋？扮鬼扮马（装腔作势）！"

　　说话的是大钢牛。大钢牛手里的大地主丁字步也走得像模像样，挺着圆滚滚的肥肚子竟也能走出混世魔王的气势来，实属不易，但霍师傅就是没有夸大钢牛。

　　"谁人扮鬼扮马？"星仔气鼓鼓。

　　"就是你！"大钢牛忍不住摊了底牌，"别以为你偷偷练习别人不知道！"

　　"我偷偷练习？"

　　"还不认？我都看见两次了！趁我们都睡着了，半夜带着木偶偷偷去练功房练习！"

　　"半夜？"

第二章 惊 变

"半夜!"

"你亲眼见到?"

"亲眼见到!"

星仔被大钢牛言之凿凿的话彻底整蒙了,一时竟不十分确定。每天夜里星仔都是早早就上床睡大觉,难不成还是梦里去练的?

哎呀呀这可大件事了,星仔惊出一身汗:

自己该不会是得了梦游症吧?

大钢牛口中的"亲眼见到",其实都只是见到哪吒孤零零躺在地上,他只当是那排骨仔机灵溜得快,更是恨得咬牙切齿:

"哼!有本事来面对面一较高下!偷偷摸摸算什么本事!"

对这个大钢牛,哪吒也是摸不着头脑。按理说大钢牛又不是半偶人,是不应该看得到哪吒在练习的,可他偏偏就像是看到了似的,莽莽撞撞往练功房里冲,把哪吒吓得够呛,半点不敢乱动。直到门口檐板上的那只神兽跳进来捧腹大笑:

"哈哈哈哈……还诈死?他走了!"

哪吒尴尬地掸去身上的灰:"笑什么笑?吓死我了。"

"他有什么好惊的?哈哈哈,一个皮肉厚些的肉豆你都惊青?你惊一个肉豆!哈哈哈……"

"他好像能看见我们!"

"杞人忧天!杞人忧天!哈哈哈……他不是偶,也不是半偶人,进不来偶的世界的。"

话是这么说没错,可哪吒总觉得这个肥壮的肉豆不简单,他的视线像带了钻头一样锋利,冷不丁就能在哪个木偶身上钻个洞,什么秘密都得乖乖漏出来。

哪吒没好气地白了化骨龙一眼,他很不喜欢化骨龙毫无遮拦的大嘴巴,笑得猖獗的时候嘴巴甚至比脑袋还大,什么话都说,不经大脑(即便是木头脑子)。

没错,这个长相古怪的神兽叫"化骨龙",是粤语神兽中的一只。别看它长得难看,出身却是极高贵的,属龙族,是神兽中的贵族公子。"化骨龙"是民间给它起的昵称,怪就怪它嘴巴大,又馋,你就是往它嘴里塞骨头它也照样能给你化掉吞下。

化骨龙是木檐板上一个立体浮雕,也就是说它身体有一侧面是平的,看起来像是被什么锋利的东西削去了一块,十分滑稽。为此化骨龙跟哪吒说话总是侧着身子,把不完整的那一面藏在身后,幸好工匠把它设计成脑袋是朝前探头出来的,尾巴也是往外翘的,头尾还算完整,要不然脑袋上也缺一块,尾巴上也缺一块,化骨龙可就没脸见人了,太"肉酸"[①]!

---

① 难看,不体面。

第二章 惊 变

"你当真要继续练习？"化骨龙问。

"当然要！"

化骨龙小小的眼睛竟也学会翻白眼了，还能一边翻白眼一边笑。"你真认为这样可行？我看你那个瘦瘦小小的肉豆可不怎么靠谱，烂泥一坨，根本扶不上壁，哈哈哈……"

哪吒本就心里没数，听这条聒噪的化骨龙在耳边叽里呱啦的更是心烦气躁。他用他相当于对方数十倍大的眼睛以大欺小瞪着化骨龙说："怕什么？有什么能难倒我哪吒！"

哪吒二字还是有威慑力的，化骨龙一愣，猛地想起自己的龙族远亲被哪吒抽筋剥皮的传说，小尾巴在地上弹簧一样蹦一蹦，就势一溜烟溜回檐板上去了。

聒噪蝉鸣声的销声匿迹，宣告漫长夏日的正式结束。不知不觉间青苗班的暑假特训就快要结束了，待新的学期开始，学员们就该各自返回学校上课去了，周末才能聚到一起跟着霍师傅学习。

星仔还记得最后听到的那声蝉鸣是怎样的嘶哑、怎样的荡气回肠欲罢不能，那分明是对夏季的有声控诉：凭什么秋天一来就要把自己无情抛弃？星仔虽也舍不得这些陪伴自己度过无聊训练时光的蝉，却也不怜惜夏天的消逝，他已经做好准备迎接岭南短暂而富有诗意的秋天了。

天凉好个秋！

在星仔心里，岭南的秋天是一年中最舒服的季节，不像春天那么湿答答的让人心里发毛，也不像夏天那么热，整日里汗流浃背，更不像那湿冷的、透心寒的冬天，连大棉被都像是刚从冰柜里拿出来的，手手脚脚裹在里头瑟瑟发抖。

秋天的好，是因为秋风。星仔总觉得干爽的秋风是个走了很久很久远路的行者，千里迢迢把远方的气息带到星仔面前来。这真是见过世面的风啊！连拂在脸上的感觉也是大不同的。如果说有一阵风能把橘猫那身神秘的毛发吹起，那一定是秋风！星仔做梦都想知道橘猫身上到底藏着怎样的秘密。

星仔一直惦记着橘猫。训练进行得并不辛苦，或者说，星仔几乎不用怎么训练就能得到霍师傅的诸多表扬，这着实够星仔得意一阵子。但得来全不费工夫的东西注定不会被珍惜，星仔依旧会在夜深人静的时候望着星空叹气，依旧会想起那只神秘的橘猫。

直到——

不平凡的一天悄无声息到来了。

2

某一个抓着夏天最后尾巴的普通清晨，看了大半夜星星的星仔从屋后那块斜坡的草坪上醒来，发现自己浑身沉甸甸

第二章 惊 变

的,僵硬难耐,甚至还有点被什么捆住的感觉,想伸个懒腰松动松动筋骨,却发出了木头摩擦木头的嘎吱声。

这是怎么回事?星仔一个激灵坐起来,看看自己纤细的胳膊腿,木头做的,再看看自己瘦弱的身体,还是木头做的。星仔用木头做的手拍拍木头做的脸,硬碰硬,噗——声音浑浊而沉闷。

不好,星仔变成一个木偶了,而且还是木料不算太好的那种木偶。

该怎么形容星仔那一刻的心情呢,就是怀疑自己做梦没醒,想把自己掐醒却怎么也找不到肉可掐的那种感觉。绝望。

往日里遇到惊悚的事,星仔的心是会扑通扑通乱跳的。星仔仔细倾听自己的胸口,却什么动静都没有。于是星仔便认定自己一定是还没真正醒来,便躺下,脸朝大屋那边看。

宿舍那头陆续有窗户亮起,那是晨起的霍师傅和几个勤奋的同学,他们经常天还没亮就开始梳洗准备练功了。又过了一会儿屋后厨房的锅碗瓢盆也响起来了,那是有人在做早饭呢,星仔都能看到,也能听到,就是怎么也闻不到那熟悉的饭香味了。星仔心一慌,一骨碌爬起来急急忙忙往宿舍跑去,正好撞见一个晚起的同学在洗漱。

"救救我!快救救我!我怎么成这样了?!"

星仔还没迈进门就大喊,那同学却像什么都没看到什么

都没听到一样，继续捧起水往脸上拍。星仔走过去拉住他他也没有反应，倒是在拿毛巾擦干脸往厨房走时，同学皱皱眉嘀咕了一句：

"谁的木偶哇？胡乱丢，都丢到洗漱间来了。"

在他眼里，不过是洗漱间的门口突然出现一个歪歪扭扭仰放着的很是单薄的木偶，细胳膊细腿，小眼睛塌鼻子。眼熟是有点眼熟，这里的木偶太多了，记不得是哪个学员的。

星仔追上去，一直追到练功房外的走廊上，正要扑过去抱住那个同学，忽然被大圆石柱后边伸出来的一双粉嫩的手给拉了过去，"啪"一声撞在石柱上。

"嘘！别叫了，他们看不到偶的世界的。"

星仔惊讶地看着眼前比自己还稍矮一小截的人。

硕大的菱形吊眼，一撮头发护住囟门，一左一右两个对称的发髻系着飘扬的头绳……分明是哪吒！有血有肉的哪吒！还穿着自己的衣服！

显然，哪吒现在是一个人类。

真是人类！尽管哪吒没想过自己有一天会真的变成一个肉豆，这原本只是他内心一闪而过的一个疯狂的念头罢了。一觉醒来竟成了真！哪吒的惊讶程度不亚于星仔，但处事比星仔冷静淡定多了——毕竟一直以来都习惯了木头心，还没能领会那血肉的心何以会怦怦乱跳。

哪吒是从星仔的床铺上醒过来的，昨夜里偷偷练了半宿

第二章 惊变

的功，也不知怎么就躺到了星仔空荡荡的床上。同宿舍陆续有人醒来，看见哪吒吃惊地问他是谁，哪吒再三确认对方真的能看到自己时，强装淡定地说自己是星仔的朋友，过来借宿一宿。"借宿一宿"这种文绉绉的话通常是戏台上说的，哪吒习惯性脱口便出。大概是戏服见得多了，那同学也没觉得哪吒的穿着有什么问题，被哪吒一句话就搪塞过去。得抓紧时间去排练咧，谁也没工夫计较"多了个人"这样的事。

到底是怎么了？哪吒迫切需要一面镜子。

宿舍没有镜子，哪吒只好低下头看自己身上的衣衫。多亏了当初霍师傅制作哪吒时精益求精一定要在脖子上加上个机关，哪吒才得以抬头和低头。哪吒身上穿的自然还是肚兜荷叶裙，从来都没有换过。看着离去那学员有些狐疑的样子，哪吒下意识觉得自己该换套衣衫了。

衣服床尾有，都是瘦小的星仔的，哪吒笨拙地把它往身上套，衣服又长又紧，就好比灌腊肠的肠皮留得太长，得好好打上个结才行。趁练功还没开始，哪吒跑到练功房的镜子前照了又照，用软乎乎的手去捏自己软乎乎的胳膊，捏一下，疼，龇牙咧嘴发出嗞嗞声，忍不住再捏一下，还是疼。疼的感觉也很好啊，原来当个肉豆的感觉是这样的，不枉费一身肥嘟嘟粉嫩嫩的皮肉。哪吒越看越满意。

哪吒还沉浸在喜悦中不可自拔时，霍师傅带着几个学员风风火火到练功房来了。哪吒惊慌闪身从侧门溜走。真的是

"闪"呢,人的动作可比偶灵活多了。

哪吒溜到走廊的大石柱后边躲藏起来,傻傻听着自己胸脯里怦怦乱响的声音,一时也没了主意。直到见变成木偶的星仔急巴巴去追同学时,哪吒才醒悟过来,也不知哪儿来的勇气,伸手就把星仔拦住拉扯到大圆柱子后边来。

大件事!真是大件事啰!哪吒和星仔面面相觑,都惊得不敢发一语。

星仔呆呆打量着哪吒。看哪,哪吒的眼珠子竟转动起来了!原先的哪吒眼睛大是大,也能眨,可没这转眼珠子的本事。变成偶的星仔敏感依旧,从哪吒硕大的眼珠子中,愣是看出了很多纷杂无序的光影,像无数个没有面目的小人儿在打架,打成一团,争个你死我活,仿佛谁打赢了就可以从眼珠子里跳出来成为一个真正的人一样。莫非眼前的哪吒也是这么来的?

哪吒也呆呆打量着星仔。这个干扁的星仔,这会儿成了名副其实的干扁"火柴人",连个肉豆都算不上。鼻子眉眼还是星仔的鼻子眉眼,就是看起来比之前呆板。当然,再怎么呆板,也可算是木偶界里最精细的刀工了。

我是谁?我从哪里来?我该到哪里去?

一个是血肉脑袋,一个是木头脑袋,里边装的疑问竟是一样的,不分伯仲,谁也想不出答案来。血肉脑袋毕竟是要好用些,哪吒很快就从刚才其他人的反应中总结出规律来:

星仔变成了偶,只能活在偶的世界里了,在人的眼里就只是一个不会动的木头疙瘩而已;而自己变成了人,不仅能在人的世界畅通无阻,还依旧能看到偶的世界。

这就怪了,难不成自己变成跟半偶人一样,能同时进入人的世界和偶的世界?哪吒想想竟难掩兴奋:世上怕是仅我一人如此!

说仅他一人,既对,也不对。

此刻有另一个能同时进入人的世界与偶的世界的家伙正躲在一扇木门的后面探出头来盯着他俩若有所思。但它不是人,是一只猫。不是别的猫,正是星仔心心念念的那只橘猫。

橘猫思考的时候喜欢用它尖尖的爪子挠眼前的东西,它眼前那面有着上百年历史的木门板就遭了殃。几道细细长长的爪纹像不小心画重影了的五线谱一样,奏出来不再是美妙的音乐,分明是锯木屑般让门板胆战心惊的声响!门板虽然不会痛但也爱美呀,它暴跳如雷,大骂橘猫是浑身长毛的粗鲁物种,是个整日里只会傻子一样跳蹿的无知凶徒!一模一样的木板有八块呢,闻言都七嘴八舌跟着骂起来,整个厅闹哄哄的。

门板的上方就是那道精细的木檐,化骨龙咧开它的大嘴巴饶有兴致地看着下方的好戏,还不忘往伤口撒盐,笑话门板小题大做,说哪块门板身上没带几道猫爪印?就你娇贵!

岭南偶遇

木板们自然是不甘示弱的,连同化骨龙一起骂,说这个嘴贱的怪东西,竟然"手指拗出唔拗入"[①]。

这木檐板和门板的确是同棵树上长出来的木头。当初造这祠堂的师傅对这硕大的一截松木很是满意,一木两用,硬朗点的做了门板,松软的部分做了檐雕。诗中都有讲:本是同根生,相煎何太急。奈何百年来这两个木头疙瘩就跟冤家似的,你一言我一语,不斗斗嘴日子都过不下去。

最淡定的反而是橘猫。它把自己的背弓成小山状,前腿如同著名的瑜伽动作那样往前舒张,尖爪被拉出展露无遗。化骨龙嘴巴忙着跟门板斗嘴,眼睛也没闲着,它雕得还算宽敞的眼角瞥见橘猫朝它们这边轻蔑地瞪了一眼。真的是"瞪眼"呢,化骨龙看得清清楚楚,那眼珠子瞪得又大又圆。

莫非——莫非这猫能看见自己和门板在争吵?化骨龙这么一想,吓得差点一骨碌从自己的老窝跌落下来。

橘猫并没有再看化骨龙,而是迈开大步朝哪吒他们走去。它的步伐大且慢,头部微缩着脖子,悠哉而威严,短短几步路竟走出了大老虎的姿态。幸好它的尾巴是高高垂直翘起的,标榜着它仍是一只猫,一只傲慢的猫。

星仔看见橘猫了,这惊吓可不小。橘猫怎么会在这里?它不是应该在某个阴凉的窗台上呼噜呼噜睡大觉吗?

橘猫一直走到了星仔和哪吒跟前,缓缓蹲坐在地上,前

[①] 粤语谚语,帮外人不帮自己人。

腿整整齐齐摆在身体前,像一尊石狮子。第一次这么近距离看橘猫,星仔这才发现这只橘猫橘色的毛发上其实是有花纹的,花纹几乎是沿着中轴线全对称,从身体,到四条腿,到尾巴,都是全对称的螺纹,很古老的那种螺纹,就连左边耳朵尖上有一点鲜亮的橘色,右边耳朵上也有一颗。这些花纹也是橘色的,比其他毛发略浅些,并不显眼。

橘猫看着星仔缓缓说:"我知道你原先是一个人类。"

猫会说话?一只猫竟然开口说话了!星仔浑身木疙瘩吓得嗒嗒嗒抖个不停。哪吒自然也知道猫是不会说话的,但他只是好奇,并不害怕。

"你是一只猫?"哪吒问。

橘猫懒洋洋地"喵"了一声,用眼角轻蔑地瞥了他一眼。

"猫怎么会说话?"哪吒又问。

橘猫说:"你是木偶时,不也会说话?"

这下轮到哪吒吓坏了,一只猫怎么会知道自己还是木偶时是什么样的?不对,这猫怎知自己原来是个偶?

"你,你,你是半偶人?哦不是,半偶猫?"

橘猫抬起前脚抹抹脸,像举行一个神圣的仪式,把头高高昂起。

"你就别管我是谁了。是命运的召唤把我带到了这里,让我来拯救你们两个小可怜虫的。"橘猫说。

第二章 惊 变

小可怜虫？小？这只猫是认真的吗？星仔虽然瘦，哪吒虽然矮，但在一只猫面前，怎么也谈不上"小"的，即便这只猫确实要比正常的猫体形稍大些，也不至于真把自己当老虎了。

哪吒不是很喜欢橘猫说话的语气，像个傲慢的国王，语调却尖锐像太监。就算它真是猫里边的国王，在一个人和一个木偶面前也没什么优越的。倒是这只猫的眼神确实有点威慑力，激光一样刺中哪吒刚刚才开始学会跳动的心。

"你，你怎么拯救我们？你有办法让我们换回来吗？"星仔终于战战兢兢出声问。

"我当然有办法，"橘猫说，"不过现在还不是时候。"

遇到救星，星仔竟忘了害怕了，扑倒在橘猫跟前抱住它的脖子问："几时才是时候？"

橘猫厌恶地挣脱开星仔，继续保持它威严的姿态，语气明显已变得不耐烦。

"急什么急，要等到……等到天狗食日的时候。"

一只猫施展本事，还得等到狗啃日？这可真是滑天下之大稽。哪吒不信，星仔却信了。

"天狗什么时候食日？"

"天机不可泄露。"

"那我现在怎么办？"

"怎么办？"橘猫绕着星仔走了两圈，意味深长地半眯起眼睛，像个洞悉一切的仙人般抖动它长长的胡须说：

"你还是先习惯做一个偶吧。"

"习惯做一个偶？即是要等很久的意思？"泄了气的星仔"夸啦"一声瘫倒在地，差点散了架。

"好难讲。"

…………

就在星仔与橘猫说话的时候，哪吒一刻也没闲着，他的吊梢眼一直在死死盯着眼前这只橘猫的一举一动，恨不得自己像二郎神那样有三只眼，好把眼前这个奇怪的家伙看个真真切切：

这只猫哪儿来的？它为何能进入偶的世界？又怎会知道自己从偶变成人的事？怪哉！真是怪哉！

3

今天升起的太阳，还是不是昨天那个？祠堂屋顶摇曳的野草，还是不是昨天那一撮？世界变了。星仔看着周围的一切，无所适从。他乞求哪吒把自己"挂"到熟悉的"更衣室"里，就像以往挂着哪吒那样的。柜门一关，世界终于缩小了，不适感也缩小了。星仔稍稍平复了些，但依旧找不回那种熟悉的感觉。往日里那种舒服的静谧消失得无影无踪。

第二章 惊变

难道静谧只属于人,不属于偶?

"我需要静下。"星仔对哪吒说。可星仔万没想到的是,自己的"秘密领地"其实半点也不静,甚至有点喧闹。

哪吒已经跟柜子板和柜子门都打过招呼了,叫它们闭嘴别吓着星仔。柜子门很懂事地保持沉默,柜子板们也苦苦憋了好一阵子,直到憋不住,七嘴八舌嚷嚷起来:

"看他的胳膊腿!"

"这是我见过最细的木条!"

"眼睛也太小了。"

"哪个师傅会把眼睛雕得那么小?"

"那是他自己长的!"

"是啰,他原先是个肉豆!"

…………

星仔吓得瑟瑟发抖,等反应过来要逃走时,才发现身后的钩子把自己牢牢钩住,要挣脱下来并非易事。钩子是霍师傅钉上去的,正好钩住一个偶,稳稳当当。

柜子门见状急坏了,大吼一声:"闭嘴,你们想吓死他吗?"

这一声吼气贯丹田,整个柜子一个哆嗦,就连星仔也整个人被吓得跳了起来,身体有一瞬脱离了挂钩,又结结实实落回原处挂了回去。

柜子板们顿觉闯了祸,不敢再出声,气氛渐尴尬。过了

好一会儿才有一块柜子板小声嘟囔:"他现在不也是木头做的么?怎可以害怕木头呢?"

"就是!就是!"立即有柜子板附和。

星仔已经淡定多了,鼓起勇气说:"我,我才不是害怕你们呢,我只不过是,只不过是不习惯罢了。"

柜子门也懊悔呢,那一声吼可不符合她一贯端庄恬淑的形象。仔细看看,柜子门身上还雕刻着典雅高贵的牡丹咧,高贵的牡丹何曾如此失态?她清了清嗓子,换了个很温柔的语气对星仔说:"习惯就好了,你需要习惯做一个偶。"

这个说辞与橘猫说的一模一样。星仔深深叹了口气。如此看来自己真的得先习惯做一个偶了。

好在"习惯做一个偶"对星仔来说不算难事,反正他早就习惯了像偶一样静静地躺着,要不是有霍师傅和大钢牛盯着,他可以日日睡到日上三竿,不吃也不喝。在家里也是一样的,不管做什么事,爸妈催一声星仔就动一下,爸妈骂一声他又动一下,反正阿爸阿妈除了催促和骂,也没其他什么话跟他说。但星仔怕鸡毛掸子,每次爸妈扬起鸡毛掸子,星仔便如同"上满了发条",动作瞬间变得连贯而急促。

而今星仔是个偶哩!只要没人把星仔拎起来,星仔可以顺理成章永远躺着,没有急在眼前的任务,也不必为将来打算。俗语都有说:天跌落来当被子盖。变成一个偶又有什么大不了?星仔是这么安慰自己的:偶不用吃饭,不愁饿肚

第二章 惊变

子。偶也有眼睛，还能看星星。最重要的是偶的脖子不会酸，可以连续仰着头一整晚。

唯一让星仔感到难受的，是不能像以前那样沿着长长的骑楼街奔跑了。那些带着玉兰香味的风，那些被屋顶雕刻过的光影，都不能再流淌在星仔的脚步里了。"无所不知"的橘猫告诉星仔，偶的世界并非一个独立存在的世界，它是依附在人的世界上的。在偶的世界里，虽然木质的东西都有生命，都能说话、会思考，但就是在行动方面会受限，绝不像人一样，想去哪儿就去哪儿。人把偶放在哪里，偶就只能在那个位置的周围晃悠，偶的意志力越强，就能跑得越远，但意志力再强的偶也顶多能走开个数米，离不了远的，在人的眼里，偶一直都在原来的位置好好待着。星仔能从屋后的山坡自己跑回到祠堂里，已经是个奇迹了。显然"无所不知"的橘猫对星仔这件事也无法解释，支吾了好一会儿。但它最后还是一口咬定说是因为星仔那时候还没完全变成偶，还保留有小部分人的属性。这明显只能算是个猜测——橘猫说这话时语气明显发虚，不及之前铿锵有力。

"习惯做一个偶"也并非全然没有难度。祠堂里的偶，太多了！

祠堂是一座典型的老西关建筑，外墙是常规式样的青砖石脚，窗户刻着细致的镂花，三进三落均配有横匾，嵌有一

圈砖雕，想来原主人是个颇有地位和财力的人物。而今旧是旧些，还依稀可想象出它刚落成时的气派模样。

星仔没变成偶之前，也知道这种老建筑里的木制的物件是很多的，只是没料到会这么多，整日里叽叽喳喳就像个喧闹的市集。尤其是大门口的位置，重叠堆挤着三道门，全是木的，俗称"三件头"，在偶的世界里，这三件头就是前胸贴后背住着的三兄弟，即便分工明确，平日里口角也是少不了的。

最外侧临街的是最小的小弟。这是一扇对开的屏风门，只有半截，也叫"矮脚吊扇门"，主要负责挡住街上行人的视线。这门小弟只比星仔个头高些，上半部分是木雕通花，原先的星仔要踮起脚才能从通花的缝隙看到里头的光景。

屏风门的内侧就是最不像门的二哥——趟栊门，这兄弟哪里像个门哦，就是平行横架着的十来根圆木头，从底部一直架到了顶部，但偏偏是三兄弟里最傲慢的一个。它的确有资本可以骄傲，趟栊门是岭南独有的，在西关这一带势力庞大，既防盗又通风，在闷热多雨的岭南地区这设计堪称一绝。经常有人类扛着长枪短炮过来对着它"咔咔咔"狂按快门，把它"捧"成了明星。明星还能不骄傲？更重要的是，它还是三兄弟中最受人类小孩欢迎的门，年幼的孩子被它阻挡在门内出不去，经常就把它当梯子玩，爬高爬低。这种事星仔小时候也干过，现在只能望门兴叹了，变成木头的手

第二章 惊 变

指就是个装饰,别说抓住那些原木了,张都张不开。既然是门,那自然是可以开关的,趟栊门底下有导轨,可以滑行拉开或是合上,每次趟栊门滑动的时候,都是以一种王子巡视的姿态滑动的,目空一切。

趟栊门的后边就是第三重门,三兄弟中的大哥。这是个真正的大木门,背后是木门闩,结实,厚重,瘦弱的星仔每次推开它都要使上吃奶的力气。

变成偶的星仔依旧敏感,他小小的眼睛敏感地捕捉着一切与往日里不同的东西,尖尖的耳朵也一直没闲着。才半日的工夫,星仔就把祠堂范围内所有"偶"的性格摸得一清二楚:

门大哥的性格就像它的身形一样沉着稳重,通常闷不吭声,只在爱管闲事的屏风门和傲慢的趟栊门闹得不可开交的时候才忍不住站出来说上两句,他的声音浑厚、低沉,就跟被人推开时发出的声响一样,足以暂时把那两个聒噪的家伙镇住。

厅堂宽敞,檐廊也长,都布满了密密麻麻的梁枋装饰,都是木头雕刻而成的,成了整个祠堂的"偶"最集中的地方,但却并非最热闹的地方。身上刻满了植物图案的梁架也好,瓜柱也好,垂莲也好,都安安静静地闭眼休憩,轻易不会发出什么声音。能被安在头顶上让人仰头看的,大概也是把自己当神了吧?星仔猜测,当了神就得有神的样子,岂可

轻浮。

话比较多的是各个屏门、屏风、栅栏门，尤其是那些身上有通雕的，大都是质地较为松软的杉木做的，经历多年腐化已看不清雕的是什么，但它们的精气神依旧停留在当年刚雕好那时候，照样日日嬉笑打闹。这么说来化骨龙的年纪也应该不小，却是这当中最能说会道的一个。只可惜从化骨龙嘴里说出来的话，从来没几句是好话。看来不只是狗嘴，"龙"嘴也吐不出象牙。

"你是怎么变成偶的？我活了这么多年，还没见过这种奇事。"化骨龙对这个新出现的"偶"表现出十二分的兴致。

星仔摇头。"我也不知道。"

化骨龙得意地点头，兀自给星仔下了结论："一定是你厌恶当一个肉豆了。"

"肉豆？"

"你们叫人类。"

星仔还没回过神来，化骨龙大大的嘴巴又龇咧开说个没完了："也难怪你，当个肉豆有什么好玩的哦，还是个没本事的肉豆！有时候我也很讨厌做一条龙，动不动被人剥皮抽筋，还不如做条虫！"

说这话的时候，化骨龙那榆木眼睛瞬间变得十分活泛，咕噜咕噜转动往练功房里寻找哪吒。这边，没有，那边，也没有,哪吒没在。哪吒去了哪里呢?星仔也不知。

化骨龙说:"哪吒是不是去练功房了?他最勤力练功了。"

星仔摇头。"他又不是青苗班的学员。"

"你是青苗班的学员啊,你怎么不去?"

"我现在这副样子,怎么去?无人识得我㗎。"

"那你不练习了?"

星仔摇头。

"不练习你怎么演出?"

"我为什么要演出?"

化骨龙夸张地咆哮开了,咆哮的时候自然要张大嘴,也张得太大了,乍一看,好像只剩一张大嘴:

"不演出?一个偶竟然问为什么要演出?哇哇哇,一个偶怎可以不演出?"

化骨龙毫不客气地跳到星仔的头顶上,用它翘起的尾巴蹦了又蹦,笑话星仔是废柴(没用的人)。一个不演出的偶,可不就是废柴?是会快速腐烂掉的。就像一把剪刀,经常用的可以用上几十年上百年,放上大半年不用的话,可能就生锈了。

星仔不是没被人骂过废柴。以前的星仔不以为然,眼下自己从头到尾真的成了一堆木柴,才意识到这个词的可怕之处。更何况骂自己废柴的也是一块"柴",一块存在了百年

还没腐烂掉的"怪柴"。

是可忍孰不可忍。星仔细细的胳膊竟能一下把头顶上的化骨龙给掀翻了,差点将这块濒临散架的"烂木头"摔开花。化骨龙愣了一下,摆出要咆哮的姿态却又哑了嗓子咆哮不来,只好气鼓鼓离开。

4

日光不见了。那些穿过树叶落在身上柔柔暖暖的日光就这么不见了。不能在日光里奔跑,还要整日耳朵里塞满各种闲碎的絮叨,这样的日子可真难熬,比天天早起去练功房还要难熬。再看见墙壁上那些鬼画符一样的霉渍,星仔不再觉得是什么神明的指示了,说不定就是这班无所事事的木偶们玩乐的把戏。

整间祠堂最德高望重的偶,应该是正厅上方悬挂着的一块似木非木的大牌匾,表面涂了一层红色的什么东西,经过上百年的风霜侵袭虽表面失了光泽,一眼望去依旧有一种叫人心颤的威严感。

老牌匾轻易不开口说话。对于堂前堂后那些聒噪的偶,老牌匾视而不见,见了星仔这个新面孔才恍若刚从沉睡中醒来,慢条斯理给星仔讲这座祠堂的历史。老牌匾告诉星仔,这间祠堂是一户李姓的商贾人家建的,至今有一百二十多年了。这位李老板的祖上曾在十三行街卖漆器，见过世面，也结识过不少有头有脸的人物。祖上留给李老板的不仅是钱财，更有"业精于勤"的祖训。无奈这李老板不擅经营搞得家财败尽，大宅子变卖不出只好抵债，再后来便是充了公。

星仔听老牌匾讲话的时候毕恭毕敬，就像在学校里听最有权威的校长讲话一样，心里认定这是个有地位的牌匾，搞不好是这座祠堂的灵魂所在。这么有地位的牌匾说不定知道怎么把自己变回人类咧！星仔忍不住想跟他多套近乎。

牌匾上边写的字是"宁寿堂"，这三个大字星仔学过，还是描金的，不是一般的人家可以写得起。

"老人家，你身上为什么是红色的？"星仔细细声问。

老牌匾说："我上了漆。"

"刷油漆？"

老牌匾哈哈大笑。"非也，非也，漆器的漆不是油漆，是一种从树上刮下来的漆，叫大漆。李老板祖传的买卖，就是卖漆器。"

"为什么要上漆？"

"物件上了漆，就可以防水防潮不易腐烂，可以存放很久很久。"

怪不得呢，这个老牌匾都挂上去一百二十多年了看起来还这么新正。

"你原先也是木做㗎？"

"没错,我是实木胎,金丝楠木。"

星仔不知道金丝楠木是什么木,点点头糊弄过去。

老牌匾见年幼的星仔竟会对漆器感兴趣,倍感欣慰。自从李老板一家老少搬离这座宅子,已经很久很久没有人提起过漆器了。老牌匾至今还清清楚楚记得当年宅子落成时的盛景,李老板亲自指挥着伙计把老牌匾挂到正厅时是有多慎重,上下左右端详,生怕有丁点挂歪了,坏了家里的风水。这尊贵的待遇让老牌匾在宅子里有了极高的威望。李家是做漆器买卖的,前厅后厅也好,左廊右廊也罢,琳琅满目堆满了各式各样的漆器,个个都唯老牌匾马首是瞻。换句话讲,老牌匾可谓是漆器界的"二世祖",含着金钥匙出生,本质上跟李老板是一样的——好命。

李家衰败后,老牌匾也跟着风光不再,即便身上积满了厚厚一层灰尘,也没有谁会想起来给它扫上一扫。憋屈。是挺憋屈。老牌匾已经憋屈了很多很多年了。

老牌匾告诉星仔,自己身上的"宁寿"二字跟清朝的乾隆皇帝有关。话说在《兰亭集序》中有这么一段,描述的是"曲水流觞"的情形:把一种带两个耳朵的漆杯放到曲折的水中漂流,停到谁面前就得作诗一首,不然罚酒。这种漆杯就是一种漆器,学名"羽觞",通常用来喝酒的。你想啊,能放在水中漂的,也只能是木头制的漆器了。这是古代文人雅士很喜欢玩的一种游戏,乾隆皇帝也喜欢附庸风雅,于是命人在"宁寿宫"里专门修建了一座亭子,名曰"禊赏亭",还专门挖了一条水渠,好把自己珍藏的漆杯放上去漂。

星仔想象不出这种漆杯的样子,却能想象出它身份的尊贵,跟眼前的老牌匾一样不同凡响。但这厅堂里的各种偶显然已渐渐不再把老牌匾当回事了,桌椅门窗也好,立柱栏杆也罢,都只顾百无聊赖地斗嘴打闹打发日子,就连被人踢出洞来的木头门槛,也用漏风的嘴叽里呱啦说个不停。

你说,一样是木头,怎么有的能流芳千古,有的却只能等着腐烂呢?

星仔可不愿等着腐烂。

真怀念以前跟同学们一起练功的日子呀!星仔掰起冰棍杆一样干扁僵硬的手指数日子,惊,原来已过了这么多天!同学们现在练得怎样了?是不是能自如地舞起一个偶了?星仔再也坐不住,拔腿就往练功房跑,临近门口怔住了:练功房外堆满了行李。

不知不觉,已到了暑期特训的最后一天。

同学还是那些同学,斗嘴的斗嘴,偷懒的偷懒,谁也没太把练功当回事。霍师傅也还是那个霍师傅,忙着修补旧偶,偶尔抬头呵斥那几个太爱捣蛋的学员,竟谁也没有发现少了个星仔。

原来自己这么可有可无呀!星仔失落地低下头。

非要说有什么不同,那就是同学们拿在手上的那些木偶。它们也跟学员们一样斗嘴的斗嘴,打闹的打闹,嘻嘻哈哈没半点正经。闹归闹,玩归玩,偷懒却是不敢的,每个偶都知道自己的宿命:还得靠演出积攒的能量来维系住与人类世界的联系咧,可不敢太偷懒。

木偶们对星仔这个莫名其妙出现的"新来的"并不友好,一边在学员手上歪歪扭扭地做着动作,一边对瘦弱的星仔议论纷纷。像这样的偶真是少见啊!要说瘦,树精灵也瘦,但人家变幻莫测;要说眼睛小,土地公公的眼睛也小,但人家神通广大;要说耳朵尖,小狐狸的耳朵也尖,但人家聪明绝顶。只有眼前这个干扁的怪木偶,瘦小眼小耳朵尖,还无精打采像堆废柴。

星仔很难过。是人类的时候被同学嘲笑,变成偶了还要被同学手中的偶嘲笑,太欺负人了!星仔强迫自己不要在意这些木头,不过就是些木头做的偶,还是掺杂了许多其他材料的"杂种"偶,有什么好得意的?往日里星仔不屑于看它们半眼!

星仔也不知道自己到底是要来看什么,眼睛却不由自主落在了霍师傅身上。

霍师傅正在给一个新的偶"倒模",旧报纸贴了一层又一层。那是一个尖下巴瘦脸庞的小孩角色,乍一看竟跟星仔有点像。霍师傅贴着贴着,忽然就心不在焉地朝门外张望,吓得星仔赶紧躲到门后，屏住呼吸战栗了好一会儿，才想起来自己根本没有呼吸。

霍师傅是在找什么呢？他的眼睛没有落在门外的蒲桃树上，也没有落在对面屋顶繁复精美的灰塑上。

星仔多希望霍师傅是在寻找自己呀！

第三章　出　走

1

哪吒这两日去哪儿了？大概只有哪吒脚上那双木屐知道。

木屐是哪吒从祠堂某个旮旯角落里一个荒废多年的柜子里搜出来的，太久没见过光，初被拎到阳光下晾晒时竟瑟瑟发抖，发出轻微的爆裂声。

哪吒吓了一跳：该不会是一晒就裂开了吧？

幸好，木屐只是表面的花漆爆开些许轻微的裂缝罢了，难看是难看，还能穿。哪吒迫不及待把自己的脚往里套，有点紧，挤一挤到底是塞进去了。

终于有鞋子穿啦！哪吒一阵欣喜。

哪吒还没有穿过鞋子呢。传说中哪吒的师父太乙真人给哪吒重塑肉身时可没打算叫他穿鞋的，得脚踩风火轮。于是霍师傅造哪吒时也故意把哪吒的脚造得又扁又大，还肥硕，稳稳当当踩在风火轮上煞是好看。而今哪吒是个人，大脚踩在地上虽也稳当，却不好看。是人就得穿鞋子，你看，学员

第三章 出 走

们都穿,霍师傅也穿。星仔的鞋子太小,哪吒在祠堂里寻了很久才找到这双没人要的木屐。

啪嗒!木屐撞击石头地面铿尔有声。声浑而实,哪吒怕被霍师傅他们发现,便把木屐先拎在手上,蹑手蹑脚往外走,等出了大门才把脚伸进木屐一溜烟跑起来。

啪嗒!啪嗒!啪嗒!啪嗒……哪吒两条腿越跑越灵活,越跑越快,跑过石板路,上了水泥路,沿着路两侧长长的护栏跑呀跑呀,追着汽车跑呀跑呀,赶着风跑呀跑呀,木屐掉了就重新套上再继续跑呀跑呀。

用两条腿走路可真有意思!想去哪里就去哪里,不需要听人摆布操控。哪吒越来越喜欢当一个肉豆了。

两只木屐可不觉得跑路有什么意思。这一路上它们一直絮絮叨叨地表示抗议,谴责哪吒冒失,举止轻浮,又嘲笑哪吒像个不学无术的"憨肉豆",就知道傻跑,你一言我一语的,没完没了。啪嗒啪嗒的声音盖住了它们的说话声,直到哪吒跑累了,气喘吁吁直接躺平在地上时,才终于真真切切听到了两只木屐的对话。

左木屐轻蔑地说:"这个傻仔!穿木屐乱跑,也不怕崴了脚!"

右木屐反驳它:"你才是傻仔!穿木屐怎么不能跑了?你冇听少爷讲咩?古代有个叫谢灵运的,非常中意穿木屐跑动,还穿着我们木屐登山咧!"

"我知我知!少爷读的是《宋书·谢灵运传》,里头说了,谢灵运'登蹑常著木履',我怎会不记得?但是登山是登山,跑路是跑路。"

"跑路都无问题㗎!记不记得,那个爰盎怕被吴王斩了连夜逃走,穿的不也是木屐?"

"你说的是'解节旄怀之,屐步行七十里',我当然记得。但这个'行',未必是跑的,也可能是起码,或者……或者有人背着他呢?"

右木屐一时无语,思索了好一阵子才说:"跑路的——跑路的也一定有的。对了,《晋书·宣帝纪》!我记起了,里头话司马懿追击诸葛亮时,'帝(懿)使军士二千人著软材平底木屐前行,蒺藜悉著屐,然后马步俱进',木屐都能被蒺藜附着啰,那肯定是跑路的!"

左木屐还要辩驳,忽然见哪吒一脸惊诧地望着它们,吓得一哆嗦,悄悄碰了碰同伴说:

"喂!先别说跑路的事了,你看这个肉豆,一直盯着我们看,好像、好像能听见我们说话?"

右木屐不以为然:"一个肉豆,又怎会听得到我们说话?"

不料哪吒没好气地接了话:"我是听到了,但半句也听不懂!你们两个,能不能好好讲话?"

左木屐和右木屐都跳了起来,啪嗒啪嗒一前一后砸落

第三章 出 走

在地。

"他能听到!他真的听到了!天哪,大件事啰,一个肉豆竟然能听到我们讲话!"

哪吒怒火中烧,若不是手中红缨枪早就不见,真想一枪把它们挑起来甩到天际。哪吒大喝一声:"收声!大惊小怪!我以前也是个偶!"

右木屐不信,左木屐也不信,继续你一言我一言窃窃私语。

"他说他是个偶?他分明是个肉豆!"

"鬼才信他!压在我身上肉乎乎的,分明是个肉豆!"

"可我真的听到他在跟我们说话……"

"大件事!大件事啰!"

哪吒再也忍不住了,用他扁平的大脚把两只木屐用力压住,狠狠踩在脚下。两只木屐挣扎着跳不起来,右木屐抢先说:"我不管你是偶还是肉豆,你太无礼了!太无礼了!"

左木屐也附和道:"停手!你个鬼遮眼的莽夫!我们木屐'遇刚则铿尔有声,遇柔则没齿无怨',你勿要憨鸠鸠(傻乎乎)跟我们硬碰硬!"

哪吒一听"莽夫"两个字,猛然想起当年演《哪吒闹海》时的一句台词,顿时有些泄了气。戏里的娘亲对哪吒千叮万嘱,万不可当冲动的莽夫,哪吒就是不听娘亲的话,最终才酿成大错。

"你们不过是一对木屐,怎么说话口气那么大!"哪吒说话的语气明显柔和了许多。

"只不过是木屐?"右木屐先表示不满,"你可别小看我们木屐,据《南史》记载,就连刘宋开国皇帝刘裕也爱穿木屐的。"

"是啰是啰!他穿的是连齿木屐。"

"又来!"哪吒翻起了白眼。一个连眼珠子都才刚刚学会转动的新人类,竟无师自通翻起了白眼!人类的器官可真是神奇。

哪吒耐着性子把自己变成人的经历告诉它们,两只木屐听了,又私下叽里呱啦讨论了一阵,才算是接受了眼前这个肉豆能进入偶的世界这个事实。

左木屐缓缓恢复它傲慢的姿态,慢条斯理说:"一个变成肉豆的偶罢了,难怪讲话粗鲁,我猜他永远不会明白'缘苔蹑蔓知多少,千里归来屐齿苍'的意境。"

"冇错!他亦不会知道'应怜屐齿印苍苔,小扣柴扉久不开'是什么意思!"

"停停停!你们讲话一定要掉书袋吗?"哪吒最受不了文绉绉。

左右木屐几乎是异口同声说:"冇错喇!我们是世界上最有文化的木屐!"

最有文化?木屐?哪吒盯着脚下,感觉到痛的竟然是

第三章 出 走

头。第一次头痛有些难熬,哪吒好一阵子才缓过劲来。

"你们说的少爷是谁?"哪吒问。

右木屐抢先说:"我们少爷?那可是非常有学问的!学富五车,出口成章……"

左木屐抢过右木屐的话头说:"是啦!整个西关就没有谁比我们少爷更有学问!"

哪吒猜想,他们口中的少爷,应该就是祠堂原来的主人李家的公子。哪吒听老牌匾跟星仔说过,李家做漆器生意财大气粗,养出个有学问的少爷也顺理成章。不料说着说着,两只木屐竟相继哽咽起来。"可惜!太可惜了!少爷年纪轻轻的,怎就如此想不开?"

两只木屐告诉哪吒,李家少爷自小痴迷岭南文化,尤其是木屐,不仅收藏了许多不同款式的木屐,就连挂在嘴边的古诗词,也不乏木屐的身影。这两只木屐就是李少爷的收藏品之一,摆在李家少爷的案头,每日里陪少爷"读书写字"。

"难怪了!"哪吒想起来,自己找到这两只木屐的时候,它们虽然满身都是灰,鞋底却没沾过半点泥。显然,这对木屐原先并非用来穿的。

李家老爷一开始对儿子的奇怪嗜好并不放在心上,后来见他越来越痴迷便觉不妥:一个有头有脸的富家公子,怎可以整日里摆弄那些被人踩在脚下的木屐?李家老爷一气之下

就把他心爱的收藏一把火烧了,这对木屐运气好逃过一劫,却仍对烟火滚滚的那一幕心有余悸。李家少爷跟父亲对抗,言语冲动,甚至口不择言。李家老爷子正为生意上的事烦心,见逆子完全不能体恤自己一片苦心,一怒之下就动了家法,没想年轻气盛的李家少爷经受不住父亲的残暴竟投井自尽了,这对漏网的木屐也因少爷的死而逃离被烧毁的命运,被哭哭啼啼的李家夫人当成儿子遗物小心收藏起来。后来有传闻说李家之所以败落,也跟李家老爷承受不住丧子之痛无心经营有关。

再看这对命运多舛的木屐时,哪吒瞬间软了心肠。哪吒自己又何曾不是大起大落在生死线边挣扎呢?同病相怜!

哪吒小心翼翼地问木屐自己是否还可以穿它们?甚至还用了"请"这样的敬辞,毕恭毕敬,左木屐得意极了,连身上微微开裂的如意花纹都舒展开来。

"是啰,你好好同我们讲,我们自然会应承你。"

右木屐也没意见:

"我都讲过啦,穿木屐是可以跑的!木屐就应该在地上跑!"

"没在地上跑过的木屐,算什么木屐?"左木屐竟也转了态度。

于是哪吒又啪嗒啪嗒欢快地跑起来了,跑过包裹住整个墙面的爬墙虎,跑过在路边吃了很多灰依旧红艳艳的三角

第三章 出 走

梅。跑到半路哪吒又拐进了一条铺上石板的小径，石板缝隙有青苔，跟祠堂里的石板很像。再往前跑了一段，哪吒忽然不知道自己该往哪里跑了。

累。哪吒只想躺着。

尽管小径每隔数十米就有一张供人休息的长椅，哪吒还是就地躺在了小径上。哪吒没有坐的习惯，之前是一个偶的时候，从来不知"坐"为何物。

小径通向一个漂亮的湖，哪吒歇了一会儿，像被人操控着似的，不由自主就往湖边走。许多人类带着年幼的小孩在湖边玩耍。哪吒不晓得这种地方叫"公园"，只觉得湖很靓，湖里大圆盘一般的荷叶以及凋落的荷花都很靓。

哪吒忍不住伸手去够那朵荷花，荷花离得有点远，哪吒大半个身子都伸到了湖面上。

"哎哎哎！快回来！危险！"一个路过的老汉快速拉住了哪吒，左右环视：

"这是谁家的孩子？也不看实他！多危险！"

谁家的孩子？哪吒自己也不知道自己算是谁家的孩子。传说中的李靖家的？还是把自己造出来的霍师傅家的？哪吒还是一个偶的时候，是不会有人问这样的傻问题的，而今这问题一点都不傻，还很有必要。

"细路（小孩），你老窦老母（父母）咧？"

哪吒惊慌地挣脱开老汉的手，继续往前跑去。老汉在身

后伸长脖子喊:"快回家!别再四周围乱跑了!"

家?哪吒哪有家呀!哪吒不自觉又跑近荷塘,伸手抚摸伸到岸上的一片荷叶,荷叶随风微微晃动,叶面上晶莹剔透的水滴来回翻滚就是不掉落下来。哪吒摸着摸着,竟无故生出一种亲切感。传说中哪吒是太乙真人用藕节做的,搞不好这荷塘才算是自己的家?

关于家的问题还没想清楚,哪吒又遇到了一个更为严重的问题——肚子咕咕叫起来了。人类是要吃东西的呀!哪吒哪儿来可吃的东西?一个年轻的母亲手里拿着一个包子,用手撕给年幼的孩子吃,那孩子显然并不爱吃这个,含在嘴里不嚼,也不敢吐,就那么鼓着嘴巴在湖边跑。

香!肉包子实在是香!哪吒闭上眼悄悄把弥漫在空气里的香味都收进鼻腔。真好!嗅觉也是件神奇的事!

一股更霸道的香味钻进哪吒的鼻腔,像长了手,长了钩子,把哪吒身体里的馋虫一条不落勾引出来。香味来自路边一辆卖"咸煎饼"的木头小车,一位头戴斗笠的大叔正站在冒烟的油锅前炸"咸煎饼"。油锅下是个炭炉,一块块烧得通红的木炭在炉里嗞嗞作响。

在偶的世界里,炭火是最吓人的酷刑。然而哪吒被香味勾着走,竟不晓得惊了,脚步不由自主往那卖"咸煎饼"的小摊走去,完全不顾脚下两个木屐恐惧的尖叫。

"咸煎饼"是老西关有名的传统小吃。摊档上的木头案

第三章　出　走

板显然被拿来做咸煎饼已经多年了，淡定地迎着火光任由一双满是老茧的大手熟练地在自己身上揉搓面团。白白胖胖的面团也很乖，在案板身上听话地翻滚、扭转。大叔大手再一按压，面团就成了扁扁的饼状，再拿一根细棍子在圆心处捅一下，一个大铜钱形状的饼就可以被那个长着厚茧子的手掌扔进滚烫的油锅了。油自然是滚烫滚烫的，一个个咸煎饼在刺啦作响的油锅里就势一滚就定了形，变成跟大叔常年日晒雨淋后的肤色一样，满是沧桑，再也回不去白白胖胖的面团模样了。这就是长大的意思吧？哪吒有时也会去想自己到底长大了没的问题，从没有过答案。从年龄上讲，哪吒被霍师傅造出来已经将近三十年了，是个大人，可要是从模样看，哪吒永远是个孩子。

哪个孩子都无法抵抗住这香气四溢的诱惑。路过的一个孩子吵着要吃，他妈妈就掏钱给他买了一个。小孩拿在手上吹了吹，小心翼翼咬上一口，哪吒的嘴巴不自觉也跟着咬了一下，口水首次流了下来。

怎么办呢？哪吒没钱。哪吒是知道钱这种东西的，还是个偶的时候就见过人类用钱买东西，可哪吒没有钱呀。

脑袋嗡嗡的，身体软趴趴的，馋虫在喉咙处蠕动来蠕动去……饿！原来这就是饿。饿的感觉可真不好，就像一个木偶发了霉，长了虫，或者关节年久失修卡住了，动都没法动。咸煎饼的香味像是故意引诱哪吒一样，直勾勾往他鼻子

里冲。哪吒怎受得住这样的诱惑呢？趁大叔不注意拿起一个扭头就跑……

"谁家的孩子？偷我的咸煎饼！"大叔扔下摊子追了上来。

哪吒跑得比刚才还快，两条腿像上足了发条一样交替往前，木屐的声响密得像抽风疯跑起来的秒针，这场面如果有配乐的话，应该是《旱天雷》之类的，有点紧张，还有点畅快。

好险！好险哪！

哪吒到底甩开那个扬着厚实巴掌的大叔了。跑过几条大街，穿过无数小巷，哪吒好不容易才甩掉大叔，却发现眼前的景物是如此熟悉，自己竟又回到了祠堂门口。注定的啊！不管哪吒愿不愿意再换回来，总之冥冥中早有一根线把哪吒和星仔绑在一起了。

祠堂的大门还像往日那样大开着透气，只拉上了趟栊门，连最外边的屏风门都打开着，显然，刚刚有人从这里进去。

快嘴的屏风门一见哪吒就嚷起来：

"星仔的父母来找他了啦！他阿妈在门口猫了一天一夜，把我打开又关上，关上又打开，嘎吱，嘎吱，可折腾死我啰！肥婆气力咁大（这么大），我这身老骨头哇……"

2

星仔当然知道他阿爸阿妈来了。可星仔哪敢给阿爸阿妈看见自己现在的样子啊!他战战兢兢躲在屋内,隔着满洲窗彩色的玻璃看父母在外边晃来晃去的一胖一瘦两条模糊身影,很不真实的身影,就像梦境里的身影一样梦幻。

星仔忍不住呜呜呜抽泣起来。

——没有泪。一个木偶不会流泪。

以前星仔没少挨他阿爸的揍,每次挨揍,星仔都会哭得稀里哗啦的,眼泪鼻涕一起流。然后阿妈就会给他拿来毛巾抹脸,一边抹一边数落星仔,说阿爸阿妈每日里千辛万苦给家里赚钱,让你能安安心心上学,你怎么就那么不懂事尽惹人生气?若星仔还要辩驳,阿妈便会扬起巴掌象征性在他屁股上拍几下,真的只是象征性的,平时阿妈打只蚊子都不止这个力度。星仔从阿妈宠溺的眼神里看到了泪花,自己的眼泪又忍不住流下来了。那时候的泪是真的泪,星仔并不真伤心。眼下星仔真的伤心了,反而没有了泪。

过了一会儿霍师傅来了,星仔的爸妈跟霍师傅在天井里讲话,三人站成个等边三角形,位于顶点位置的霍师傅样子难掩惊慌,原本就不太直的腰佝偻得更明显了,他低声下气的样子与之前举着木偶表演时判若两人。显然,霍师傅也对

星仔的失踪一无所知，据他自己说，他还以为星仔是自己提前收拾行李回了家。

错开玻璃，星仔终于真真切切看清了父母的表情。阿爸的头发是竖起来的，像很久没理过发，他和同样不修边幅的阿妈语无伦次地一遍遍复述着自己的请求，请求霍师傅再想想，再看看，想想星仔是不是跟谁吵了架闹了别扭，看看这顽皮孩子是不是躲在祠堂哪个角落不肯出来。霍师傅发动还没离开的学员们找了又找，翻了又翻。有学员嘟嘴说，祠堂都翻底朝天了。

最后星仔阿爸离开了，回骑楼街去找，星仔阿妈则一屁股坐在了祠堂门口，随手捡了块纸皮扇风。她不能走。万一星仔玩够了又回来了呢？

"你们应该离开这里，到无人认识你们的地方去。"

说话的是橘猫，那声音太好认了，慢条斯理却又吊着嗓子，尖锐，不怎么好听。这个神秘的家伙脚上不愧是穿着纯天然肉垫的，走路悄无声息，不知什么时候就站到了星仔和哪吒身后。

正躲在青云巷的小木门后悄悄从门缝往外瞧的星仔，闻言悻悻收回了眼神。

"这里你是待不下去的，你没有身份。知道吗？人类都有身份。"橘猫这话是对哪吒说的。

第三章　出　走

哪吒怎会不知道呢,身份就跟食物一样的,若没有食物填饱肚子,就会寸步难行。刚才的咸煎饼只够一时垫垫肚子,谁知道下一个咸煎饼会在哪里?长这么大,哪吒第一次知道什么叫"生计问题"。

"我们可以到哪里去呢?"哪吒问。

橘猫说:"哪里都行,只要是没人认识你们的地方。"

"别的地方会有吃的东西吗?"哪吒摸了摸肚子。

"你必须学会自己谋生。"橘猫的尾巴高高扬了几下,像在宣布圣旨。

"怎么谋生?"

这可把橘猫问住了。"人类谋生的方法有很多的,有人做买卖,有人种田,有人帮别人干活儿……"

化骨龙一跃从窝里跳出来大声嚷道:"死蠢,你可以表演木偶戏谋生呀!"

"表演?"

"是。"

"我现在是一个人类,怎么表演?"

"当然需要有个偶配合你表演。"

化骨龙看向了旁边的星仔。

"我?"

"冇错啦,就是你!"化骨龙得意地说。

"但是……但是……"星仔慌乱起来,"我从来就没有

表演过……我现在是一个偶……"

"凡事都有第一次嘅。"化骨龙竟也苦口婆心。

哪吒看着星仔瘦弱的身躯，明显不太乐意。

"我不觉得星仔能表演，他太弱了……"哪吒原本想说"还懒"，话到嘴边又缩了回去。

"能！他一定能！必须能！"木门、门槛、木檐、木柱子……所有的偶不约而同叫嚷起来。化骨龙更是一个跟头蹦到哪吒跟前说：

"喂！你不记得你的诺言了吗？你难道想眼睁睁看着偶的世界消失？"

是呢，没有了表演，偶的世界是会消失的。哪吒为难极了，"可是星仔真的不会表演呀！"

星仔一听偶的世界会消失，大惊失色，若偶的世界消失，自己岂不就永远是几块不会动的烂木头？

"我会的！我会表演的！不会可以学。"星仔赶紧说。

化骨龙很满意地跳到一张石凳子上用尾部支撑直立起身体，如天子登基般环视众人，然后很满意地称赞星仔孺子可教，又对哪吒说："你必须表演！表演才会有饭吃！你没有别的选择了。"

此时肚子很识时务地叫了一声。哪吒摸摸肚子认真想了想，还是万不能让偶的世界消失的。自己虽然现在是人类，可谁能保证不会忽然又变回去呢？哪吒对星仔说："我们可

第三章 出走

以试一下，但我有个条件！"

"什么条件？"星仔问。

"你不可以像以前一样偷懒了，你要勤力些练功！"

星仔想点头，发现自己连头部都不能熟练操控，羞愧难当。

"练！我一定好好练习！"星仔竖起手指发誓。

橘猫好几次想插嘴都插不上，在一旁不安地舔着爪子，发出了轻蔑的一声"喵——"。

一直以来星仔都认为日与夜的交替是逐渐进行的：亮光如一匹被抽丝的亮锦一样，一丝丝消失，随即有夜色填充被抽空的锦眼，直到最后一丝锦线被抽尽，天才算彻底黑了下来。然而事实不是这样的，一直眼巴巴盯着日落方向的星仔总算见识到了，黑夜的来临是一瞬间的事，就像黑夜瞬间打赢了白昼，夜瞬间就接管了全世界。

橘猫伸了个懒腰发号施令说，是时候出发了。

于是哪吒手里举着星仔，脚下穿着木屐，跟在一只大摇大摆的橘猫身后离开了祠堂，朝着珠江的方向走去。橘猫的毛发在月光下闪着幽幽的光，像一个毛茸茸的移动灯球。星仔的心里笃定了些，心想自己猜的没错，这只橘猫必定是大有来头的，跟着它不会错。

化骨龙嚷嚷着要一起去，外面的世界肯定比一直待在祠

堂里有意思多了！星仔也想带上化骨龙，好歹是个帮手，还是个龙族！橘猫却反对带上化骨龙，它说，花苤就该有花苤的样子，乖乖待在木檐板上，免得被人类看出端倪坏了大事。星仔想帮橘猫说话，话到嘴边又咽下去，他很明白自己的处境，可不敢跟橘猫对着干。

一行人走到珠江边时已是深夜。江风把江面吹得起皱，连带江边所有带光的物件都在水下变得光怪陆离。作为一个资深的偶，哪吒知道深夜就是肉豆们都进入深深睡眠的时候，也是偶的世界最为活跃的时候。但眼前这些肉豆偏偏大半夜的不睡觉，叼着烟头在黑夜的江边胡乱暴走，甚至还有拎着酒瓶子的，喝一口再吼一吼。忽闪忽闪的烟头把这些肉豆衬托得像幽灵，两只木屐吓得瑟瑟发抖。它们不是怕幽灵，是怕那烟头，任何一丁点火光对偶来说都像随时会爆炸的炸药。哪吒心里七上八下：该怎样开始表演呢？肉豆们会愿意看自己表演吗？

哪吒的担心不无道理。这可不是在剧场里，是在大街上！说好听了叫"街头表演"，说不好听就是"街头卖艺"，更何况哪吒并不认为他和星仔有什么"艺"可卖。这个曾经的"干扁豆"整日里偷懒不练功，怕是连半桶水都达不到。回想起自己曾经在舞台上的风光，哪吒稍微定了定神，但心里还是没底。二十多年没表演了，当初给哪吒鼓掌欢呼的那些孩子现在也该是别人的爸爸妈妈了吧？他们的孩

第三章 出 走

子也一样喜欢木偶戏吗？答案并不乐观。听霍师傅说，木偶剧风靡的时代早已一去不复返了。

霍师傅不止一次跟学员们说过，广东木偶戏早在元朝时就由浙江、福建传入广东了。清末民初的时候，木偶戏在广州的街头可活跃了，演员手中有偶，观众眼中有光。那时候的木偶戏表演是怎样的盛况呀！不管是在城隍庙、荔枝湾边，还是在黄沙演出，都会呼啦一下就围上来好多人，男女老少都有，把表演场地围得水泄不通那也是常有的事。可以这么说：广州是广东木偶戏名副其实的弘扬之地！

时过境迁。如今看木偶戏的人越来越少了，霍师傅经常叹气说自己死后也不知会怎样，剧团的那些小年轻没几个真心喜欢木偶的，都是当作"一份工"而已，有更好的选择立刻就"卸甲"而去。即便是青苗班这帮孩子，也多是学习成绩不好被父母逼着来的，为了能上个艺术学校混口饭吃罢了，不见得会真的从事这一行。

每次霍师傅说起这些，祠堂里所有的偶都会面面相觑默然无语。这毫无疑问是个严峻的问题，关系到整个偶界的存亡。偶们多希望世界上有好多个好多个霍师傅呀，尤其是那个曾经复制出无数块一模一样的饼的老饼印，为这事自责难过了好久：自己怎么就没法像复制饼那样复制出一个又一个的霍师傅呢？没用，太没用了！

霍师傅所在的这个木偶团是广东地区仅存的几个木偶团

之一,承载着广东木偶戏继续表演下去的希望,而霍师傅,更是希望中的希望。没有人会像霍师傅这样把木偶当亲人,把木偶表演当呼吸进身体的氧气。人离开了亲人会难过,离开了氧气,会活不成。

不行!绝不能让木偶戏活不成!

哪吒一想起跟霍师傅在舞台上酣畅淋漓表演的那段日子,浑身忽然就充满了劲儿。

"来吧星仔,我们先练习一下,明天就开始表演。"

就星仔一个偶,手无寸铁,孤掌难鸣,能表演什么呢?哪吒对着星仔左端详右端详,忽然有了主意。

于是星仔的鼻子被涂上了一块白色的粉末,粉末是哪吒随手从一个刚上色的石头碑上抠下来的,还带着难闻的臭味,但哪吒显然不在意,高兴地对星仔说:"搞掂!你现在是个白鼻哥了。你看你这身形,这长相,好适合演个白鼻哥!"

白鼻哥是戏剧里头的丑角,负责插科打诨的,算不得什么重要角色。在粤语里边,"白鼻哥"也不是什么好词,通常形容这个人不学无术又爱吹牛。星仔一脸不悦,他并不喜欢这样的词。

"我,我不晓得怎么演白鼻哥。"星仔气鼓鼓推托着不肯演。

哪吒说:"有什么不晓得的,你只管锵锵锵走个圆台,右掌一翻来个金鸡独立的亮相,口呼'我阿星来也'就行了,接下来你看我的,配合嘴型。"

"我还没学金鸡独立。"星仔还是不愿。

"这有何难?练一练就识㗎——啦——呀——"哪吒说着说着已经入了戏,不知不觉戏剧腔就出来了。广东的木偶戏与戏剧是紧密结合的,戏剧元素本就是广东木偶戏的精髓。当年舞台上的哪吒虽说是个偶,与霍师傅一样说唱念打样样都会。

"我,我不想演白鼻哥。"星仔终于憋出了实话。

哪吒生气了:"俗语都有说,吃得咸鱼就要抵得渴,你既想演出,哪里还能挑三拣四的?"

星仔被哪吒脸上愤怒的表情镇住了:腮帮子鼓着,吊梢杏眼横着,丝毫没有半点讨价还价的余地。

演就演,谁怕谁!

按照哪吒的安排,白鼻哥"阿星"就是个不学无术的傻公子哥儿,一开始来个走圆台亮相,此后就只需手舞足蹈翻跟斗配合哪吒念"数白榄"就行了。

念什么"数白榄"?毕竟是跟着霍师傅念过不少词的,哪吒编起这种粤剧中常用的押韵独白也毫不费劲。他编的"数白榄"是这样说的:

> 我个名,叫阿星。
> 身唔够壮来,脑唔精。

打个筋斗扭亲脚,
大字一只都唔识。
饮茶饮到落鼻哥,
墨水用脷①舔干净。
你唔好问我凭咩得戚,
我赠你一句"丢哪星"!
丢——哪——星!

哪吒念得铿锵有力抑扬顿挫,手上的动作却半点使不上劲,星仔自始至终都拉垮着脸,动作磕磕碰碰,气得哪吒好想破口大骂:好你个星仔!真是丢——哪——星!

"哈哈哈……丢哪星……"

这么猖獗的笑,不用讲,必定是两只木屐发出来的。哪吒刚开始念第一句的时候,这两个家伙就忍不住"啪嗒啪嗒"打节拍了。

橘猫半蜷着身体在旁边躺着,仿佛周围发生的一切都与它无关。它的眼睛是半眯着的,偶尔懒洋洋抬起前腿舔一舔爪子,眼睛自始至终无半点落在哪吒和星仔身上。有什么好看的呢?就星仔这水平,能表演出什么来?

哪吒心里更没数了。连猫都不愿看的演出,会有人想看吗?

---

① 舌头。

第三章 出　走

　　日出，日落，太阳走得也很急呀，跟哪吒一样急，转眼又是一天。当夜幕铺在江面上给江水镶嵌上亮闪闪的流光时，银河仿佛近在眼前。哪吒急，星仔不急，一个圆台竟走了数十次都没走出个样子来。哪吒催促他快些，他反而更磨蹭。哪吒怎么都想不明白：着急演出的应该是星仔才对呀，为何他半点都不着急呢？自己又为何要这么急巴巴地催促星仔练习呢？

　　哪吒并不知道，这其实是一种惯性，对舞台的渴望早就深深刻在哪吒的心间了，只要是跟演出有关的，哪吒就没法不上心。

　　"翻跟斗的时候你得配合我的手势来，"哪吒对星仔说，"霍师傅讲过，必须趁势，必须借力。"

　　两只木屐想翻个跟头给星仔做做示范，奈何哪吒两只脚死死压在它们身上，动弹不得，只好哼哼唧唧地跟着数落星仔的不是："翻个跟斗而已，这个偶怎么那么笨，老是学不会。"

　　"我才不是偶！"星仔气鼓鼓的，翻了几次仍不得要领，身体歪歪扭扭的像在台风中奋力抵抗的甘蔗。

　　哪吒又说："霍师傅难道没告诉你吗？翻跟斗一定要挺直腰翻，不能佝偻着背……"

　　一旁休憩的橘猫忽然开腔打断了哪吒的话："听着，你

必须忘掉那个姓霍的讲的话,他说的那都是陈年旧事了,此一时彼一时,星仔就这水平,你再怎么逼他练习,也不会有什么不同。"

霍师傅说过的话,哪吒曾奉为圭臬。况且,那也是哪吒心底最珍贵的记忆呀,怎可能说忘就忘?哪吒摇头表示做不到,橘猫依旧不慌不忙地说:"你只需想着眼前的事,不要去想以前的事,自然就可以忘记了。"

"为什么要忘记?"

橘猫以钟摆的节奏摆动它的尾巴,故弄玄虚:

"忘了吧,忘了吧,没有记忆就不会有痛苦。"

哪吒与星仔对视了一眼,又各怀鬼胎迅速把视线移开。星仔是信橘猫的,它说话的样子就像个无所不知的玄学大师。

江面上时不时有游船顺流而下或逆流而上,交错时相互避让,像极了老友之间的不期而遇,相互作个揖又擦肩而过各自前行。这不是臆想,星仔真真切切听到两条游船相互问好的话语。它们应该是这附近能见到的最大的偶了。顺流而下的那一艘显然性子要急些,肚皮底下的水哗啦啦飞溅;逆流而上的那一艘则沉稳多了,跟另一艘打招呼的时候还特意停顿了一下轻轻颔首再继续前行,显然懂些礼数。星仔多想拦住逆流而上的那一艘呀,问问它到底从哪里来,又将到哪里去。星仔下意识觉得这必定是个见多识广的偶,才能在逆流中也走得这样从容不迫。当然，顺流而下的那艘星仔也羡慕的，即便是急巴巴地随波逐流，到底能到远方去。

不管是哪一艘，一定比这里有意思多了吧？星仔只觉得自己困在了一个莫名其妙的漩涡中，无法顺流而下，也无法逆流而上。

"喂——"星仔朝江面喊，声音拉得很长很长。

江里的船像是没听到，并无半点停顿，依旧哗啦哗啦卷起水花往前走去。

"喂——"星仔又喊了一声。回答他的依旧只有岸边的一片喧闹。

喧闹的人群？正好表演啰喂！哪吒刚把星仔举起来，就有人围了过来。围上来的人对哪吒手中的星仔很感兴趣。

"看哪！是个假人咧。"

"不，这叫人偶。"

"人偶？会动吗？"

有人摸摸星仔的脚，有人摸摸星仔的脸，人类总是对那些很像自己又不是自己的物件充满好奇。

在人类的眼中，这个尖嘴猴腮的白鼻哥确实有点意思，尤其是鼻子上的那块白色粉末，甚是滑稽。生活中滑稽的人也大有人在，但谁也不像白鼻哥那么坦诚，直接写在脸上。

机会来了！哪吒抓紧时机开始了他和星仔的首次表演。怎么说呢，哪吒那"数白榄"还是念得挺顺溜的，星仔的动

作虽磕磕碰碰不够流畅终究也是完成了的,但看的人却反应不一,大部分人随意看了几眼便继续往前走,少数几个留下几声笑,但也没看到最后,只有一个六七岁的孩子在表演结束之后还抵抗着母亲的拉扯执拗不肯离去。

这样冷清的结果哪吒始料未及。以前跟霍师傅搭档时也试过街头表演,明明欢呼声震天掌声不断。

没有记忆便没有痛苦。哪吒想起橘猫这句话,忽然觉得有几分道理。

"走吧,没什么看的了,不就是个木头公仔。"那小孩的妈妈语气开始不耐烦了。

哪吒问那个孩子:"你中唔中意这个木偶?"

小孩不吭声,只是攥紧了他母亲的手。

小孩的妈妈对哪吒说:"他听不懂粤语。"

哪吒摇头,哪能呢:"不是本地人?"

小孩的妈妈有些尴尬,撇下一句"现在的孩子好多不会粤语"就强拉着孩子离去。

小孩恋恋不舍,边走还边回头看。每个孩子的眼睛里都有光,哪吒分明看到那两束光照向了星仔。这种光哪吒并不陌生,二十多年前它们没少在哪吒身上聚焦。

第三章 出　走

3

一阵浓烈的香味冲进哪吒的鼻腔。香味是从不远处一辆木制的四轮推车上飘过来的,哪吒使劲吸着鼻子闻了又闻,像一条缉毒犬一样循味而去。

是萝卜牛杂！星仔闻不到味,还是能准确判断出那推车上售卖的是萝卜牛杂。这种推车对星仔来说再熟悉不过了,星仔的阿爸阿妈每日里就是推着这样的小车到步行街里头去叫卖的。探炉里炙烤的红,滚锅里嗞嗞冒的蒸汽,对星仔来说全不陌生。星仔还是个婴儿的时候,就被他妈妈抱在怀里一起出摊了。瘦瘦小小的星仔在阿妈怀里恍若无物,半点不妨碍她手脚麻溜地捞牛杂剪牛杂,偶尔还弯腰去添炭。烫自然是烫过的,年幼的星仔曾被大铁锅烫得哇哇大哭,那次以后就晓得再也不能把手伸过去了。这就叫"吃一堑长一智",哪个孩子不是靠着记忆里的各种痛觉才长大的？

哪吒已经越来越靠近小摊了,木屐焦急大喊："别靠太近了！别靠太近了！火！有火！"

星仔才不怕火咧,他的眼睛死死盯着正拿大剪刀剪一份牛肠的阿伯。瘦小的阿伯平头短发里散落白色点点,像落在头上永远甩不去的雪花。像,跟阿爸真像！

幸好不是阿爸！星仔可不敢被阿爸阿妈看到自己变成这

样。萝卜牛杂真香,跟往日里一样香,香味把星仔搅得心乱如麻。

阿爸阿妈送星仔去青苗班学木偶戏是铁了心的,好歹是门艺术,再怎么劳碌命,也不至于像自己一样,整日里起早摸黑披星戴月地拾掇那些黏糊糊的牛内脏,双手怎么洗都洗不去牛腥味。

但星仔不这么想。老掉牙的木偶戏有什么好学的?专制!阿爸阿妈就是太专制了!总是不问星仔就自己做了决定。前段时间星仔还在偷偷谋划着要离家出走,到远方去,到有意思的地方去。在家挺没意思的,不是帮着父母出摊,就是被塞在书桌前写作业。不是听阿妈的唠叨,就是被阿爸拿着藤条满屋子追。

星仔摸摸腿,藤条印早就不见了,痛觉也没有了。此刻的星仔反而很想念阿爸阿妈。

阿爸现在是不是在步行街?阿妈是否还蹲在祠堂门口?

星仔悲哀地发现,自己竟然连阿爸阿妈在哪里都不知道了。

沿着江边一直往东走,就到了美丽的广州塔下。这边的人明显要忙碌些,脚步的频率更快了,脸上的表情也更单一。哪吒叹了口气,在这里表演,怕是观众更少。

变成人以后,哪吒的很多动作都是跟人类现学的,唯独

第三章 出 走

叹气除外。叹气不需要学,哪吒早就见霍师傅叹过很多次气了,每次只要有学员顽劣不用功,或是见到早年的旧木偶又有哪个部位破损了,霍师傅都会叹气。哪吒悄悄数过了,霍师傅叹气次数最多是在修复自己的时候。那时候的自己到底是有多不堪呀?竟惹得霍师傅连连叹气。

橘猫看着脚步匆匆的人类,像是看到了活教材,高兴地对哪吒说:"看吧,这就是谋生的人类。我早就告诉过你们,不演出也可以有别的办法谋生的。"

哪吒见他们一个个钻进外墙亮闪闪的大楼里,怎么都想不出他们是怎么谋生的。

"钻进大楼里就能谋生?"哪吒问。

"不,"橘猫没好气地踱了几步说,"你还是个孩子,钻进去也谋不了生。"

"那我还可以怎样谋生?"

一个孩子可以怎么谋生?橘猫翘起前腿在脸上抹了又抹,一时语塞。

"看哪!那是什么?"星仔发现了"新大陆"。

一只鸡,但又不像鸡,同其他大红公鸡一样,身披五彩斑斓的油亮羽毛,黑亮的尾翎又长又翘,正撅起屁股头点地,用它那又尖又硬的嘴在地上快速啄食。但它的头顶并没有红通通的大鸡冠,反而顶着一个尖尖的犄角,更准确地说,这分明是个鸡身独角兽!

岭南偶遇

"你是谁?"

"咪走鸡!咪走鸡!"

"你叫'咪走鸡'?你也是一个偶?"

"偶?"咪走鸡圆溜溜的眼珠子快速一转又发现好东西了,一拍翅膀埋头往前扑,瞬间就把那好东西啄食到肚子里,打了个饱嗝。"什么偶?走开!勿阻碍我!咪走鸡!千祈咪走鸡!"

咪走鸡转身把黑亮的尾羽对着他们,又继续寻觅新的猎物。

哪吒的大眼睛盯着眼前这个奇怪的鸡身独角兽很久了,想伸出手去摸摸看,却怎么也逮不着这身手矫捷的家伙。摸不到也没关系,从它柔软的羽毛、伸缩自如的脖子和壮硕的脚趾上凸起的肉团看,这断然不是一只木制的鸡。

"它不是偶。"哪吒下了判断。

咪走鸡仰起头把一块较大的东西吞进肚子里,那东西可真大,把咪走鸡的脖子撑起一个大包来。那大包随着咪走鸡伸长的脖子顺溜往下滑进肚子里,一气呵成。

"你在吃什么?"星仔忍不住问。

"时间。"咪走鸡回答。

时间?!

星仔往地上瞧,只看见被秋风卷起的落叶。哪吒也瞪大了眼睛在落叶间仔细辨认,终于从里头找出了一些亮晶晶的

透明小颗粒,不细看的话,还以为是叶子上的露珠。

这就是时间?哪吒分明看到咪走鸡腾来扑去把这些碎碎的亮晶晶的透明颗粒啄起来吞进肚子里。

星仔问橘猫:"这是什么?你可听说过咪走鸡?"星仔问话的语气很谦卑,在星仔心目中,橘猫无所不知。

橘猫不屑地说:"当然知道。不就是一只靠啄食人类丢掉的时间碎片为生的神兽。"

说到"神兽"二字时,橘猫的神色明显有变,幸好哪吒和星仔都没在意。

"时间碎片?就是那些透明的小颗粒?"

"时间可不就是透明的?通常你都不会留意到它。"

"你刚才说,这些时间都是人类丢掉的?"

"对,每个人每天都会有完整的二十四个小时可以把它敲碎了用掉。总有一些碎片是人类用不上的,随手就丢弃了。"

星仔好奇地尾随一个行色匆匆的人类走了一段,果然,有几颗亮晶晶的时间从他甩动的手表里滚落出来,这些细碎的时间容易从分针与秒针之间的缝隙间滑落,轻飘飘的,如尘埃一般,随地上的落叶一起翻转滚动。耳聪目明的咪走鸡大喊一声"咪走鸡!千祈咪走鸡",一个箭步扑过去,准确无误就吞进肚子里。还有一些是从人的指缝里漏下来的,还没来得及落地,也被咪走鸡一口吞进肚子。

第三章 出 走

这个圆滚滚的肚子里到底装了多少时间呀?看咪走鸡兴奋的样子,百吃不厌,好像永远也不会撑不会腻。

"咘——咘——"

两声长长的咘声响起,咪走鸡抢在咘声的最后一秒啄进最后一大粒时间碎片,伸长脖子咽下,这才双脚跪地头抵地面呼呼大喘气。

哪吒他们循声看去,发出声音的是另外一只咪走鸡,长得跟眼前这只咪走鸡一模一样,身形却要大得多,足足有一个成人那么高,那咘声就是它头顶上的那个"角"发出来的。

咪走鸡歇了一阵终于缓过气来,起身慢悠悠整理自己的毛发,不再啄食了。

"那是你的同类?"星仔忍不住问它。

闲下来的咪走鸡终于看清楚了问自己话的是一个木偶,还是个鼻子上"贴了白色膏药"的木偶,不禁咕咕咕大笑起来。星仔不知道它在笑什么,呆呆等着它笑完,又问了一次。咪走鸡这才告诉星仔,刚才那只大大的咪走鸡是它们的统领,谁的体形大,谁就可以当统领。又骄傲地告诉星仔自己每天都很努力地收集时间碎片让自己的体形变大,总有一天自己也会成为统领!

难怪呢。咪走鸡这么勤奋。

"那你现在怎么不食了?"哪吒问。

咪走鸡说:"统领已经吹鸡啰,吹了鸡,再食就违规啰。"

"吹鸡?"

"确切来讲呢,是吹犄。我们头上有个犄角,是可以吹响的。"

星仔想起来了,他在电视里见过,有些民族就是拿动物的犄角来做哨子的,就连学校里的体育老师,都喜欢把吹哨子叫作"吹鸡"。

"为何吹了鸡就不能再食了?"星仔还是不明白。

咪走鸡说:"任何事都必须有时间限制㗎!无限制时间的事你会去做咩?"

星仔歪头想,确实是。譬如说老师布置作业的时候如果不说第二天就要检查,星仔才不会在当天晚上就急匆匆去做咧!

"那你们是怎么定这个时间限制的呢?"星仔又问。

橘猫对于星仔的打破砂锅问到底很是不悦,它一个箭步横插到星仔与咪走鸡中间,用身体挡住他们,催促道:"走吧,别跟它废话。"

哪吒这才想起来正事还没做呢,刚把星仔举起来打算开始演出,就听到远处传来一声吼:

"你们这帮细路,哪里来的?在这里做什么?"

一个警察模样的人说完就把挂在胸口的哨子衔进嘴里

第三章 出 走

"吹鸡",匆匆朝这边跑过来。

"快跑!"哪吒想起那个卖咸煎饼的阿叔,一个激灵拎起星仔快速往另一个方向跑去。橘猫见状拔腿紧跟其后。

"哔——哔——"警察的哨声追得急。

咪走鸡两只壮硕的大脚跑得可快了,迅速就蹿到了最前面。

"走,跟我走,这一带我最熟!我带你们去安全的地方!"咪走鸡说。

于是哪吒便跟在咪走鸡的身后,一头扎进高楼大厦中。

眼前一座座的高楼像从地里长出来的庄稼似的,整齐划一,越长越高,从外观看好像每一"棵"都一样,四四方方的,实则不然。哪吒跟在咪走鸡的身后,穿过广场进了地下隧道,从另一边的台阶爬上去竟是在一座大楼内,从大楼的二楼直接穿行到另一栋楼,沿着长长的斜坡往下走,竟又回到了另一侧的地下。

人类的建筑可真是五花八门啊,要不是有咪走鸡带着,哪吒肯定会在里头绕晕。即便是有咪走鸡带着,哪吒还是时不时走错,急急忙忙又拐回来。星仔倒是熟悉这些建筑的,但星仔还是乖乖被哪吒扛着走,半声不想吭。哪吒像无头苍蝇一样乱窜的样子真好笑,一边乱窜,脚下的木屐还要一边絮絮叨叨地抱怨。

星仔就爱看哪吒狼狈的样子。不为什么,就是爱看。

警察模样的人终于被甩掉了,哪吒也累得差点要像咪走鸡那样跪着趴下。一路颠簸之后,星仔终于想起来了,"咪走鸡"这三个字他听阿妈说过好几次呢,难怪那么耳熟。每次阿妈拎起一沓购物袋冲向大减价的超市时,嘴里总要像咪走鸡那样念着:"咪走鸡!千祈咪走鸡!"星仔心想,大概超市大减价也是像咪走鸡说的那样是有时间限制的吧?要不然阿妈不会这么急巴巴地去,连饭都没来得及做就冲出门去。星仔记得很清楚,那一次自己是在家自己泡即食面吃的,还帮阿爸也泡了一包。阿爸三两口就嗦完面,不知从哪里掏出一根火腿肠剥开丢进星仔的碗里,叹了口气说:"仔啊,阿爸阿妈有什么最好的都给你了,你可一定要争气啊,好好学习!将来请阿爸阿妈食龙虾!鲍鱼!鱼翅!"星仔嚼着火腿肠,在心里想着,这龙虾鲍鱼鱼翅到底是什么味?

想着想着,星仔又难过起来了。现在别说龙虾鲍鱼鱼翅,就是火腿肠的味,也记不得了。

趁着哪吒仰面躺在天桥下休息,橘猫悄悄把咪走鸡唤到一边,清了清嗓子用不容辩驳的语气说:

"我们做个交易。"

"什么交易?"

"我帮你收集时间,让你在最短的时间内当上统领。"

这个诱惑力可不小。咪走鸡顿时来了精神:

"统领!统领!千祈咪走鸡!"

第三章 出 走

"你成日捡那些小碎片几时才能长大？我有办法让你拿到完整的大块的时间。"

"真嘅？"咪走鸡才不信，大块的时间一般人们都不会丢弃的。

"总之我有办法。"

"你有办法？你是说偷吧？不可以偷！不可以偷！"橘猫瞪了它一眼。

"什么叫偷？偷时间不算偷！"

咪走鸡晃动犄角想了一会儿，终究是抵制不住诱惑。在心里默念了上百遍"咪走鸡！千祈咪走鸡"，才开口问：

"你说，要我做什么？"

橘猫露出了一丝狡黠的笑，压低声音附在咪走鸡小到几乎看不见的耳朵上说：

"很简单，你这样做……"

第四章　花　枝

1

相见好，同住难。

这是星仔与哪吒朝夕相处的第三天。哪吒似乎无时无刻不在催促星仔"快点！再快点！"。

这个慢悠悠什么事都不上心的星仔真让哪吒恼火，操控一下就动一下，手刚离开操控杆他就停，哪吒若不催的话，他能躺在地上一动不动仰面看天。星仔越来越像个真正的偶了，连天上的云都动得比他勤快。哪吒偷偷在心里盘算着，若能有其他什么合适的偶，还是把这个懒搭档换了吧，照这样下去，猴年马月才能重返舞台？掌声已经离开哪吒很久很久了，偶需要演出能量来维系住偶的世界，大概人也是需要的吧？掌声就是哪吒的能量来源，离了它，活不成。

星仔也想演出，偶的世界万万不能消失的呀！至于快，或者慢，区别不大。星仔怎么都想不明白，哪吒脚上明明早就没了风火轮，怎么走起路来还是那么风风火火的？星仔被他拎着走的时候，总感觉是在飞，两侧景物快速往后退，叫人犯晕。这里的树都被修剪得整齐如一，花圃也精致得大同小异，还有两侧的楼，总是反射着刺眼的光。在这样的景物里飞奔跟在骑楼街飞奔可大不一样，别说星仔会晕，那些树，那些花，也会晕的吧？

"你到底还想不想演出？"哪吒忍无可忍。

"当然想啰，"星仔哪敢不想呢，"我还想快点变回人类呢！"

哪吒被这话噎了一下，他可不想变回偶。目前看来，当个人类比当个偶强得多。

"那你就该努力点练功呀！日里像死蛇，夜晚似烂鳝，怎么演出？"

"晚上能不能不练功了？"

"为什么？你现在是个偶，又不需要睡觉！"

"我需要看月亮。"

"月亮有什么好看的？又不可以当饭吃！"

"谁说的？它有时是大饼，有时是被我咬了一口的马拉糕，有时是香蕉，有时是……"

"收声！你又不用吃饭！"哪吒若是有红孩儿的三昧真火，星仔怕早被烧成了灰烬。

"我还需要看星星。"星仔说。

"看星星？"

"你说，星星上边有人吗？会不会上面也有一个星仔望

岭南偶遇

住我?"

"哈哈哈哈……"这下连哪吒脚下的木屐都忍不住笑了,"何止有人,还有偶!还有另外一对一模一样的木屐咧!"

"那也是可能的。"星仔很认真地接话。

"你们!"哪吒气得七窍冒烟,抬脚把两只木屐一前一后踢向半空,划出一个好看的抛物线又"啪啪"砸落到地上来,"好!不想练就不要练了,不练了!"

无人来劝。咪走鸡依旧到处去啄食时间碎片,橘猫也不知所终,留下星仔与哪吒大眼瞪小眼。哪吒大如铜铃的浓眉大眼,竟半点也震慑不住星仔半眯着的小眼。

"嘿,你们在做什么?"一个不大但很清晰的声音忽然在耳边响起。

星仔抬头一看,哪吒的肩膀上站着个小小的胖女人,准确地说,是个胖胖的女偶。

哪吒显然也吓了一跳,伸手要去捉,她却一个躲闪又挪到了另一边肩膀上,身形是笨拙了点,腿脚手腕还挺有气力。哪吒刚伸出另一只手,她又沿着哪吒的耳朵往上攀,像个锲而不舍的攀岩手一样,手脚并用,咬牙攀到了哪吒头顶,站到了哪吒两个发髻的中间。

"嘿,男士们,对一位女士可以有礼貌些吗?至少,表现一下你们的修养!"她说。

第四章 花 枝

哪吒低下头想把她"倒"下来。那女偶双手紧抓住哪吒的发髻,用脚抵住哪吒的头顶。

"停!停!你想摔烂我吗?"

"你是谁?"哪吒气喘吁吁问。

女偶抚着胸口长吁一口气,慢条斯理地站直了,双手拉着短裙裙角很优雅地行了个淑女礼说:

"两位男士好!我叫花枝,请多指教!"

星仔这才真切地看清这个叫"花枝"的偶的模样:她都还没有哪吒的一个脑袋那么高,还胖,真的很胖,吊带短裙穿在她身上紧得像画上去的,幸好裙摆有内撑,像荷叶一样舒展开。短裙下双腿粗壮敦实,胳膊比哪吒的还要像莲藕,脸颊鼓起,嘴里像一直含着两颗大肉丸。这让星仔想起日本的相扑运动员,他在电视里见到过,那些相扑运动员就是长这样的,只不过丁字裤换成了裙子。虽然这个自称"花枝"的偶个头小,但看眉目和长相该是个成年人,年纪跟星仔的阿妈差不多。

"嘿!这样眼鲸鲸(眼定定)盯着一位女士看,非绅士所为哦!"话语虽是责怪,花枝却是在笑,爽朗的笑声轻而易举就把原先剑拔弩张的气氛给软化了,变得跟奶油一样软软的、甜甜的。人和偶全都松弛了下来。

"好吧,花、花枝,你下来好吗?"哪吒不好意思地把手掌撑平了,伸到头顶上"迎接"这位女士下来。花枝也毫

不客气跃身跳到哪吒的手掌上,随着手掌转移到草坪上,再一跃而下,优雅地站好。

根据手掌上的重量,哪吒判断花枝应该是空心的,不管是什么木,实心的都不可能这么轻。

"你从哪里来?"哪吒问。

花枝指了指旁边一个玻璃房子。这应该是个小型工艺品商店,哪吒透过玻璃看到了许多陈列在架子上的小工艺品,什么材质的都有,一个树根雕刻的罗汉睁开眼看了他们一眼,又继续闭上眼修行。罗汉的旁边有一个空了的圆形座架,应该是属于花枝的。果然,花枝一个流畅的飞跨,一跃跳到了那个支架上,摆出玛丽莲·梦露的经典动作来,双手捂住裙子下摆。

"看,我在人类眼中一直是这样的。"花枝刚说完,忽觉不对劲,"不对啵,你不也是人类?你能看到我?"

星仔叹口气接话说:"我还曾经是人类呢。"

花枝看看哪吒,又看看星仔,并没打算打破砂锅问到底。她大方地伸出她胖乎乎的手:

"很高兴认识你们,偶先生,还有——曾经是偶的先生。"

星仔先伸出手,哪吒也伸出一根手指被她抓住,一人两偶算是友好地握手了。握过手,就算是朋友了。星仔看了又看,总觉得这个新朋友的样子很眼熟,好像在哪里见过。

第四章 花 枝

"你就一个人吗?你有家人吗?"星仔忍不住问。

花枝掩嘴笑:"我是个手工艺品,哪来的家人。"

"我意思是,有没有跟你长得差不多的偶。"

花枝像是遇到了一道很难很难的题目,紧锁眉头想了又想。

"跟我长得差不多的?有,好多,但是,但是她们都很大,是铜做的,我没法跟她们沟通,一句话都不行。我不知道,不知道这样算不算是我的家人……"

"她们在哪儿?"

"那边!"

顺着花枝的手指看去,就在不远处的一栋金灿灿的大厦前面,有好几个巨大的户外雕塑,哪吒与星仔迫不及待地往那边跑去,花枝见状也急忙跟上。

"哎,等等我!"

短短的一小段路,对花枝来说距离可不小。花枝鼓着腮帮子,像一头倔强的小牛低头往前冲,到底是赶上哪吒他们了。

眼前的雕塑可真大呀,比真人还要大些呢。哪吒凑过去伸手到头顶比画了一下,自己只有雕塑的肩膀那么高。木偶就见得多了,这么大的铜质雕塑哪吒还是第一次见,一个两个三个四个……一个个全是跟花枝一样圆滚滚的胖女人,就像放大了几十倍上百倍的花枝。她们跟花枝一样,都是"运

岭南偶遇

动健将"的装束,有穿着清凉的夏装短裙在挥拍打球的,也有穿着比基尼泳装正要往水里跳的,每一个都在笑,毫无顾忌的那种笑,嘴巴咧得见牙露舌,差点连扁桃体都清晰可见。这么灿烂的笑让人联想到火,若把雕塑放在北方冰天雪地里,难保不会把雪都给融化掉。

星仔身旁是一个骑在自行车上的大版花枝,她鼓着腮帮子前倾着上半身,使尽全力蹬着踏板往前冲。她的衣裙是飞起来的,不,是整个大版花枝和自行车都要飞起来了。

骑自行车是一种怎样的感觉呢?全写在这个大版花枝的脸上了。对,冇错啦,就像在与夏日的风打闹,又似在与一只低飞的蜻蜓赛跑,或者,是在和鸟儿一起追逐天边的晚霞,迎着落日的方向。

快了,快了,大版花枝一定是快要摸到晚霞了!你看她快乐的模样,眉目尽舒展,双腿都离开脚蹬舒张开来,像一个天使张开翅膀,即将带着自行车一起迎着彩霞飞起……不不不,这么胖的"天使",怎么飞得起来?星仔忽然担忧起她身下的自行车:不会给压爆胎了吧?

花枝在一旁也比画着踩单车的动作,羡慕地说:"如果我有一架单车,我也会这么开心。"

哪吒从来没骑过自行车。他也想试下……但是,他无单车。

星仔幽幽说:"我有一架单车㗎。"

"那你怎么不骑?"

星仔难过地看着自己现在的样子,摇头。他的确有一辆自行车,很久没骑了,星仔的爸妈不许星仔再踩着车到处瞎晃悠,说那样像小混混。他们把自行车的气都放掉,还上了锁,扔在天井的一角,任由它日晒雨淋。真怀念那辆自行车呀!星仔想,假如骑在这自行车上的是自己,应该也会笑得跟"她"一样开心吧?

"现在就是给我骑我也没法骑了。"星仔说。

"不,你还是有机会骑的!我就见过一辆木制的单车,我们很聊得来,它一定会愿意给你骑的。"

"真的?"星仔精神一振。

"只是、只是它已经被人买走了。"

见星仔又变得沮丧,花枝赶紧安慰他说:"也没关系呀!说不定过两天就会有呢。经常都有新成员到我们店里来嘅,说不定就有手工艺人又做了一辆崭新的木单车!"

花枝告诉星仔和哪吒,把自己做出来的是一位大师级的雕塑家,包括广场上的那些大雕塑,都是出自这位雕塑家之手。花枝用注视亲人的眼光看着这些姿态各异的"亲人"们,忍不住伸手在一个雕塑的脚踝处摸了又摸。如果她们也是木偶那该多好呀!这样花枝就可以跟她们一起踩单车,一起跳舞,甚至——帮她们照顾娃娃。

真的,有两三个大版花枝的身边,还带着一个胖娃娃

岭南偶遇

咧。你看那个穿比基尼泳装的大版花枝,明明身上被泳衣的捆带勒出深深几道痕,却半点不影响心情,她亮出圆圆大大的肚脐,撑起双手把娃娃高高举过头顶,让娃娃可以像飞机那样滑行,娃娃的表情是如此欢畅,星仔仿佛听到了"咔咔咔"的笑声……

星仔终于想起来了,自己早两年是见过一个大版花枝的,不是在这里,是在沙面的一个小广场上。星仔记得很清楚,那也是一个带着孩子的胖女人,女人蹲在地上,让一个扎俩小辫的女孩儿按住她的肩膀练习"跳马"。当时星仔还替小女孩着急哇,那女人好胖,蹲下像座小山,小女孩还没星仔高咧,怎么可能跳得过去?星仔磨磨蹭蹭看着不肯走,甚至想伸手去帮小女孩一把,被他阿妈拽着急急往家里赶了。

"走走走,一个雕塑而已。"阿妈不耐烦了。

2

星仔的阿妈并不比花枝瘦多少。星仔看过阿妈晾晒在竹竿上的裤子,活像两个大麻袋缝在一起。至于阿妈身上的肉是否也跟大版花枝们一样如刚出炉的面包一样鼓鼓囊囊的,或者说会不会被勒出痕来,那就不得而知了。星仔的阿妈从来都不穿吊带或者短裙这样的衣服,即便是夏天,也是长袖

长裤把自己裹得严严实实,哪怕躲避不及淋了雨全身湿透,也不愿意露出肥硕的胳膊和大腿来。阿妈自己不穿短裤短裙,也不让星仔的阿爸穿短裤,说他爸的两条腿瘦得跟两碌蔗似的,怎好意思露出来?十足像个晾衣竿!全家只有星仔可以穿背心短裤,有时太阳过猛,甚至可以打着赤膊只穿裤衩人字拖满街跑,嘴里还鼓鼓含着冰块。

记得有一回星仔这身打扮刚跑到街头榕树边,就被大榕树底下乘凉的阿伯一葵扇伸过去阻住。

"星仔,你阿妈怎不给你衫着?"

"衫湿咗。"星仔没好气地推开葵扇。

"湿咗就晾干啰。人仔细细学人打赤膊!"

星仔想走,被阿伯一葵扇又挡在跟前,星仔往左葵扇就从左边伸过来,星仔往右葵扇就从右边伸过来,逮鱼似的。老榕树长长垂下的根须在星仔赤裸的背上拂来拂去,丝丝痒痒的,星仔下意识扭动着滑溜溜的身体躲,愈发像一条被逮的小鱼了。那时候的星仔还不知道有偶的世界,也就不会知道其实是那棵一百多岁的老顽童大榕树在故意逗他玩,老榕树的声音就跟它的大树根一样浑厚又稳阵:"哈哈哈,看你这条细鱼仔,往哪里逃?"

星仔自然是听不到的,只当是那位阿伯在多管闲事,愈发急了眼想溜。

最后是路过的阿妈把星仔"解救"出来的。阿妈扔下嘎

吱响的推车,拎住星仔的耳朵往回拉:

"走啦走啦,一放学就乱跑。回家写作业!"

阿妈的手油腻腻的,怎么可能揪得住星仔的耳朵嘛。星仔挣脱了手往前跑,一溜烟就在青砖墙的拐弯处没了影。阿妈追了两步又折回来,把小推车推上,边走边骂。

挨骂是铁定的了,挨不挨揍那得看情况。若那天星仔作业上的勾比叉多,还是可以逃过一顿揍的。

"仔啊仔,你一定要俾心机(花心思)读书啊!你看下你三表哥,考上高中了!"

星仔不屑。"考到高中又怎样?"

"怎样?"星仔阿爸一巴掌拍上星仔后脑勺,"上了高中就能读大学!读大学才能有份好工作。"

"你怎知道读大学就有份好工作?你又无读过大学。"

星仔阿妈把卖剩下的萝卜牛杂都盛出来,大部分装进星仔碗里,气鼓鼓推到星仔面前。

"衰仔!就识得顶嘴!我同你阿爸这么辛苦干什么?还不是为了你!就你这样的成绩,将来去搬砖都无人要!"

星仔拿筷子在碗里撩,没见有最爱吃的牛肠,退而求其次夹了块牛肚塞进嘴里嚼,不满地说:

"我才不搬砖,我要做探险家。"

"探险?去哪里探险?"

"去沙漠探险,或者大海那一头!不,去南极!南极才

够远!"

"你不干脆上天?"

星仔没看到阿爸眼里的火,自顾沉浸在兴奋里。

"对!上天!天上有星星,星星上肯定有很多我们不知道的秘密……"

星仔阿妈装饭装菜的动作显然用了过多的劲,乒乒乓乓的。锅里剩下的几块牛肺和萝卜被她舀进了星仔阿爸碗里,然后把剩下的汤汁浇进自己饭里,白了星仔阿爸一眼,闷头开始吃。

星仔阿爸也没心思吃了,起身去拿来支竹仔,竹仔刚靠近星仔,就被星仔阿妈一把夺了去。

"做什么?正吃饭喔。"

星仔阿爸又夺回来。

"还吃什么饭?我请他食藤条焖猪肉①!"

"打!你就只识得打!有什么用?"星仔阿妈见星仔阿爸动气,自己反而不气了,叹口气说,"还是趁早送他学门手艺吧,稳稳阵阵赚三餐饱。"

"学什么手艺?"

星仔阿妈一时答不上来,说:"总之不能跟我们一样做走鬼②。"

"我再问下亲戚朋友,看下有无好介绍。"星仔阿爸心

---

① 粤语,揍一顿的意思
② 流动小贩。

事重重拿起碗。

后来，是一个常来买牛杂的老主顾给星仔阿妈透露了木偶团要办青苗班的消息，这个主顾是个粤曲爱好者，组了个私伙局，天天唱，唱完就上星仔爸妈的摊档买萝卜牛杂解馋。星仔阿妈赔着笑捞出几块上好的牛肚牛肠剪到他碗里，总算是从他手中要到了青苗班的确切信息。

星仔一听那青苗班离自己不足两公里远，起初不肯去。这方圆几公里内就没有星仔没见过的东西！没劲！太没劲！

星仔阿妈替他拍了板。

"去！一定要去！你没听那个阿伯讲吗？学得好的能给推荐进艺术学校咧！天上跌落来的好机会！"

"为何要进艺术学校？"

"读书你读不来，学门技艺傍身都好啦！"

星仔阿爸忍不住插嘴对星仔说："你阿妈唱歌几好听喫，说不定你有遗传些少艺术细胞咧！"

星仔还没反应过来，星仔阿妈已经不好意思了，故意板起脸来收拾碗筷，动作却变得轻轻柔柔的。

星仔仔细想想，阿妈唱歌的确挺好听。声音从粗粗的脖子跑出来后就被拉细了，就像拉麦芽糖一样，哼哼小调也能有小桥流水的感觉。小时候阿妈哄星仔睡觉会唱上几句，有时候冲凉时也会不自觉哼唱几句，星仔都觉得好听，比学校里音乐老师唱的还要好听！

 岭南偶遇

……………

"嘿!星仔!你怎么一动不动?"花枝跳到星仔身旁。

星仔拉回思绪,懒懒地说:"我是偶,无人操控为什么要动?"

花枝很不理解。"我也是偶,但我就是想动。"

花枝像上满了发条的公仔,一刻也停不下来。她从地上捡起一根掉落的枯枝当"网球拍",学一个大版花枝摆出了挥拍的造型,正好一个泡泡迎风飘来,花枝挥拍过去,"啵"一声,泡泡破了,花枝像赢了球的运动员把"球拍"一扔满场疯跑起来,那"球拍"也不恼,在地上顺势翻滚了两圈也跟着咯咯笑个不停。空中又飘来好些泡泡,在日光下现出五彩斑斓的隐形外套,甚是好看。泡泡是不远处一个梳小辫的小女孩吹出来的,她鼓着腮帮子很努力地吹,更多的泡泡乘着风朝星仔这边飘过来。

一个泡泡飞到星仔脸上,"啵",破掉了。星仔的眼睑还能动,下意识闭上了眼睛,再睁开眼时,脸上明显写着不高兴。

转眼间花枝又变成了个芭蕾舞演员。她踮起脚尖,一脚支撑地面一脚曲起转了几圈,再一个飞跨,就来到星仔跟前。一个"相扑运动员"跳芭蕾?太滑稽了,星仔绷紧的脸瞬间被逗乐了。

第四章 花 枝

"你不累吗？"星仔忍不住问。

花枝答非所问："我喜欢跳舞。"

星仔想说"我阿妈也同你一样肥"，说出口却是："我阿妈就很容易累，没有办法像你这样跳起来。"

花枝不以为然。"人类真麻烦，动不动就累。"

星仔撇嘴，是咧，人会累，偶确实不会累。可阿妈何止怕累呀，她还决计不会像花枝这样穿紧身的吊带裙装。在星仔的印象里，阿妈是有一条裙子的，就藏在衣柜某个隐秘的位置，有一回拿出来抖掉褶皱的时候被星仔看见了，星仔没说什么，她却急急解释说那是星仔的外婆留给她的，留个纪念。星仔叫阿妈穿上，阿妈吓得连连摆手。星仔很想看阿妈穿裙子是什么样，星仔一次都没见过。记得星仔刚上幼儿园的时候，就曾缠着阿妈要她穿漂亮的裙子来接自己放学，别的小朋友的阿妈真漂亮呀，都穿着漂亮的花裙子。即便这样，阿妈还是推脱了没有穿。阿妈说自己太胖了，没有可以穿的裙子。

撒谎！阿妈在撒谎！花枝更胖，也有可以穿的裙子！

花枝早就听说星仔和哪吒的事了，她安慰星仔说："你是不是挂念你阿妈了？"

星仔吓了一跳，花枝怎么知道的？好像……好像真的越来越挂念阿爸阿妈了。那个星仔千万次想过要离开的家，竟然还挺叫人怀念的。但星仔还是嘴硬："我才不挂念呢，阿

岭南偶遇

妈只关心我作业写了没,考几多分,只会叫我好好学艺,挂念她做什么?"

"你不挂念他们,他们也会挂念你的哇。"花枝说。

"才不会!"星仔说,"阿爸阿妈只知道卖他们的萝卜牛杂,才没有工夫挂念我。"

"萝卜牛杂?"花枝兴奋起来,"我中意萝卜牛杂!"

一旁闭目养神的哪吒见花枝这么兴奋,忍不住插嘴问:"什么是萝卜牛杂?"

"就是……就是萝卜牛杂呀,"星仔从小吃到大,竟也不知道怎么解释它,"总之,总之就是把萝卜和牛杂放一起煲……"

"是一种很有名的西关小吃!"花枝开心地笑,"好好味喽。"

"你又有吃过!怎知道什么叫好吃?"这个花枝,就爱说大话。

花枝说:"我见过人类吃东西呀!你看那个细路女,她手上的东西一定好好吃,她每吃一口都要开心地摇晃一下身体!"

花枝说的细路女约莫三岁,她手上拿的是棒棒糖,她低着头,全部注意力都在棒棒糖上。棒棒糖当然好吃哇!还没上学之前,阿爸阿妈也会给星仔买棒棒糖,但都是有条件的,拿了棒棒糖就得乖乖在一旁的小石板上坐着等阿爸阿妈

第四章 花枝

收摊,不许哭,不许闹。星仔阿妈的手没停过忙碌,星仔的一举一动却全然逃不过她的眼睛,星仔的屁股只要离开那个小石板,阿妈的大手就会伸过来,把他再摁回到小石板上。

花枝接着说:"萝卜牛杂至今有近两百年历史啦!最正宗的萝卜牛杂是用瓦碗装,拿竹签戳着吃。"

星仔闭上眼回忆了下,小时候的萝卜牛杂好像的确是用瓦碗装的,家里好多缺了口的瓦碗。后来嫌麻烦渐渐就都换成一次性的塑料碗了,只有竹签还一直是竹签,没换过。

一说起吃的,哪吒的舌头就会不自觉伸出来舔嘴唇,无师自通。那日吃的咸煎饼真好吃,香喷喷,热腾腾。可这两日靠演出挣到的一点点钱只够买馒头。馒头也香,但哪有咸煎饼香哦!当然,哪吒是不会晓得那种饼叫咸煎饼的,只把饼的味道牢牢记住了,挥之不散。

当人类有好有坏。人类能吃到好吃的东西,可东西都要钱呢,眼下哪吒肚子又饿了,吃的东西都还不知道在哪里!

"星仔,我们再演出一次好吗?"哪吒咽了咽口水,期待地看着星仔。

星仔懒懒地说:"今日不是已经演出过了吗?没几个人看。"

哪吒摸着肚子不好意思地说:"可是我的肚子又叫了。"

"唔……好吧。"

岭南偶遇

星仔不敢不同意。万一哪吒饿死了,自己可就永远都换不回去啦!

"人饿个一日两日是不会死的。"

是橘猫的声音。

大家循声看去,橘猫站在一棵蘑菇一样形状的绿化树底下,高高翘起尾巴站着,像将领一样威严。身后是一整排的绿化树,大概它就是借着这排绿化树的掩护无声无息靠近的。

星仔从来都没有饿过那么久,哪知道会不会死。但既然是橘猫说的,应该就是这样的。橘猫怎么会错。

"不!我要吃东西!我要吃东西!"哪吒才不听它的。饿肚子即便不会死,那也是非常难受的哇!哪吒想吃馒头,想吃咸煎饼,想吃萝卜牛杂,想吃一切好吃的东西。

"要演出!要演出!"两只木屐也喜欢演出。也只有在演出的时候两只木屐不像两块废木头,它们会拼命发出"啪嗒啪嗒"的声音,好给星仔的"数白榄"打节拍。

橘猫不高兴了,它的权威分明受到了挑衅。

"你们可别忘了,天——狗——食——日——"

橘猫说这四个字的口气很严肃,把哪吒和星仔都镇住了。天狗食日,怎么可能忘呢?哪吒和星仔都一直惦记着这事呢。星仔的心思很简单,就盼着天狗赶紧来食日好变回人类,相比之下哪吒就复杂多了,说不清是什么心思。

第四章 花　枝

"你是说，天狗很快就要食日了？"星仔兴奋地问。

橘猫看都不看星仔，半眯着眼看着哪吒说："你最好别忘了，我是来拯救你们的，听不听我的，你想清楚。"

哪吒委屈极了："可是不演出我拿什么买吃的？肚子一直叫。"

橘猫一时也想不出什么好主意来，只好恶狠狠地说："我没有说不能演出。总之——总之你们得听我的！好自为之！"

星仔看看恼怒的橘猫，又看看难过的哪吒，内心忽然涌起一股巨大的悲伤。那悲伤如同珠江入海口的浪花，一阵阵推搡着要进入河道，河道却并不肯接纳它，硬生生又把浪给顶了回去。这感觉真难受哇，星仔真怀念自己还是人类的时候哇，人类的"河道"是能容得下这些悲伤的浪花的，它们会让那些浪花从错综复杂的河道处宣泄掉，悲伤也就不见了，化作眼泪涌了出来。

3

"这就是你们的演出？怪不得无人看！哈哈哈哈……"花枝捂着肚子狂笑，圆滚滚的大肚皮差点笑出褶皱来。

"你笑什么！"哪吒不服气。哪吒并不觉得演出有什么问题，自己编排的"数白榄"更不可能有问题。

岭南偶遇

哪吒怒目而视的样子真可怕。花枝瞬间停了笑。

"哪吒闹海"的传说人人皆知,花枝自然也听过。传说里的哪吒可厉害了,徒手就能把恶龙剥皮抽筋。即便眼前的哪吒只是演过"哪吒闹海"并非真的哪吒,那架势也还是在的,动作也好,神态也罢,都颇有威慑力。

只是昔日技艺精湛的哪吒,今日怎会演出这样的戏码?一段"数白榄"被哪吒演得像个无知孩儿在撒泼吵架,星仔却无精打采连架都吵不起来。人与偶完全是各演各的,算不得是个木偶戏。

花枝说:"你跟星仔可不能各演各的,要有交流,你看星仔的样子,哪像个'好串①'的白鼻哥?木偶表演不能这样的,要讲究人偶合一……"

这分明是霍师傅经常说的话,花枝怎也晓得?!哪吒和星仔都呆住了。

"你怎晓得这么多?"

"我当然知道。只要是跟岭南文化有关的,我都知道。嘿嘿,你瞧!我还会这个!"花枝踮起脚抬起手,踉踉跄跄走了个圆台,还"亮了靴底"。

花枝说,这些都是商店里那个根雕罗汉告诉她的。罗汉是个非常博学的偶,他出自一位著名的岭南文化研究学者之手,刻在他身上的一刀刀,全是岭南文化的印记。花枝还告

---

① 作威作福。

第四章 花 枝

诉他们,通常罗汉喜欢自己一个人静静地冥想,不冥想时就会跟旁边的花枝聊天。花枝就是从他那里听到很多岭南技艺的介绍,什么押花、根雕、灰塑、广绣……听多了,花枝不知不觉也成了半个岭南文化专家啦。

"萝卜牛杂也是罗汉告诉你的?"星仔还惦记着好吃的。

花枝说:"不不,那是大嘴龙告诉我的,岭南的美食就没有他不知道的……"

大嘴龙是谁?哪吒想起了化骨龙。化骨龙与大嘴龙都是龙,嘴巴都大,说不定是亲戚咧。

"看来嘴巴大的龙,不是话多,就是嘴馋。"哪吒哈哈大笑。

"真想看看这个大嘴龙长什么样。"星仔若有所思。

花枝摇头。"你看不到啰,大嘴龙一早就被人买走咗。"

星仔做出了一个决定,决定从此好好练习,好好演出。

懒虫还住在星仔的身体里,但星仔没法再偷懒了。只要一看到在跟前动来动去兴致勃勃的花枝,星仔就没来由感到羞愧——自己的懒惰毫无道理。

在星仔做出这个决定的那一刻,正好草坪里跳出一只挥舞着薄翅的螳螂,在星仔跟前霍霍磨着长长的"长镰刀",

岭南偶遇

似乎还意味深长地看了星仔一眼才纵身跳入草丛中扬长而去。

预兆，这绝对是某种预兆！从小到大，每次星仔要做出什么重大决定，总会见到某种预兆。

是时候大干一场了！

做决定容易，真要演好白鼻哥可不容易。光是外形像远远不够，表情动作语言都得像。星仔压根没见过白鼻哥。电视里偶尔有粤剧看，但星仔没机会看，遥控器被阿爸阿妈藏得严严实实，有时连他们自己都找不出来。偶尔有机会偷偷打开，星仔也是看动画片或者电影，哪会去看什么粤剧哦！倒是小时候跟着奶奶去饮早茶的时候在茶楼听过几段粤剧，星仔半句都没听明白，只记得一直咿咿呀呀的，把一句话拉得老长老长，也不知唱的那个是不是白鼻哥。

"我、我都不知道白鼻哥是什么样。"

"我同你讲吧，白鼻哥应该是……嗯……是……"

哪吒想给星仔讲讲白鼻哥的事，话到嘴边却像突然被什么稀释了似的，稀得不成形。关于白鼻哥的记忆就像一条鱼儿溜出了脑袋，脑子里只剩一潭清水，啥也没有。

"等等！你等等！我明明听霍师傅讲过好多关于白鼻哥的特点的，怎就一下子都想不起来了？"

花枝体贴地说："没关系，想不起来就算了吧。"

"不对……你再让我想下，明明他还给我看过白鼻哥的表演视频的！"哪吒急得原地跺脚，伸手拍自己的脑袋，扯自己的发髻，差点把自己的两团发髻给扯下来。

哪吒突然而来的狂躁把星仔和花枝都吓住了，他们对望了一眼，谁也不敢吭气。

他们谁也没有发现，一直趴在旁边石凳上呼呼睡大觉的橘猫忽然抬起一只眼皮看了哪吒一眼，眼睛里闪过一道狡黠的光。

花枝并不喜欢哪吒原来编的那段词，又傻又"串"，一点都不像星仔。花枝决定给星仔量身打造，重新编一段适合星仔的"数白榄"。

"演别人太难啦，你就该演你自己。"花枝说。

"演自己？"星仔不理解，"演自己要怎么演？"

花枝掩嘴笑，叫星仔和哪吒听着：

> 我个名，叫阿星。
> 人仔细粒但好精伶。
> 我对眼，望住日出日落，
> 我对脚，踏过石砖天井。
> 雨打芭蕉笃笃笃，
> 雷电劈过轰轰声。
> 阿婶阿婆急收衫，
> 阿叔举葵扇到头顶。

  我数着雨滴淡淡定,
  水浸街都冇有使惊。
  折翻只船仔来搭乘,
  搭到天际数星星,
  数——星——星!

  星仔惊讶极了,这、这不是自己经常在脑子里想的事吗?花枝怎知道自己的心思?又不是自己肚子里的蛔虫!

  "直觉!哈哈哈哈……"花枝大笑起来,"凭直觉哇!女人的直觉好灵㗎!尤其是肥女人,直觉都要肥点!"

  花枝的笑都是猝不及防的,突然间就花枝乱颤、前俯后仰。

  星仔见花枝笑,忍不住也想笑,心想要是阿妈也像花枝这样大笑,应该不难看。阿妈才不会像花枝这样毫无顾忌地把"胖"字挂嘴边,这个字对阿妈来说是禁忌。记得有一回阿妈带星仔外出,星仔说阿妈太肥走不快,阿妈嘴上不说什么,脸却阴了一路。

  对于花枝编的这段新词,哪吒并不满意,他觉得半点不像是舞台上的说词,倒像是街头小儿念的歌谣。花枝认真解释说"数白榄"本就是街头巷尾自娱自乐的说词,后来才登上舞台。又说"数白榄"在戏曲里头叫作"说白",是正规名堂,也有正规的要求,比如"数白榄"要押韵兼有趣,还要本色表演,才能领会当中的妙处……花枝还说,光是读这么一小段太短了,她还要多给星仔编几段。

哪吒被突然冒出来的这么多专业的名词给吓住了,就是霍师傅也没说过这么多奇奇怪怪的词哇!花枝果真不简单!

"那我还要涂白鼻子吗?"星仔在意的是这个。

"还是涂吧!演出就要有演出的样子!"哪吒抢着说。

花枝表示赞同。她给星仔和哪吒简单介绍了几个戏曲的行当,说每个行当都有独特的服饰和妆容,又说:"鼻子上的这一点是丑角的标识,你一点上,大家就一眼看明白你演的是丑角啦。"

"我个样好丑怪咩?为何一定要我演丑角?"星仔心怀芥蒂。

花枝又"咔咔咔"大笑起来,边笑边解释,语气竟不自觉变得文绉绉:

"非也非也!丑角的丑,非相貌丑啵。'丑'讲的是滑稽风趣的人物,忠奸正邪、富贵贫贱、男女老少、高矮肥瘦,都可以是丑角㗎。在戏曲表演中,丑角好重要㗎!"

花枝说得头头是道,两只木屐也忍不住要帮腔:

"冇错喇!你有冇听过'无丑不成戏'?"

"粤剧《时迁盗甲》《借靴》,或是潮剧《柴房会》,白鼻哥可都是主角哇!"

"是啰,就连家喻户晓的粤剧名伶薛觉先、马师曾、白

 岭南偶遇

驹荣、廖侠怀等,也都是人人喜欢的丑生哇!"

哪吒点头表示赞同,他听霍师傅提过这几个人名,的确是赫赫有名的人物。星仔见哪吒点头,便也觉得这几个人不简单。既然这么有名的人都能演丑角了,看来演丑角也不是什么丑事。

花枝见星仔不再抵触了,趁热打铁要求星仔把丑角的动作要领学下来。

"我跟谁学?"星仔问。

哪吒说"我教你",张嘴竟又记不起要怎么说,支支吾吾老半天。怪了,莫非变成人了记忆会差些?哪吒竟怎么也忆不起丑角该怎么演了。

花枝自告奋勇说:"交给我吧!"

话音刚落,橘猫已悄无声息挤到了花枝的身边,绕着花枝轻蔑地踱了几步,话里有话地说:"一个女仔,识太多未必是好事。"

花枝追问它为什么这样说,它也不明说,只神神秘秘地劝道:"姑娘仔,听我的不会错,忘掉那些乱七八糟的吧,卸了包袱。"

"包袱?我哪有包袱?"花枝茫然。

"就是打个比喻。把那些'数白榄'、白鼻哥什么的,统统忘掉。"

"为什么要忘掉?"

橘猫又露出了高深莫测的神情，两只眼睛深深凹进去眼眶里，胡须也往外翘。

"天机不可泄露，"它说，"总之——不听我的，你会后悔的。"

六点过后，江边就变得熙熙攘攘了。不冷不热的温度，微微带着水汽的风，还有被即将落下的太阳染成糖果色的半边天，都是诱饵，能把人从屋子里诱出来，哄着他们把自己交出去，把脚交给江边新铺的石板路，把眼睛交给一棵棵绿树，把鼻子交给大花圃盛开的各种花，把头发交给不按常理出牌的风……那些年轻人白天把自己关在高高的大楼里，捆在一张不算宽敞的电脑椅上，晚上才把自己释放出来，到江边来走一走，好好享受下能自主支配身体的感觉。当然这当中也有滥竽充数的，眼睛盯在手机上，人在江边走，魂还在手机里游。

"我们是不是可以开始了？"哪吒问。

星仔虽然已经苦苦练了一个下午，第一次想要认真演出还是有些紧张。

"要不……再等一阵？"

"再等天都要黑透了！"哪吒没好气地说，"又不用你背词，只需要配合我把动作完成了就行，你紧张什么？"

"不，花枝说了，我也要调整好状态，要投入……"

岭南偶遇

既然是花枝说的，哪吒点点头表示赞同。只要是花枝说的，都对。

按照花枝的"指导"，星仔要先冥思，像那个罗汉一样闭幕冥思，想象自己就是"念白"中的那个角色，天真，淡定，对什么都充满好奇。这不就是活脱脱的星仔吗？星仔都不用怎么冥思，刚一闭眼就得了要领。即便是这样星仔还是害怕，心里没底。这种情况以前并不少见，在学校上课时，每每遇到老师说要抽查背诵，星仔也是战战兢兢把头埋得很低很低，生怕老师抽到自己，哪怕自己早就背得滚瓜烂熟。

花枝才不管那么多咧，迅速挑好一个最热闹的角落："来来来，快！把星仔拿起来，开始表演啰！"

"来也……"哪吒兴冲冲举着星仔开始喊起来，"开场啰！开场啰！木偶表演开场啰！"

这几句是哪吒当年随霍师傅下乡去演出时听来的，这么多年过去还能脱口而出，可见记性也没怎么变差呢，怎么偏偏关于白鼻哥的东西就忘得一干二净呢？怪事！

江边闲逛的人围了几个上来，多是带着小孩的，也有散步的老人，都对哪吒的造型与他手上的木偶充满好奇。哪吒看了一眼已经摆好架势一动不动的花枝，一咬牙，开始吧。

我个名，叫阿星。人仔细粒但好精伶。

第四章 花　枝

才刚开场，就有一对双胞胎小孩欢欣雀跃大声跟着喊："阿星！阿星！"他们的阿妈乐呵呵看着，夸他们两个也"好精伶"！

> 我对眼，望住日出日落，
> 我对脚，踏过石砖天井。

回过神来的星仔来劲了，动作幅度大而夸张。说到"望住"时右手不自觉就抬起来了，作眺望状，就像《西游记》里的千里眼在查看下界的情况。围着的几个小孩纷纷学他的样子，有的甚至抬起一只脚金鸡独立，愣是把"千里眼"又变成了"孙悟空"。

> ……折翻只船仔来搭乘，
> 搭到天际数星星，
> 数——星——星！

天还不够黑，星星若隐若现，小观众学星仔和哪吒仰起头看，什么都没有看见，这不影响他们嘴里还是跟着念："数星星！数星星！"

掌声响起，稀稀拉拉的虽与以前无法比，但已经是哪吒被霍师傅修复以来收到的最热烈的掌声了，更是星仔演出木

偶戏以来第一次有掌声。星仔与哪吒对视一眼,都害羞地低下头。

脚下的草地上多了几张零散的纸币,是刚才围观的人随手扔的。哪吒咽了咽口水,心想这下应该可以买不少咸煎饼了。有个老人丢下一张大钞,问哪吒是哪里来的,怎么年纪轻轻就孤身来卖艺?哪吒灵机一动说自己是木偶团青苗班的学员,来试试自己学得好不好。老人就夸哪吒学得好,比以前看过的都要好。这可比单纯掌声还要叫人激动咧,哪吒和星仔心里像揣着一壶咕咕作响的开水,半天冷静不下来。

一位年轻的母亲迈着小碎步朝他们走来,是被一个头戴红发夹的女孩儿兴冲冲拉过来的。女孩明明对星仔很感兴趣,走近了却又害羞,一见哪吒就躲到阿妈身后不敢出来。她阿妈笑着问:"哥哥仔几时再来表演哇?我个女好中意这个木偶啵。"

那女孩忽然探出头来脆生生问可不可以让她摸一下木偶,哪吒当然没意见,顺手就把星仔放到了地上,半扶着。女孩的身高只比星仔略高些许,她小心翼翼伸出手去摸星仔,左看看,右看看,歪着脑袋瓜看,眼睛里散发出一种探险家才有的光芒。这样的眼神让星仔心里发慌。探险?自己不过是一个木偶而已,身上既没有浩瀚的宇宙,也没有无边无际的大海,探什么险?可那个女孩的视线真真实实就在星仔身上,像一束舞台上的光聚焦在他的身上,纵然星仔有

第四章 花 枝

万千疑问,他也是舞台上的主角了,毫无疑问。

长这么大星仔还未与女孩这样近距离对视过。女孩的动作很轻、很轻,像抚摸一件很容易破碎的珍宝。在星仔的印象中,阿妈也曾这么轻轻地抚摸小时候的自己哄自己入睡。星仔很害羞,脸却没法变红。星仔抬头看天边的霞光,真好,老天爷替星仔脸红了。女孩好像还想跟星仔说什么,被她阿妈拉着往前走了,女孩脚步往前,头还恋恋不舍朝后看。

还不知道她叫什么名字咧!星仔想问,可星仔没法问。星仔转头对花枝表态说自己一定要好好练功,并催促花枝多编几首新的"数白榄",这个女孩一定还会来看的,一定会!

哪吒惊讶极了:"为什么突然间变得这么勤力?"

星仔支支吾吾地说:"没有为什么,反正……反正都是要演出的,要演就必须演好。木偶戏还是好……"

"好什么?"

"好有意思!"星仔这次的回答干净利落。

哪吒的内心一直是雀跃的,久违的掌声勾起了哪吒二十多年前的许多回忆。真好,今天的掌声真好。

花枝对今天的掌声也十分满意。

"太好了!要是天天都能有这样的掌声,就不用担心偶的世界不够能量啦!"她说。

第五章 偶 遇

1

时间是世界上最公正的东西了,人也好,偶也好,一天都是二十四个小时,不多也不少。

但渐渐地就出问题了,有些人,或者有些偶,总会莫名其妙丢失大量的时间,好像什么事都没做成,一天就过去了。时间到底是怎么丢的,他们不清楚,只有大大小小的咪走鸡们最清楚。

多日未见的那只咪走鸡终于又出现了。它的体形明显大了些;它搜寻时间碎片的眼神依旧那么敏锐,一扑一个准,不管是早就被覆盖在树叶下的,还是刚刚从经过的路人身上跌落的,都逃不过咪走鸡那不算太尖但动起来像装了马达的嘴喙。

"咪走鸡!咪走鸡!千祈咪走鸡!"啄食的间隙咪走鸡依旧聒噪地嚷嚷着。

花枝对这个头上长角的冒失鬼好感兴趣,哦不,花枝对一切新鲜的东西都好感兴趣,发出了灵魂三连问:

第五章 偶遇

"你是谁?"

"你从哪里来?"

"你在找什么?"

咪走鸡回答不了花枝,它机械地重复着:"咪走鸡!咪走鸡!千祈咪走鸡!"这模样让星仔想起小时候玩的一种上发条的铁制青蛙。

花枝锲而不舍地追着咪走鸡屁股后头问,橘猫轻蔑地瞥了她一眼,不耐烦地说:"理它做什么?这个愚蠢的家伙来去就只会重复一句话,问它也是白问,得个吉(什么都问不出来)!"

花枝才不肯罢休咧。花枝隐隐觉得,这个奇怪的家伙肯定大有来头。你看,它的眼睛很小,却能看得见时间;它身形笨重,捕捉时间的动作却十分敏捷。花枝听罗汉说过,能意识到时间宝贵的人和能够有效率利用时间的人,都是不简单的,"人"换成"鸡"该是也一样,更何况它还不是一只普通的鸡,它头上有犄角呢!

哪吒告诉花枝,它叫"咪走鸡"。

花枝兴奋地点点头,这三个字她不陌生。

"咪走鸡,即是不要错过好机会的意思,我听罗汉讲过,粤语神兽中,有一只就叫咪走鸡。"

眼前这只,莫不是罗汉说的粤语神兽?关于粤语神兽的传说,花枝是听过好几回了。罗汉说,粤语神兽是粤语的守

护神，一共有十只。花枝问守护什么，罗汉又三缄其口。罗汉神神秘秘的样子更验证了花枝的猜想：这些粤语神兽绝对不简单！

"粤语神兽？"哪吒兴奋地说，"我在祠堂的一个朋友化骨龙，也是粤语神兽吗？"

"冇错啦，粤语神兽中也有一个叫化骨龙的！"花枝也兴奋起来，"它生什么样？"

这问题可难住了哪吒。该怎么形容化骨龙呢？被削掉小半边身体的龙？大嘴巴龙？还是话特别多的龙？

花枝说："等等，我猜下——它应该是爱搞破坏，做事神憎鬼厌，还是个大嘴巴！"

哪吒惊呆了。"你怎知道的？"

花枝得意一笑，化骨龙可不就是这个意思啰！兽如其名！

星仔有些难过，自己竟想不起化骨龙的模样了。

"怎会这样？我明明见过它的……"

花枝安慰他："这有什么出奇？就像时间会丢失一样，记忆也会丢失的，就看你重不重视它了，重视的记忆自然不会丢。"

星仔想起自己经常丢失作业本或者笔，轻轻叹了口气——自己以前的确不怎么重视学习，也怪不得阿爸阿妈总要生气。

第五章 偶 遇

想起阿爸阿妈，星仔又开始有幻觉了。绝对是幻觉，一块木头怎么可能有冷的感觉？那种感觉就像是浑身有无数条蛀虫在啃食自己，把木头都啃得空了心，北风能从自己的身体横穿过去。

星仔还清晰记得冷的感觉。

小时候，有一回大冬天的，星仔玩水把衣服搞湿了，不敢给阿爸阿妈发现，坐在凳子上双手抱胸瑟瑟发抖。后来星仔的喷嚏声和咯咯的咬牙声终于引起了阿爸阿妈的注意，阿妈一边剥掉星仔湿透的衣衫一边骂，骂星仔是个叫人不省心的"化骨龙"，生块叉烧都好过生他。又说星仔湿透了都不晓得喊人只识得忍，真正是"傻仔"。星仔委屈的眼泪刚流下来浑身就一暖，是阿妈把自己的外套脱下来裹到星仔身上了，暖烘烘的，还带着阿妈的体温。刚才还咯噔咯噔抖动的牙齿一下就都安静下来了，星仔的眼泪被一股暖风逼了回去，却听阿妈猛地打了个喷嚏，阿嚏！好大一声，把炉子里的炭火都吓得跳起，噼里啪啦跑出许多小火星来。星仔真怀念那种温暖的感觉呀，一想到自己再也感受不到冷暖了，星仔失落地耷拉着头。

耳边传来一阵"沙沙"声，是哪吒！他宽厚的手掌在手臂上拼命摩擦，整个人都缩成一团。

"你是觉得冻吗？"星仔问。星仔以前觉得冷的时候，也会这样子摩擦来取暖。

"是咩?"哪吒也不知道这种感觉是不是冷,他从来就没感受过冷或热。

哪吒身上都还是穿着那天从星仔床尾拿的那套衣衫,短衫短裤,是一套炎夏的衫裤。而今夏天已经被瑟瑟秋风赶走了,尤其在开阔的江边,那风还带着冰冷的湿气,吹到身上就像迎面打开冰箱门一样。

"你应该换套厚衫裤啰。"

"我、我哪有厚衫裤?"

星仔想了想,自己的厚衫裤都在家里呢,去青苗班的时候正值盛夏,只带了几套夏衣。

"我带你回我家里拿吧,等……等我阿爸阿妈去出摊的时候。"

哪吒赶紧点头,这"冻"的感觉可真不好受呀,手又不自觉摩擦起来。还是个偶的时候,哪吒可从来不会干这样的事,没有哪块木头愿意摩擦另一块木头,搞不好变成"钻木取火"的实验品了。

"咪走鸡!咪走鸡!千祈咪走鸡!"咪走鸡猛冲到跟前,从星仔眼皮底下啄走了一块玉米粒大小的时间碎片。

星仔大喊:"哎,等一下!"

来不及了,咪走鸡已消失得无影无踪。

星仔叹口气。刚才不过就是稍稍发了下呆,就掉落一块亮闪闪的时间碎片。

2

忽然,已经走远的咪走鸡又回来了,是打着转回来的,咕咕咕甩头叫唤,活像只着了瘟的老母鸡!

"咯——"转够了圈的咪走鸡脖子一伸,呕出一块硬邦邦的玻璃碎块来。哪吒冲过去看,有棱有角的,显然不是时间碎片!

这是什么?哪儿来的?

"哈哈哈哈……"一阵肆无忌惮的笑声响起,哪吒他们循声看去,是个四条腿的东西,像马,又不是马,前腿明显比后腿短得多。但这不影响它身体轻盈地在他们面前蹦来跳去,像旋转木马上的一匹长相奇特的马。

这分明是恶作剧得逞的笑。

哪吒问它:"你是谁?是你捉弄咪走鸡?"

那匹"马"闻言两条后腿一跪,前腿缩到胸前,竟像狗那样坐直起来,还吐出舌头笑,那副模样都很难分辨是马是狗了,不!甚至很难分辨是动物还是妖怪。星仔在日本的漫画书里看到过一些鬼怪就是长这样子的。

"哈哈哈……这只愚蠢的鸡……哈哈哈……"这匹怪"马"还是笑得停不下来。

这让星仔想到了学校班里几个很爱捉弄人的调皮同学。

他们总爱趁人站起来时把身下的椅子抽开让人一屁股跌落地，跌得越重，他们越得意，得逞后他们也是笑得停不下来。这个讨厌的怪物，一定是它捉弄咪走鸡的！虽然星仔也不怎么喜欢咪走鸡，但对这种恶作剧深恶痛绝。

过了好一阵子那匹怪马终于停了笑，脸上却露出诡异的一丝笑，装作无辜地辩解："你们不要乱讲，我几时整蛊那只傻鸡了？我只不过见它样子可笑，笑一笑啫。"

花枝察觉那丝诡异了，还没开口问，哪吒已不满地说："哪里来的怪马，这么鬼马嘅？"

不料那匹"马"竟叫起来："哎哟，你怎知我叫鬼马？！"

真是鬼马？！听闻十只粤语神兽中就有鬼马唎！花枝强迫自己静下来，蹲下，双手托腮很努力地想。鬼马……鬼马……

"冇错喇！冇错喇！它就是粤语神兽——鬼马！"花枝终于判定。

"它是粤语神兽？"星仔不太信，平时讲的"鬼马"就长这样？星仔有个表弟就成日被大人说"鬼马"，不过就是活泼精伶点罢了，怎会像眼前这匹马这么古怪？

"真的！我听罗汉讲过！鬼马就是这个样嘅！"

罗汉是这样说的：鬼马原叫"鬼魔"，也叫"鬼脉"，出身非常神秘，是十个粤语神兽中来历最诡异的，据说来自

第五章　偶　遇

一个很隐秘的山脉，但谁也不知道是哪座山，连雕刻出罗汉来的那位精通岭南文化的大师，也说不来鬼马确切的由来。何况"鬼马"还擅变化，往往藏起诡异的一面，以一副古灵精怪的天真模样示人，跟眼前这个鬼马可不就如出一辙？

"你真叫鬼马？"星仔还是不信，这跟大人们讲的出入太大。不过大人们就这样，从来不会承认自己错了。

"你真是粤语神兽？"哪吒也问。

"你们乱估乜嘢（乱猜什么）！无趣！跳舞，不如跳舞！"鬼马后腿一蹬又站起来了。它的四条腿恍如行走在云端，蹬直，弯曲，再蹬直，再弯曲，然后来个芭蕾舞式的交叉，踮起脚尖……若不是吐着长长舌头的样子太过滑稽，倒像个优美的舞者。

这舞蹈真好看哇，花枝跃跃欲动了。她本来就喜欢跳舞，更何况，跟一只鬼马一起跳舞还真是件诱人的事！不知不觉间，花枝就跟着踮起脚来，就在花枝打算一个滑步加入鬼马的行列那一刻，一个毛茸茸的身影拦在了花枝身前。是橘猫，满脸不屑的橘猫。它训斥花枝他们："什么粤语神兽，不过是人类编出来的传说罢了！"

不知道是不是听到了橘猫的话，原本还在跳舞的鬼马借着一个优美的腾空动作忽然张开翅膀飞了起来，在正上空打了个旋之后就果断往远处飞去。天哪！鬼马的背上竟还藏着翅膀，薄得像蝉翼一样的。

"算你醒目,知道逃走!"橘猫看着鬼马渐远的身影,轻蔑一笑。

"你们还有好多重要的事要做,可不能让这些愚蠢的家伙坏了你们换回身份的大事!"橘猫说。

愚蠢?咪走鸡和鬼马看起来的确是有点蠢。星仔想都没想就答应了,哪吒见星仔没意见,随口也答应了。橘猫却说还不够,要他们远离化骨龙。这回哪吒不乐意了,化骨龙确实老爱一惊一乍的,但怎么说也是多年的朋友,哪能说远离就远离。

"你们几个还太嫩,小心上了这些来历不明的家伙的当!"橘猫继续劝。

哪吒不买它的账。"哪个幼稚?我都二十几岁了!又不是细路仔!"

花枝也说:"我也几十岁啦!"

比年龄?星仔不敢吭声,这里就数他年龄最小。

橘猫从肚皮处发出了呼噜呼噜的响声,像宣战似的,缓缓吐出一句:

"我已经一千多岁了!"

"一千多?!"大家都震惊了。

"我这是在拯救你们!你们别忘了,只有我知道天狗食日的事……"橘猫使出撒手锏。

星仔看向哪吒。

第五章　偶　遇

"好吧。"哪吒只好妥协。星仔眼中的疑虑真叫人难受。

3

星仔和哪吒不再提粤语神兽的事了。

但世界上的事情就是这么奇怪，你越回避它，它就越要缠上你。这天哪吒刚拿演出赚到的钱买来一份热辣辣的濑粉，就把馋嘴的为食猫引了来。

为食猫是粤语神兽中排名第一的吃货，不仅爱吃，还以吃为荣。哪吒手上的濑粉来自一家远近闻名的老字号，真香呀，太香了！为食猫的鼻尖凑得很近很近，差点都要沾上米浆。哪吒自然不给它吃，哪怕闻一闻也不行！他把濑粉举过头顶，举得高高的，为食猫再怎么流着口水也只能磨着细细尖尖的牙望"粉"兴叹。

这条街，好吃的太多了。

濑粉、萝卜牛杂、牛三星、艇仔粥、水菱角……满大街飘散的香味标榜着，这里已经是老城区了。哪吒他们也是昨晚半夜才到这里来的，披星戴月赶的路，追着朝霞选的落脚点。

事情是这样的：哪吒受不了江风的凛冽，跟星仔头碰头一商量，决定连夜赶回骑楼街一带。骑楼街虽然也有风，但

第五章 偶遇

骑楼街的风是长条形的，像一根规矩的线从骑楼廊下穿过，绝不会四面八方乱钻，只要找个有遮挡的地方待着，就不会冷。这方面星仔最有经验了，小时候不管春夏秋冬他都喜欢在骑楼街里乱窜，即便是在寒冷的冬日，也没少跟寒风玩捉迷藏。其实星仔早就想要回来了，好伺机回家给哪吒拿些厚衣物。此外还有个更隐秘的原因，隐隐约约躲在星仔心底，不好说。还是花枝一语点破："回去好！回去星仔就可以见到他父母喇。"星仔一愣，嘴里说着"我才不想见他们"，心头却泛起一阵暖意。

偶也懂冷暖吗？懂的。

不用怀疑，冷暖有时候只是一种情感上的东西，有没有体温都一样。

花枝也跟着他们到了骑楼街。这是花枝先提出来的，哪吒和星仔欣然答应，难掩内心的雀跃。哪吒喜欢花枝，她身上有一股跟霍师傅雷同的气息，那是一种跟博学或者热爱有关的气息；星仔也喜欢花枝，她的笑脸很灿烂，就跟阿妈的笑脸一样好看。花枝更是已经深深喜欢上这两个有意思的后生仔了，即便才相处短短几天，她也早就看出哪吒的勇敢和勤奋，也认定星仔是个真诚且讲义气的孩子。

不过把花枝带上可不是件容易的事。偶有偶的规矩，万不可让人类看出半点端倪。万一被店主发现花枝不知所终只剩下个底座，是会出大问题的！

花枝却说,店主不会发现的,商店已经好几个月都没开门了,听说店主一直在外云游四海。

云游四海?星仔羡慕极了,星仔做梦都想去云游四海。花枝兴奋地拉住星仔的手:"走啊走啊,我们也去云游四海啰!"

于是第二天一早他们才会出现在这烟火气十足的老城区。

哪吒的鼻子贪婪地吸着老城区空气中的各种香味,那都是老城区才有的味道。钱不多,被哪吒在手心紧紧攥着,皱巴巴汗津津的。该是什么样的美味才值得把这来之不易的钱花出去呢?哪吒从街头走到街尾,又从街尾走到街头,几经犹豫才选定了这碗简单朴实的濑粉。

濑粉的汤底是用猪骨熬的,鲜,甜,再加上米浆勾芡调成稠汁,喝上一口,可以从嘴巴一直暖到脚趾尖。不是说笑,哪吒真有脚趾喫!霍师傅当初造哪吒呕心沥血,哪个细节都不肯马虎。濑粉的"粉"是一根根圆滚滚的粉条,也是用米浆做的,滑溜溜,哪吒竟无师自通学会了"嗦",把滑溜溜的濑粉"嗞溜"嗦入嘴中。掌勺的师傅手很快,也太快了!濑粉冷不丁被舀到碗里,汁还像在热锅里一样汩汩冒着泡泡。这种咕噜咕噜的声音是馋虫最爱的声音,难怪为食猫会被勾了来。

为食猫是粤语神兽中之一,这点毫无疑问。俗语有话:

第五章　偶　遇

食在广东。作为一只广东猫，"为食"又有什么丢脸的？难怪为食猫脸皮那么厚咧，自来熟地跟哪吒套近乎，觍着脸讨要几根濑粉条。哪吒怎舍得把这美味的东西让出去哦，紧紧护住碗，看都不给为食猫看。为食猫眼珠骨碌一转，哄哪吒说吃濑粉必须加几勺最好吃的萝卜干，那是老西关濑粉的精华，不加不好吃。哪吒听闻这个不用钱，抱着打包好的濑粉又折返回店里狠狠加了几大勺。

金黄色的萝卜干装点在雪白的濑粉上，煞是好看。脚才刚踏出店门，两只木履都还在叽里呱啦讨论着"濑粉为什么叫濑粉"这样高深的问题，哪吒就已经迫不及待舀了好大一勺塞进了嘴里。

也就一瞬间的事，哪吒把碗丢到一边，双手乱舞着哇哇大叫起来。他的舌头像是被蜜蜂蜇了一样，声音都是含糊的："着火啦！着火啦！"哪吒当了二十几年的木偶，第一次知道木头着火是什么感觉。

花枝和星仔在一旁笑得前俯后仰。这哪吒，也太贪心了！

星仔吃过很多次濑粉，每次都只敢用筷子尖挑一点点的萝卜干吃。阿爸阿妈说小孩子不要吃辣，星仔偏要吃。星仔觉得，男子汉就应该能吃辣。但星仔再怎么逞能，也万不敢像哪吒这样，活生生吞了一整座火山！

为食猫见哪吒把碗丢到一旁，毫不客气地据为己有，津

津有味一口接一口。怪了,刚才还岩浆乱喷的火山到了它嘴里,瞬间就成了死火山。

"你不怕辣?"星仔好奇地问。

"不怕。"为食猫应着话半点不耽误咀嚼。

一只称职的为食猫怎可能怕辣?花枝看着大快朵颐的为食猫,羡慕极了。有什么美食花枝知道,甚至连做法和典故都记清楚了,但就是没吃过。花枝多想酸甜苦辣都尝一下哇,哪怕像哪吒那样"火烧嘴巴"也没有关系!

"好吃的东西……什么叫好吃呢?好吃到底是种什么感觉?"花枝忍不住问为食猫。其实这个问题花枝憋在心里很久了,身边也没谁可以问。罗汉虽博学,在吃方面也只能凭想象。

为食猫囫囵吞枣把濑粉都吃进肚子里,连汤汁都舔得一干二净,这才抬起头正眼看向花枝。原来问自己话的是个这么小这么胖的偶呀!

为食猫告诉花枝,好吃的感觉就像用嘴巴去探险,有时候是去能把人冻成冰棍的冰川塑上一座冰雕,有时候是去漫山遍野的葵花地里撒野,有时候则是去火山,让双脚踏上那滚烫的岩浆……

探险?这个比喻星仔可太喜欢了!不用说,哪吒刚才一定是踏到了滚烫的岩浆。星仔也曾在心里幻想过无数次的探险,那都是身体上的,舌头的探险真是第一次听说。这么说来，自己以前用筷子挑来吃的那一点点的辣萝卜，对舌头来说也是探险！星仔越想越兴奋，原来自己也探过险呢。

花枝也很喜欢为食猫的这个比喻。要说好吃的，广式美食闻名天下！精通美食的花枝与贪嘴的为食猫一见如故相见恨晚。花枝不自觉就护起为食猫来了，她用胖胖的身体挡住口口声声要"剥了你的猫皮"的哪吒，十分淡定地与为食猫讨论起美食来。按花枝的体形本不足以阻挡愤怒的哪吒，但哪吒偏偏就是被花枝"拦住"了，不敢越过她去动为食猫半根毫毛。到底什么是"好吃"？还有什么是好吃的？哪吒也想知道。

为食猫说，世界上最美味的是鱼。它还说，好吃的鱼必须清蒸，原汁原味，连盐都不放，出锅时淋点豉油即可。在广东，任何海鲜类的美味都离不开豉油，白灼，点豉油，那叫一个鲜！星仔问为食猫清蒸的鱼会不会腥，自己就吃过阿妈匆忙蒸的鱼，很腥。为食猫说不会，懂行的大厨会先把鱼在纯净水中养几天，早就没了草腥味。哪吒和花枝不知道什么是腥味，见星仔点头，他们也认真地点了点头。

后来哪吒忍不住插嘴说世界上最美味的应该是咸煎饼，那是他变成人之后吃的第一样东西，那味道，永远都忘不了……他们说得兴起，半点没发现不远处一双瞪大了的眼睛在死死盯着这边看。

是橘猫。

岭南偶遇

这可不太正常,向来傲慢而冷酷的橘猫,身影现出少见的仓皇。如果花枝不是顾着讨论美食的话,细心的她应该会发现橘猫的不妥,它身上的毛发是竖起来的,像个可怕的刺球,爪子在地上不停地磨呀磨,明显是在准备一场战斗。

"天狗到底什么时候食日?"星仔总算发现橘猫了,跑过去追问。他已经等不及了,这世界上有那么多好吃的,星仔多想让嘴巴好好去探探险啊!已经有段时间没吃东西,都快忘了食物是什么滋味了。

橘猫瞬间收住了竖起的毛,又把尾巴翘起,企图恢复往日里傲慢的姿态,但翘起的尾巴是僵硬的,像卖西瓜的摊档上摇来摇去赶苍蝇的那根竹子,甚不自然。

"没那么快,再等等。"橘猫随口敷衍星仔,眼睛仍盯着不远处的哪吒他们。

"没那么快是多快?"星仔决心刨根问底,"你知道是什么时候,对吧?"

"不知,哦,知!"

"你快告诉我呀!"

"不行,天机不可泄露!"

星仔愣住,这是他第一次见橘猫惊慌的模样。星仔指着花枝身旁的为食猫问橘猫识不识得它,毕竟都是猫,橘猫却急巴巴否认说不认识。星仔又问它为食猫是不是粤语神兽,橘猫突然恼了,声音提高八度:

第五章 偶　遇

"粤语神兽只不过是个传说,不要被它们骗了!"

骗?星仔想不明白,这些神兽骗自己做什么?

"你放心,天狗一定会食日的,只需要再等等。在这之前,你可别在这些莫名其妙的东西身上浪费时间,这些愚蠢又奇怪的家伙会耽误你的,它们最擅长拖后腿。"

星仔摸不着头脑:"天狗食日的时候我到底要做什么?"

"你需要做一件大事!"

"什么大事?"

"现在不可以话你知,讲了就不灵了。"

星仔不敢再问。除了依赖橘猫,他没别的什么办法。但星仔肚子里的问号是摁不灭的,反而像吹胀的气球越来越大,难讲什么时候会爆。

忽然,橘猫那身橘色毛发又噌地竖了起来,恍若整个身体瞬间膨胀开,然后像一团活了的毛线球一样快速往后滚去,眨眼间就消失在绿化带里头。

"咦?刚才跟你说话的那只猫呢?"耳边响起一个略尖锐的声音。

星仔转头一看,果然是为食猫。它的声音就跟它的牙齿一样尖锐,很好辨认。

为食猫跟橘猫虽然都是猫,长相可差得远。为食猫是白色的,浑身毛发蓬松,就像下雪天在户外走了很久,身上堆

满了松软的雪花。星仔以前没见过这样的猫，若不是为食猫"喵喵"的叫声和嘴两侧长长的胡须，星仔还以为它是只雪白的绵羊。但羊的四肢是僵硬的，动作是笨拙的，为食猫却极为灵活。胖归胖，对食物的执着足以让它在看到食物那瞬间变成一个全能型运动员：争食能比猎豹跑得快，抢食能比猛虎抢得狠，若是需要够着高处的食物，它也马上可以化身为跳高冠军。

星仔告诉它："刚才是橘猫，我的好朋友。"

"猫？我的同类！"为食猫兴奋起来，"它去哪儿了？"

"不知啵。忽然间跑了。"

"为什么跑？"

星仔摇头表示不知。橘猫的行踪向来是神出鬼没的，早习惯了。

哪吒和花枝也过来了，打算跟星仔商量演出的事。就在刚才为食猫和星仔说话的空当，哪吒已经挑选好演出的场地了。地点选在骑楼街底下，一个没有开门的商铺前面，一旁还有棵高高大大的异木棉。虽然这个季节没有花，但也足够好了，雨淋不到，风也不大，偶有被树叶拆碎了的阳光洒到地面上，还能给"舞台"铺上自带霓虹灯效的花地毯。

"看！就是那里！"哪吒指给星仔看。星仔不假思索说好。这可是星仔最中意的骑楼街呀，哪需要看？哪能不好？

第五章 偶遇

"这是什么?"花枝趴到地上细细地看,她总是擅于发现新奇的东西。

就在刚才橘猫站的位置,水泥路边一撮从裂缝里顽强长出的碎草旁边,赫然躺着一个蛋!不是鸡蛋,更不是鸭蛋,它是透明的,晶莹剔透像个水晶果子,中间隐约还有什么东西在流动。哪吒和星仔闻声过来看,都还没看清楚,那个蛋竟化作一条七彩的小蛇,一溜烟钻进了花枝的脑袋里。

哪吒和星仔都蒙住了,刚才发生了什么?

"花枝,花枝,你没事吧?"

花枝说没事,就是脑子里好像多了什么东西。多了什么呢?花枝描述说,就像一阵旋涡。那旋涡在脑子里搅呀搅呀,龙卷风似的。

脑子里的龙卷风?这倒是个稀奇事。星仔问花枝有没有看见什么奇怪的东西,花枝却疑惑地歪着脑袋问他:

"星仔,星仔,你怎么躲在衣橱里边哭哇?"

"在衣橱里边哭?"星仔愣住了。好几年前的某天,星仔的确曾躲在家里的衣橱内哭,那衣橱是星仔的秘密基地,星仔半句都不曾对别人提起过,花枝是怎么知道的?

那一次的事星仔一直牢牢记得:那不是个好天气,说降温就降温,说下雨就下雨,星仔没伞,只好在学校门口等阿妈来接,等到同学都走光了,老师们也都不见了,阿妈还没来。星仔又冻又饿,心里委屈极了,香喷喷的大鸡腿和热辣

辣的即食面交替在星仔脑子里浮现,星仔的嘴唇很干,舔了又舔,眼睛死死盯着家的方向。就在门口的保安拉着闸门催促星仔离开时,终于有人来接星仔了,却是阿爸。阿爸急匆匆地,无半句解释或者安慰的话,把星仔拉到伞下就走,星仔嘴上不说,心却比身体还凉。回到家已是万家灯火,星仔阿妈煮好了饭,见他们回来就催他们赶紧过来吃饭。星仔走近饭桌一看,又是卖剩下的萝卜牛杂,加多碟青菜,心里更加委屈了,吵着闹着要吃即食面。星仔阿爸说家里没有即食面,星仔不信,噌噌噌跑去旁边的柜子踮起脚去扯,费力扯下来一包即食面,不,是一包即食面和上面的许多杂物,随着阿妈一声惊叫,哗啦啦全都滚落满地。阿妈真生气了,狠狠揍了星仔屁股几下。记得阿妈那时是这么说的:"我收了摊冒雨赶回来给你煮饭吃,你好意思拣三拣四?不吃你就别吃了!"星仔捂着屁股心里更加委屈了,说不吃就不吃,赌气跑入房间,狠狠摔了门。房间内气温不算低,星仔还是冷得发抖,肚子也咕咕直叫,这可真难受啊,忍了一会儿之后星仔是有些后悔的,没有即食面,吃点热辣辣的萝卜牛杂也好啊。刚才还被星仔嫌弃的萝卜牛杂,突然就变得很香很香,也不知是门缝里挤进来的香味还是星仔想象出来的香味,总之就扰得星仔站也不是,坐也不是,躺在床上前胸贴后背。最后星仔干脆躲进衣橱里边,呜呜呜放声哭了起来。

"星仔,星仔,为何我突然间觉得好难过?"花枝第一次苦了脸,"我打了你吗?"

"你?打我?"星仔更惊讶了。

"没有吗?我怎么记得我打了你?"花枝说,"我不想打你嘅。天突然间落雨,我死赶慢赶回家,全身都湿透了,想着你回来一定肚子饿了,衫都不敢换就给你做饭,惊你冻,还专门给你煲了一锅姜枣猪骨汤驱寒,怎知你那么不懂事,非要食什么即食面,还搞得乱七八糟!"

这分明是阿妈该说的话哇,怎么从花枝嘴里说出来?星仔心里乱成一团糨糊不知如何应答。那锅姜枣猪骨汤星仔当然记得啊!枣那么甜,排骨那么香。那一晚星仔忍着饿躲在橱柜里哭,哭了一阵突然听到外头关门的声音,疑惑地出门去看,发现阿爸阿妈都出门去了。饿极了的星仔跑去饭桌看还有没有剩什么吃的,发现除了萝卜牛杂,还有一锅姜枣排骨汤,摸一摸,还是热的,星仔拿起大勺舀起就喝,身上迅速就热乎起来……

想到这星仔忍不住问:"你怎知我阿妈煲了姜枣猪骨汤?你又怎知我要食即食面?你到底怎么知道的?"

花枝茫然地说:"我不知道,我突然间就想起来了,好像发生过的事情。"

"这怎么可能?明明是我阿妈的事!"

"难道……难道你阿妈的记忆跑我身上来了?"

这是有可能的!花枝不过是一个偶,怎么可能发生过这

些事情?花枝回忆起刚才那个奇怪的透明的蛋,恍然大悟。

"那个蛋,可能装的是你阿妈的记忆咧!"

"我阿妈的记忆?"不太擅长思考的星仔明显感觉脑子不太够用了,这种感觉以往只会在星仔考试的时候出现,叫人绝望。冥思苦想了好一阵星仔才算稍微理清楚了关系:"你说,我阿妈的记忆跑到你身上,我阿妈是不是就忘记了?"

花枝也说不好:"大概……是啩?"

这可是个大问题!阿妈怎会把记忆丢了?阿妈不会是不要我了吧?阿妈不会想把我忘了吧?星仔越想越怕,慌得浑身发抖。

花枝接着说:"我还记得,我和你阿爸,哦不,是你阿妈和你阿爸怕你饿着,匆忙吃了几口假装出门,其实一直就在门外等着。"

"真的?"星仔急巴巴问,"那你说,我阿妈怎么不肯给我吃即食面?"

花枝说:"你太拣食(挑食)啦,青菜不吃,汤又不饮,你阿妈好惊你身体一直这么弱,不高又不壮,将来会被人欺的哇!"

"照你这么说,我阿妈是为我好?"

"当然是为你好。星仔,我觉得你阿妈好爱你㗎。"花枝说着竟有些羡慕,作为一个偶,花枝做梦都想有个妈妈。

第五章 偶 遇

"爱我?"星仔觉得很不好意思,脸却没有半点火辣辣的知觉。爱是什么呢?星仔只在电视里听过这个字。

"那你说,阿妈怎么不去接我放学?明明讲好她来接我嘅。"

"等等,我想下……你不记得啦?那日落雨,只有一把伞,当然是你阿爸去接,你阿爸瘦啊嘛,你可以遮多点不用淋雨。"

还没等星仔说什么,花枝就跳到星仔身上,苦着的脸舒展开了,摆出一副认真严肃的模样。

"你信我,你阿妈是真的爱你咧!"花枝说,"你躲进衣橱里边哭,你阿妈当然知啦。你哭,她都好难过喋,后悔刚才落手是不是重了,打疼你了。"

挨打自然是疼的,但星仔不记得疼了,此刻在星仔眼前的赫然是满眼慈爱的阿妈,啊不,是酷似阿妈的花枝。管他真假呢,星仔整颗心都是暖暖的,就跟那天喝了姜枣排骨汤一样暖。这么说来,自己误会阿妈了呢。阿妈怎么不说呢?哎,阿妈总是什么都不说!阿爸也是。

"你说,阿妈为何一定要送我去学木偶戏呀?"

"这个……"花枝努力想了好久,摇头,"我想不起来……"

这么说来,刚才那个蛋只装了这一部分的记忆。

"快找找!说不定还有其他的蛋!"星仔迟钝的身手忽

然敏捷起来，他一跃而起，开始挨个角落搜寻，墙角，没有，花圃里，没有，树底下的杂草丛里，没有……星仔甚至都想掀开沙井盖看看里头有没有。

没有，哪里都没有。星仔有点失望，又有点庆幸，心想还好还好，阿妈没有丢掉那么多记忆，那应该还记得自己。

真的——记得吗？星仔的心悬到了半空。

"哪吒，我带你去吃萝卜牛杂吧！"一个主意忽然在星仔脑子里冒出来。

"好啊，好啊！"哪吒满口答应。哪吒对所有可以吃的都充满渴望。

第六章　谜　团

1

说去就去，星仔真的带他们去他阿爸阿妈摆档的地方吃萝卜牛杂了。

星仔是犹豫过的，到底是趁阿爸阿妈不在家先潜回家给哪吒拿衫裤，还是先去阿爸阿妈摆摊的地方看他们？一个向东走，一个向西走。星仔长这么大还没停在哪个路口认真考虑过方向的问题。

在青苗班的时候，星仔听霍师傅讲过关于方向的事。他说，人生有很多条路可以走，每一条路上都有不一样的风景，通往不一样的终点。你们既然选定了要学木偶戏，那就得坚持，得不怕吃苦一路走下去，才能抵达终点，看到最美的风光。那时有同学就起哄说这路是爸妈给选的，自己哪知道要怎么选？霍师傅苦口婆心地说那还是得自己选，只有自己选定的路才能走得好。有同学就问那怎么选呢，霍师傅说这要问你自己的内心啊，你摸着你的心想清楚，自己到底想要什么，你真正想要的，才是你真正能坚持的。

  星仔也伸手去摸着心脏的位置，里头已经是颗不会跳动的木头心脏，但星仔反而知道自己想要什么了：此刻他急切地想要看到阿爸阿妈，很急切。

  急切的星仔被哪吒举在手上，心和身体一道儿连跑带飞。哪吒知道星仔的心思，鼓起腮帮子一鼓作气往前冲，冲得飞快，连带两只木屐也差点长出翅膀。

  星仔有多久没沿着长长的骑楼廊下奔跑了？连哪一根明黄色的罗马柱上有星仔用手抠出的印记也记不清了，好像每根长得都一样。满洲窗的彩色玻璃第一次让星仔觉得刺眼，歪扭不平的石板路第一次让星仔觉得不舒服。也就离开这些天，熟悉的骑楼街就不是以前的骑楼街了。星仔不抱怨，有什么好抱怨？自己不也变成这该死的木头样。倒是花枝兴奋得想尖叫，憋不住从哪吒背囊里探出头来看。

  "到了！到了！前面就是！"星仔指着前方说。

  那是一个木头小推车做成的流动小食摊，顶部还装了五彩条纹的遮阳伞，虽然旧了，褪色了，在青砖绿瓦石板路上依旧抢眼。这一带挺多这种移动的小摊贩出没，有踩小三轮的，也有挑着担子的，也有像星仔爸妈这样推木车子的。推木车子一般是卖热辣辣的萝卜牛杂或是油炸鬼（油条）之类，挑担子的是卖咸酸，踩小三轮的是卖水果或糕点，还有身上套着竹编的大公鸡头戴斗笠的，卖的是鸡公榄，现在不多见了。

飘散在空中的香味是带钩子的,一下就把哪吒的眼睛、鼻子全钩了过去,就连脚也逃不掉,不自觉往那边走去。哪吒走了几步又停下,从口袋里摸出几张零散的钱不好意思地问星仔这些钱是否够吃上一碗,见星仔点头,这才放宽心朝那边飞奔而去。

星仔怕被阿爸阿妈看出端倪,急急叮嘱哪吒要把自己放到他身后,别让阿爸阿妈看到脸。然而现在的哪吒是为食猫附体,哪里听得到喔!他拖着两只木屐在档前站定,眼睛盯着锅里,手自然垂下,手中的星仔被拖在地上,脸差点贴着锈渍斑斑的锅炉脚。哪吒没有听到星仔的惊呼,他全副心思都在那口冒烟的大锅上。大锅是生铁铸的,已经烧得黑乎乎,锅两边各一个翘起的耳朵,包着塑料防烫手,馋人的是锅里咕噜冒泡的汤……

多亏了两只仗义的木屐,哪吒终于意识到星仔的处境,赶紧把倒立的星仔调转回来,想了想,又赶紧让他的脸对着自己。生意很红火,哪吒只好等。跟他一起等的还有个比哪吒略高一点壮一点的癞痢头小子,还没吃就先剔牙,随手抽竹签去剔牙,抽了一根又一根。星仔虽背对着,也能听出在摊前掌勺的是阿妈,阿妈的鼻息重,动作也重,锅碗瓢盆乒铃乓啷的。星仔多想转过身去看看阿妈啊,但星仔不敢。这时候哪吒的吊梢大眼派上了用场,星仔从那硕大的眼珠子里看到了阿妈。阿妈的身形依旧是肥硕的,低着头剪着牛杂,

像个缩脖子的胖鹧鸪,无精打采。偶尔会抬起头来朝街上看,视线在人群中匆匆扫了一圈又收回来,正好看到癞痢头的手。阿妈叫他别玩竹签,浪费,癞痢头不理她,随手又抽了好几根。星仔阿妈愤怒地用眼角又扫了癞痢头几眼,终于看到了哪吒手上的星仔。

"靓仔,你这个是木偶?"星仔阿妈问哪吒。从她嘴里出来的这几个字都有些发抖,明显是情绪激动。

"嗯。"哪吒随口应,注意力仍在那碗即将完成的牛杂上。

"你是木偶团的吗?"星仔阿妈更激动了,剪刀差点从手上滑下。

"是。"

"那你识不识得我个仔?他叫星仔。在木偶团青苗班上课。"星仔阿妈看向哪吒的眼神里全是期待。

青苗班?哪吒这才想起星仔的叮嘱,慌了,支支吾吾不知如何应答。先是摇头,又点头。星仔松了一口气,还好还好,阿妈没把自己忘了。

那癞痢头不耐烦了:"你快点剪啊,剪个牛杂都这么拖拉,怎做生意㗎?"

星仔阿妈看了他一眼,嘴里说着"很快很快",眼睛却又跑回哪吒身上。手是没有停的,星仔阿妈拿起剪刀胡乱剪几下就把碗递给癞痢头。癞痢头丢掉竹签,用手抓起一块牛百叶吃,又抓起一块牛肚塞嘴里,再一抓,是牛肺,不高兴了。

"你怎么剪的哇?都是些烂牛肺!"癞痢头说着,自己动手到锅里捞,捞上来好大块牛肚,"快剪!"

星仔阿妈急了,把牛肚扔回锅里:"都是要搭配着来,哪能都是牛肚,牛肚好贵㗎。"

癞痢头又把牛肚捞上来,打算自己动手剪,星仔阿妈伸手去抢,牛肚又跌回锅里,溅起一些热汤。癞痢头哀号一声,抬脚接连踹向木板车,所有的木板都尖叫起来。星仔阿妈额头上的汗飙出来了,顾不得擦,双手死死护住摇摇欲坠的木板车。癞痢头甩了甩烫着的手,拽住星仔阿妈的围裙就是一拳,星仔阿妈肉厚,挨了一拳还不觉什么,手依旧死死护着摊上的东西。这回连花枝也忍不住了,跟木板车一同尖叫起来。

"住、住手!哪吒,你、你快帮我阿妈啊!"星仔急得结了巴。

哪吒过去想拉开癞痢头,被癞痢头一把推倒,跌了个四脚朝天。哪吒虽也壮实,但个头没癞痢头高,力气也没癞痢头大,更没有打架的经验,根本不是癞痢头的对手。星仔认得癞痢头,听闻是个孤儿,上完初中就整日里在骑楼街浪荡,打点零工换饭吃,有钱就买,无钱就抢,自诩烂命一条,警察来了也拿他没辙,骑楼街的商铺见了他都胆战心

惊。星仔妈自然也认得他的,怪就怪刚才心里装着事儿,大意了。

癞痢头打了人还不解气,抓起整把竹签往地上撒,又要去砸碗。碗是一次性碗,摔不烂,癞痢头觉得没趣又骂星仔阿妈不识相,难怪个仔要离家出走。

星仔一愣,他怎说自己离家出走?

星仔阿妈见癞痢头还要去拿剪刀,死死攥住癞痢头的手:"住手!你个无赖!我call警察啦!"

癞痢头一听愈加发狂,抓住星仔阿妈的肩膀想把她推倒在地,推不倒,干脆拽住星仔阿妈的头发,疼,真疼,星仔阿妈齿缝间嘶嘶吐气。哪吒看了眼心急如焚的星仔,咬咬牙上去帮忙,三人扭打成一团,难分难解。眼看哪吒挨了癞痢头一拳,两只木屐义愤填膺,跳起来想要砸向癞痢头,这一跳却反把哪吒掀翻在地。星仔大声呼救,但只有花枝听见,木板车听见,树听见,还有木凳子听见,都帮不上忙。

突然,一只大手从背后箍住癞痢头的脖子,癞痢头被掐了呼吸的要道,瞬间就尿了,下意识松开星仔阿妈头发来掰开自己脖子上的手,可那手劲太大,很难掰开,想要回头看是谁,也被死死箍住转不过身来。

星仔惊呆了。出手相救的竟然是——大钢牛?!

大钢牛本就人高马大,最近练功练得勤快,手劲儿比以前更大了,区区癞痢头哪里是他的对手。大钢牛穿的还是短袖和大裤衩,加上人字拖。秋风是欺负不了一个胳膊上鼓起大包的人的,那些大包里藏的都是能量,足以抵抗任何风寒。星仔看着大钢牛轻松就制服了瘌痢头,看着阿妈整理衣衫,又看着哪吒惊慌地伸手过来把自己的脸朝后转,无奈至极。这个哪吒,该细心的时候粗枝大叶,不该细心的时候又画蛇添足。阿妈这时候哪有工夫去看一个木偶长什么样!

哪吒自然也认出大钢牛来了,在青苗班的时候,大钢牛大小也算是个人物。虽有时爱仗势欺人,但哪吒还是很喜欢他的,哪吒就喜欢努力用功的人。

瘌痢头知道自己不是这个人的对手,停止了挣扎,待大钢牛的手稍稍松开,即刻求饶,满嘴"兄弟兄弟"套近乎。大钢牛从"牛"鼻里"哼"了一声,一把推开凑近的瘌痢头说:"滚!你同我听着,这个摊我罩住㗎,再给我看到你敢来捣乱我把你扔锅里炖!"瘌痢头讪笑着赔不是,转身一溜烟跑得无影无踪。

星仔阿妈向大钢牛致谢,大钢牛却摆摆手说不用谢,说自己最看不惯这些撒泼赖皮的。

"再说,不过是个交易。"他说。

"交易?什么交易?"星仔阿妈听不明,哪吒星仔花枝也听不明,但大钢牛没有要讲清楚的意思,大摇大摆离开了。

星仔阿妈又向哪吒致谢,问他摔疼了没,哪吒僵硬地摇

头。其实哪吒哪里可能不疼喔,忍得鼻子都歪了!心想当个人也不一定好的,痛的感觉就很不好。

"你应该同我个仔差不多年纪,你读几年级啦?"星仔阿妈问,看着哪吒的眼神流露出慈母特有的气息。

哪吒不知如何回答,呆呆看着星仔阿妈。这时候的星仔阿妈同刚才剪萝卜牛杂的星仔阿妈判若两人,像一锅冻冰冰的水被瞬间煮沸。星仔忍不住偷偷转过头来看,见到这样的阿妈也感陌生,星仔可没见过这么"沸腾"的阿妈。往日在家里,阿妈干活儿的时候像闪电,骂人的时候像打雷,只有晚上看星仔乖乖入睡时会像水,但从不沸腾。

"沸腾"了的阿妈双手扶住哪吒的肩膀摇晃:"你快告诉阿姨,你见没见过星仔?知道他去哪里了吗?"

哪吒假装什么都不知,反问:"你个仔不见了吗?"

"是啊。"

"刚才听那条粉肠(坏蛋)说你个仔离家出走?"

"我不知道他会去哪里,你说,他是不是生气故意不回来嘅?我、我不知道他生什么气,我甚至都从无打过他⋯⋯"星仔阿妈讲着讲着眼睛就湿透了,拉起围裙抹。

无打过星仔?哪吒想起昨日星仔还在跟花枝说起挨星仔阿妈打的事咧。

"你真的无打过星仔?"

"无!"星仔阿妈不解他怎会问这样的问题,一脸茫然,"我怎舍得打他!"

哪吒试探地提示:"你记不记得有一次落雨天你煲了姜枣排骨汤但是星仔非要吃即食面然后你打了他……"

星仔阿妈皱起眉回忆,轻轻摇头。

"无,无这样的事,星仔怎会非要吃即食面?"

哪吒也蒙了。莫非是星仔记错了?

"你这样问,必定是识得星仔!你识得星仔!"星仔阿妈又"沸腾"起来了,额头上渗出汗珠,头发湿透,手心的汗水眼看就要低落下来。

哪吒只好承认自己认识星仔,跟星仔是青苗班的同学,末了重申:"我、我真的不知道星仔去哪里了。"

星仔阿妈点头,详细询问了星仔在青苗班的情况,还问哪吒最后一次见到星仔是在什么时候,他看起来心情怎么样云云,哪吒只好随口胡诌应答,要不是花枝在旁提醒,差点就前后矛盾露了馅。

"你放心,我会帮你找星仔的。我见到他了一定告诉你!"说这话的时候,哪吒半点不敢抬起头,仿佛自己是匹诺曹一样,一撒谎鼻子会变长。

哪吒和星仔阿妈又聊了一阵,星仔才算听明白了,自己不见之后,阿爸阿妈不眠不休找了两天,第三天眼见钱屉见底撑不下去了,只好分头行动,阿爸继续找星仔,阿妈回来开档。星仔阿爷医病需要好多钱,全靠这个小小的摊档撑着

呢,不开档可不行,那些老主顾如果来一次两次买不到,以后可能就不来买了。再者,万一星仔回来这里找他们呢?总得有人在。

哪吒嘴里跟星仔阿妈说着话,眼睛却盯着那锅咕噜冒泡的萝卜牛杂。哪吒心里挺委屈的,没吃成就没吃成吧,还摔疼了,还给人打了。

星仔阿妈看出了哪吒的心思,赶紧动手捞牛杂起来剪,剪了一碗满满的,堆成小山状几乎全是牛肚牛肠,都是星仔最爱吃的。

"来,你的。"星仔阿妈递给哪吒。

哪吒把钱递过去,星仔阿妈推开不收。

"你是星仔的同学,我请你食。刚才你还帮我咧。"

星仔接过碗,烫烫烫,碗险些跌落地上。毕竟是纸碗,星仔阿妈见他拿不了,帮他用袋子装好,顺嘴问他要不要放一羹辣椒酱。哪吒一听"辣椒"二字就像被火钳子烫到似的跳脚起来,那种通身燃烧的感觉又涌上心头。

"不要!不要!"哪吒伸手去捂住碗口,烫,又缩了回来。

等星仔阿妈帮他把袋子拎到手上,哪吒这才尴尬地道了谢,费劲地腾出另一只手拿起星仔,逃一样离开。

"同学仔!记得你答应我的事啊!有消息即刻话我知啊!"星仔阿妈在背后喊。

2

离档口不远的地方,有一棵很大的紫薇树。

说是紫薇树,花却不是紫色的,嫩嫩的粉色小花像一把把打开的羽扇,招惹来许多贪靓的蜜蜂,争着抢着,嗡嗡嗡绕那串花打转。橘猫优雅地侧躺在这簇紫薇花底下,以一种所有事情都了然于胸的世外高人姿态,专程在这里等哪吒他们过来。

大钢牛是橘猫派去的。橘猫在心里算了算,时间差不多了,大钢牛也该完成任务了。

大钢牛为什么会听橘猫的?说来话长。简单来说就是——橘猫跟他做了笔交易。

大钢牛不是本地人,两年前才被父母接到南方来读书,当插班生。大钢牛的父母在广东做点小生意,辛苦是辛苦,赚的钱不少,大钢牛一来就已经能住上有自己房间的大楼房了。大钢牛天生语言能力不错,据说不到一岁就会说话,过来南方才短短两年,就能讲一口流利的本地话了。这个过程并不容易,刚开始没少受嘲笑,是背地里笑,当面不敢笑,人高马大的大钢牛只要牛鼻子一喷气就没人敢出声了。

这种背地里的笑话可比当面取笑还叫人难受咧。明刀明枪大钢牛不怕,来一刀挡一刀,来一枪就回它一枪,谁怕

岭南偶遇

谁。这种背地里的笑就像棉花糖里的图钉，或是馒头里的玻璃碴子，总能冷不丁把大钢牛给伤了，即便大钢牛真是钢铁做的，也逃不过。

要强的大钢牛哪里受得了这种委屈喔！当时就发誓一定要说一口流利的粤语，越快越好，气死他们！

粤语确实不容易学，谁能想到抽屉要叫"柜筒"？谁又能想到橡皮叫"胶擦"？还有钥匙叫"锁匙"，饭盒叫作"饭兜"……光是学校里经常见的东西都让大钢牛闹出过不少笑话，更别说什么"痴线①""揾笨"之类埋汰人的话了。

大钢牛发狠学，发狠练，遇到谁都练，在家也要求爸妈跟他说粤语。大钢牛爸妈早就学会说粤语了——尽管那发音像是在播放发潮的磁带，吱吱嘎嘎本地人都未必听得明白。

在大钢牛家，"不服输"是个辈辈相传的传统。

传说大钢牛的爷爷是个木匠，自诩"赛鲁班"，有邻居取笑他说连鲁班锁都不会解吧？还赛鲁班！他爷爷不服气，说解鲁班锁有什么难的他还会做鲁班锁呢！第二天大钢牛他爷爷真的就自己刨了副鲁班锁，跑去邻居家里叫邻居解开，邻居真解开了，他爷爷又重新打了一副送过去，如此几番，直到邻居求饶直夸他真是"赛鲁班"才作罢。

大钢牛爸妈像极了爷爷。刚到南方的时候他们到工厂打过工，当过保安，也做过清洁工，收入仅够吃饭租房，没半

---

① 粤语，神经病。

点余钱，还时不时遭人白眼。不服输的他们干脆用爷爷教授的手艺自己造了个木车子，卖起山东杂粮煎饼。走鬼可不好当，时时担心被人赶，被城管查。夫妻俩愣是东躲西藏坚持了下来，甚至练就了一身可以一边跑路一边煎饼的本事。那边有人喊"来了——快跑——"，大钢牛爸妈的脚就跑起来了，手却没有停，跑几步把饼翻个面，跑几步又撒点葱花，再跑几步已经把火腿肠鸡蛋都卷好了，等买的人气喘吁吁赶了上来，饼已经被稳稳妥妥包在纸里，还挤上了番茄酱，完好无损递到买主手中。后来存够钱了，大钢牛爸妈就找了个铺面，除了杂粮煎饼外，还卖上了大包子、大馒头，攒下钱在这老城区买下了两室一厅的二手房子……

大钢牛就更厉害了，一出世就有"不服输"的经典事迹。据大钢牛他爸说，大钢牛出生好几天眼睛迟迟不睁开，医院的护士说该不会是个瞎子吧，结果大钢牛一听就猛地把眼睛睁开了，不仅睁开，还瞪得浑圆，死死盯着那个护士。此后只要那个护士走近，大钢牛都瞪大眼睛盯着她看，看得她心里发怵，最后跟同事换病区再也不敢靠近了。这事一直被大钢牛爸妈津津乐道了好多年，大钢牛自打懂事起就没少听他爸妈说这个，一边听，一边端详自己的眼睛。嗯，大，这眼睛确实大如牛眼，瞪谁都能把人瞪得不敢直视。

父母告诉大钢牛，世界是属于强者的，做什么事都得赢，不能输，大钢牛他爸总会在大钢牛赢了的时候夸他"好

样的",说这才是他的种!他们家族的字典里就没有"输"这个字,只有"赢"!就连在家里吃晚饭时最经常问的话也是有没有人欺负他,若是打架,也只关心大钢牛打赢了没有。

只是大钢牛再怎么不服输,也不可能每次都赢,至少在学习上大钢牛就赢不了。老师说大钢牛的脑袋瓜里没有瓜子,浇再多的水,施再多的肥都发不了芽,更别说开花。有些同学就开花了,一朵朵红色的,在荣誉榜上排成一排,红彤彤不知多好看。大钢牛唯一能赢的是体育课,但也没办法每次都赢,尤其是跑步,有一次偏偏就输给了隔壁班瘦瘦小小的一个同学,绰号"蚁仔",得意忘形的蚁仔还朝大钢牛做鬼脸示威,羞得大钢牛恨不得找地缝钻下去,回到家胆战心惊,半句不敢提跑步的事,就怕爸妈问起,失了脸面。

大钢牛的记忆力不算好,公式记不住,古诗记不住,偏偏就那些失败了的事一直牢牢在脑子盘踞着,越想忘,越忘不掉。那些讨厌的记忆像个弹簧,平日里还好,被大钢牛压制得死死的,但若是遇见什么事触动弹簧,记忆就会反弹起来,还反弹得老高老高,把大钢牛的心肝顶得痛苦不堪。所以当橘猫跟他说能帮他把不好的记忆都拿走的时候,大钢牛心动了。那些失败的记忆就是大钢牛身体里的定时炸弹,这样的定时炸弹,能拆除再好不过,橘猫的出现,就像是很困的时候突然来了个枕头。

当然，橘猫是有条件的。

"你得听我的，帮我做事。"橘猫说。

大钢牛忙问做什么事，橘猫说总之是你能做到的事。橘猫告诉大钢牛，自己是未来世界的统治者，现在需要几个帮手帮他做事。大钢牛信了。要不一只猫怎么会说话呢？肯定不是普通的猫。这只猫看起来很威风，比卡通片里的任何角色都要威风，大钢牛就服气这样的威风。能成为未来世界统治者的帮手那是多大的荣耀哇！大钢牛做梦都想当一个战无不胜的大将军。大钢牛觉得，自己威风凛凛的时刻近了，近了！

说回那天的事。就是瘌痢头发难那天。

橘猫和大钢牛确实就在附近谈话。橘猫吩咐大钢牛四围去打听，看还有谁跟大钢牛一样想要忘掉一些事情，正说着橘猫就看见哪吒他们往萝卜牛杂摊档那边走，闪身尾随过去，大钢牛见状紧跟其后。

一个壮大个儿跟在一只长尾巴猫身后大摇大摆地招摇过市，也真是够稀罕，不少路人投来好奇的目光。大钢牛不觉得不自在，反而有种跟着皇帝出巡的感觉，不由得把步子都踏重了些。后来橘猫见瘌痢头惹事起了冲突，便叫大钢牛过去帮忙。橘猫心里的如意算盘打得啪啪响：哼，受了恩惠，还敢不听我的？

一切果然如橘猫预测的那样，大钢牛顺利制服了瘌痢

头,哪吒他们捧着萝卜牛杂往这边来了,朝着紫薇花直奔过来。

走在最前面的是星仔,人还没到眼睛早就黏在了紫薇花上。

紫薇花的花期可真够长的,星仔上一次看一群蜜蜂在紫薇花间跳舞已经是两个月前的事了。两个月后再次来到这株紫薇花底下,依旧看到蜜蜂飞舞,虽然花已经凋零了不少。星仔坚信,这些蜜蜂跟两个月前的蜜蜂是同一批,蜜蜂与花那也是一种亲情关系,谁也离不开谁的。

哪吒最先发现橘猫,问它在这里做什么,橘猫故意伸了伸懒腰说:"等你们。"又明知故问:"你们见到大钢牛了吧?"

"你怎么知道?"

"是我叫大钢牛去救你们的。"

哪吒赶忙跟橘猫道谢,心想今天若不是大钢牛及时出现,自己估计得让那癞痢小子给拆成一节节的。哪吒还不知道人不是像偶那样一节节组装起来的,即便是挨打,也散不了架,顶多是打死,绝不会打散了。

两只木屐想说自己也出了力,想起哪吒被自己掀翻在地时龇牙咧嘴的表情,又闭了嘴。

哪吒想要谢谢橘猫,可眼下也没什么好东西拿得出手,咽着口水把手里的萝卜牛杂递过去:

第六章 谜团

"这个给你吃!"

橘猫愣了一下,厌恶地别开脑袋:"拿开,我们猫不吃这东西。"

哪吒点头,以为猫真的不能吃这东西,转头狼吞虎咽往自己嘴里塞。星仔也很感激橘猫帮了阿妈,很想给橘猫做点什么表示谢意。哦对,猫爱吃鱼。

"嘿,你别顾着自己吃哇,去给橘猫买条鱼吧,我们还有钱。"

哪吒刚把一块萝卜塞进嘴里,含糊应了一声。今日星仔阿妈不肯收钱,钱确实还在口袋里。

"不必了!鱼我也不吃,你们勿要擅作主张!"

怪了,橘猫说话竟带着怒气。

花枝一直在盯着橘猫看,心里一团迷雾弥散不开。花枝见过猫,广场上就有不少流浪猫跑来跑去觅食。它们爱捡人类丢掉的食物吃,什么吃了一半的火腿肠,掉落的饼干碎片,或是面包之类的,都吃。也有路人故意拿东西喂它们,手里有什么就喂什么,猫也都不挑,怎么眼前这只猫什么都不吃呢?花枝越想越觉得古怪。好像从没见它吃过任何东西。

花枝决定试探试探。

"你说大钢牛是你叫来的,他是人类,你怎么叫他来的?你能跟他说话?"花枝跳到橘猫跟前质问。花枝虽然

胖，但不重，地上的落叶只被她扬起了一点点，很快又静静躺下。

橘猫不慌不忙反问道："我又不是偶，怎就不能跟人说话？"

"他怎么会听你的？"

橘猫说："当然是有条件的。我跟他做了个交易。"

交易？星仔和哪吒也想起来了，大钢牛今天确实提起过什么"交易"。

"什么交易？"

"你给他钱了？"

"你给他什么东西了？"

大家都在猜，花枝没有猜。是什么交易花枝不感兴趣，花枝想知道的是橘猫到底是谁。人的世界和偶的世界它都能进入，莫非它也是粤语神兽？

不，不可能。花枝摇头。她听罗汉讲过，在粤语中"猫"只不过是个辅助性的词，譬如"猫低"是"蹲下"的意思，"猫在家里"是"宅在家里"的意思，"出猫"就是作弊，除了本义指真正的猫之外，其余用法很多变，算不上什么专有的词。就这样一只猫，还没资格当粤语神兽。粤语神兽那可都是声名赫然的，就像化骨龙、为食猫、咪走鸡、鬼马、憨鸠鸠、眼鲸鲸等，哪一个的名字都响当当。再说，已经有为食猫了，也不太可能还有另外一只神兽唤作

"猫"。

那眼前这只神秘的猫到底是谁？从何而来？

花枝盯着橘猫看，越看越觉得这只猫不简单。

"你是一只猫，为何能讲人类的话？又为何能进入偶的世界？"花枝终于忍不住直截了当说出疑问。这个问题哪吒和星仔也很想知道呢，不约而同看向橘猫。

橘猫不悦地看着花枝："你问这么多做什么？我天生如此。"

"那你又为什么要帮星仔和哪吒？"花枝继续追问，她听星仔讲过橘猫可以帮他变回人类的事。

"对啰，你怎帮他们？你哪儿来的本事？"

"怎么从来不见你吃东西？"

"一只猫怎会不吃鱼？"

"你怎知天狗食日他们就可以变回去？"

"你跟大钢牛做什么交易？"

…………

橘猫身上的疑点太多了，一骨碌倒出来多得可以煮成一锅"疑点粥"！刚开始橘猫还若无其事地躺在地上抬起后腿舔呀舔，肚皮依旧一起一落。过了一会儿橘猫就躺不住了，起身把前腿往前伸，弓起背，露出尖锐的爪子来，嘴巴也龇开，露出两侧的尖牙，哪吒甚至看到了尖牙上的寒光。这是戒备的姿势，星仔见过。

"你们别问了,别问了,橘猫都被你问烦了。"星仔赶紧出言阻止。

花枝还想说什么,橘猫已经借着弓起的背像箭离弓一样往前冲去,瞬间就消失在绿化带中。

"哼,你们都把橘猫给气走了!"

星仔心里七上八下,也不知天狗食日的事,还作不作数?

3

夜黑风高,的确适合干"偷偷摸摸的事"。已近凌晨,广场上还有人,有行色匆匆刚加完班赶着回家的,也有玩到深夜仍恋恋不舍在外闲逛的,谁也没留意到一个高大壮实的身影藏在一棵大榕树后,正探出脑袋紧张地看着往来的人。

是大钢牛。

大钢牛穿了一身黑,紧身的那种,头上还戴了顶黑色的毛线帽,一有人走近就把毛线帽拉下来挡住脸,仿佛自己看不到别人,别人也就看不到他。大钢牛凑齐这副装束可不容易,黑色衫有,黑色紧身裤却没有,幸好他阿妈有,大钢牛便假借帮忙收衫裤把阿妈的黑色紧身裤偷了来。大钢牛的阿妈也是长得壮实,但已经没有大钢牛高了,紧身裤被大钢牛穿在身上,露出脚踝和小半截腿来。大钢牛觉得不够稳当,又偷来阿爸的黑色高筒袜，拉高把裤脚包起来，对着镜子看了又看。没错了，电视里的夜行者，就是这副装扮。

按照电视里的惯例，这种装扮的不是小偷就是强盗，但大钢牛不是。大钢牛给自己封了个名号叫"夜行将军"，一不偷，二不抢，不过就是借着夜色去帮橘猫办件事罢了。橘猫说了，事成之后就可以先帮他去掉两段最想去掉的记忆。加上这次，大钢牛一共为橘猫办两件事了，一件事换一段记忆的消失，很划算。

即便是不偷不抢，大钢牛也还是紧张，橘猫叫他做的，终究不是什么见得人的事，要不然也不会选在深夜里动手。平日里这个点大钢牛早就被爸妈赶上床睡了，说是早睡可以长个儿，大钢牛假装入睡，等爸妈也睡了才偷偷爬起来，装扮整齐溜出家门。

大钢牛还从没在这个时间到广场来。夜里的广场与白天的广场根本不像同一个广场，太阳统治下的广场到处都是闪亮的光，光滑的镜面外墙也好，玻璃顶棚也好，还有那些金属质地的雕塑，或是什么灯箱招牌，全都在巴结着太阳，争着反射明亮的光以表忠心。月亮统治下的广场气氛要柔和许多，各种东西却不免各怀鬼胎：心胸狭窄的顶棚会借着夜色细细碎碎数落着太阳伞的坏话，即便那太阳伞只有在有人站岗的时候才撑开；雕塑们都打起呵欠相互攀比谁是今天的赢家，谁进入人类的手机相片次数更多。只有骑在自行车上的

胖女人没吭声,闭上眼像是睡着了;喷水池夜里刚被清洁工撒上消毒粉,正向隔壁的石狮子炫耀自己可以天天洗澡……当然这一切又属于另外的世界了,偶不会知道,人类也不会知道。大钢牛只觉得夜静得可怕,静得能听见蟋蟀或者什么其他虫子的叫声,就像小时候在北方乡村的家里一样,夜里总能伴着虫叫声入睡。但这里明明是城市啊,而且还是城市中心最繁华的广场!大钢牛惊诧地四下张望,没有菜地,也没有水边高高的草,黑漆漆的,也不知虫子可以躲在哪里?

大钢牛总觉得黑暗中有一双眼睛在盯着自己,尤其是背过身的时候,那视线就死死捆绑在自己后背上,怎么甩都甩不掉。大钢牛左顾右盼左躲右闪,躲月亮躲星星躲路过的人躲一切可能存在的眼睛,广场上的眼睛真多,越是躲就越多,每一双都像故意盯着大钢牛看,看得大钢牛心里七上八下差点打退堂鼓。好不容易才找到橘猫说的那家商店,掏出早就准备好的手电筒往里照。靠近门口的陈列柜上有个罗汉,旁边一个空的木底座,没错了,就是这里,大钢牛长吁一口气。

按照橘猫的吩咐,大钢牛只需把玻璃敲碎就可以撤了,轻而易举。起初大钢牛也以为小菜一碟,没想真到了这儿才发现没那么简单。这玻璃看起来挺厚,也不知道自己带的那把小锤子能不能行。就算能砸开,也不知道会不会有警铃响起。警铃一响,会不会有警察来把自己给逮了?大钢牛有点发怵了，自己在班里都还不是跑第一呢，肯定跑不过警察。最要命的是，这事说不清，谁能相信你只是砸个玻璃没想偷东西？万一被抓了，橘猫也不可能来给自己做证明……大钢牛越想越怕，锤子在手上抖呀抖呀，就是砸不下去。大意了，太大意了，怎能不考虑清楚就行动呢？电视里那些行军打仗的戏，都还得摆上个地图或者沙盘几个人先预演推测一番呢，自己怎么就能这么糊涂贸然行动？猛地回想起班里曾有同学嘲笑自己"四肢发达头脑简单"，大钢牛心里就更难受了。

不干了不干了！大钢牛懊恼地转身打算离去，却没几步就被一个身影挡在了跟前。

"怎么还不动手？"橘猫的语气已经很不耐烦。

"我不干了！"

"为什么不干？"

"我、我怕有警察！"

"哼，三更半夜，哪儿来的警察？等明天有人发现的时候你早就回到家了，没有人会知道是你干的。"

"万一、万一报警器响起来呢？"

"没有报警器。"

"你怎么知道？"

"我什么事都知道。"

橘猫答得笃定，大钢牛一时不知怎么说了，心乱如麻。

"你真是个失败者!逃兵!"橘猫轻蔑地说。

这招激将法很有用,大钢牛立刻就反驳:"谁是失败者了?你才是失败者!"

橘猫见已把软肋拿捏住了,继续嘲讽他说:"这点小事你都没勇气做,你就是个胆小鬼,你输了!"

大钢牛哪里听得"输"字喔,身体里的血汩汩往上涌,脸都憋红了。

"我不是胆小鬼!我就没输过!"

"你今天不砸,怕是又多一件你想忘记的事!"

大钢牛被戳中痛处,跳起来挥起小锤子朝玻璃砸去,连砸好几下。无奈锤子太小了,这几下也只是碎开一小块,大钢牛刚要再砸,看橘猫眼里射出的光芒怪瘆人的,猛地就缩回了手。光芒是属于白昼的,不该属于这个有虫叫声的夜晚。

跑!快跑!一个声音在大钢牛脑子里喊。大钢牛也顾不上思考了,一激灵拔腿就跑,全然不管橘猫在身后气急败坏地叫唤:

"跑!你就跑吧!你同我听着:我们的交易,作废!"

第二天就有人报了警。虽然警察看到玻璃只是砸开一个小口有些摸不着头脑,还是通知店主回来看看到底丢什么没有,橘猫在一旁露出了得逞的笑。

第六章 谜团

费这么大劲不就是想要把店主人给叫回来嘛，花枝为了不让店主发现，肯定会回到店里来的。这个机警的胖女人显然已经开始怀疑自己了，必须让她离开哪吒和星仔，免得坏事。

第二天店主果然回来了。这是个高瘦的短发女人，叫阿竹，穿得跟西部牛仔似的，乍一看难辨雌雄。这家卖工艺品的小商店说是商店，实际上就是她存放旅游纪念品的陈列铺，里边的每一样东西都是她云游四海时带回来的，都是她的宝贝。警察打电话给她时，她正在西藏跟一帮牧民赛马，一听说自己的宝贝可能被盗，立刻就买了机票飞回来。花枝已经赶在她回到之前回到底座上了，要感谢店里一只根雕猴子冒险跑出去给她通风报信。猴子跟花枝一样，都是罗汉的"学生"，既是同窗（这里更可能指的是橱窗），便应该守望相助。

阿竹摸摸罗汉，又摸摸花枝，用眼睛把店里的所有东西数了一遍，这才松了口气。一个没少！

阿竹猜想可能是小孩恶作剧，但警察说不太像，哪个小孩会三更半夜跑来这里恶作剧，再说了，周围也没有可砸玻璃的利器，显然是有备而来。警察说，最大的可能还是有盗贼想偷盗，砸不开就放弃了。阿竹想笑，说就这么块玻璃，还有哪个有备而来的盗贼能砸不开？难不成盗贼这职业还是打卡上班制的？随便砸几锤子，一看到点了立刻扔下手上的

活儿下班跑了？警察被阿竹的幽默逗笑，心里还是担心真会有盗贼卷土重来。

"你这店里的东西贵重吗？值多少钱？"警察拿出本子打算记下。

阿竹的眼睛温柔抚过每一件藏品，缓缓说："贵！好贵㗎！全都是无价之宝！"

"那么贵有人买？"警察皱眉，显然不信。

这个憨直的警察真有意思！阿竹决定继续逗他：

"有，总会有人傻钱多的冤大头。"

警察没听出她的调侃，依旧认真地嘱咐阿竹给商店换上更厚实的玻璃，再装上监控，阿竹嘴上什么都说"好"，实际上内心只答应了一半：玻璃是必须换的，免得自己的心血付诸流水，但监控绝不会装。在阿竹眼里，每一件纪念品那都是有生命的，都必须被尊重，谁愿意一直被人监视着呀？

其实阿竹开这家店也不是为了卖东西，权当开个展览馆，遇到有缘的、说话投机的，做个买卖也不是不可以。开这家店后阿竹没在店里待过几天，东西也没卖出去多少件。每次外出阿竹就会在玻璃门上贴自己的电话，顾客想要可电话联系她，卖出去的那几件，基本就是这么卖掉的。贴的纸也不知道什么时候不见的，阿竹没留意，难怪近段时间一个顾客的电话都没收到过。

雕刻出花枝的是本地一个非常有名的雕塑家，性格跟阿

竹差不多，率性、有趣，与阿竹聊得投缘，就想按着阿竹的样子雕一个雕塑给她。阿竹却说自己太瘦了，想要雕塑家做一个胖胖的自己，这样才好玩。雕塑家欣赏阿竹的个性，没有半刻犹豫就欣然应承，在他看来，阿竹有趣的是灵魂，是胖是瘦都是阿竹。于是，便有了花枝。雕塑家并没有像做外边的大版花枝那样用铜，而是用了木。按雕塑家的话说，阿竹是个能给人温暖的女士，得用原生态的木才行，冷冰冰的铜代表不了她。

阿竹摸着胖胖的"自己"，笑得跟花枝一样灿烂。阿竹还自言自语给自己打气："加油啊阿竹，如果有一日你真的有她这么胖，也一定要像她一样无忧无虑啊！"

花枝第一眼看到阿竹便深深喜欢阿竹。大概雕塑家在制作花枝的时候，把"喜欢"二字一刀刀都刻入花枝的身体了吧？这对偶来说就等同于基因，改不了的。

第七章 谋 生

1

做出"回到商店"这个决定并不容易。

"你不回去也不要紧的啩?店里那么多商品,少一个也不会被发现的。"哪吒恋恋不舍地挽留花枝,经过这几天的相处,哪吒已经把花枝当成自己最好的朋友了。以前还是偶的时候,别的偶都当笨重的哪吒是异类,不怎么跟哪吒说话。哪吒从来就没有过什么好朋友。

花枝却表示自己非回去不可,店主人一定会发现的。

"就当你真的被盗走了不行吗?"哪吒不死心。

"不行,"花枝还是摇头,胖胖的身体第一次感觉沉重起来,"阿竹对我可好了,我不可以骗她!"

这话得到了两只木屐的强烈赞同,激动得竟相跃起:

"冇错喇!不可以骗人!"

"尤其是不可以骗好人!"

"你怎知那个阿竹是好人?"

"我说的是对花枝好的人。"

"对对对!不可以欺骗对自己好的人,她会伤心的!"花枝急巴巴附和木屐的话,她确实没有办法欺骗对自己这么好的阿竹。再说了,偶有偶的规矩,花枝可不敢轻易冒险,万一给偶界带来什么灾难可怎么办?花枝跟许多偶都是好朋友,断不能让好朋友们陷入危险中。

星仔一直没有吱声,他在想办法。星仔也舍不得花枝的,有花枝在的地方就有笑声,星仔太需要笑声了。到底是这里边最"资深"的人类,星仔有过十年"人龄",对人类的规则懂得最多,很快就按照人类的逻辑想到了一个好办法:既然是在商店里,那花钱把花枝买走就行了呀!

买走?哪吒也认为这是个好主意,问题是,钱呢?摸摸空荡荡的口袋,哪吒羞愧难当。每日里演出的钱差不多也就只够买点吃的,还不一定够吃。

花枝却摇头说这个办法行不通。即便是有足够的钱,阿竹也不一定同意把花枝卖出去。这一点花枝很有信心,花枝坚信,在阿竹心目中,自己绝不仅仅是个商品。商店里那么多的商品都标了价,唯独罗汉和花枝的底座上没有贴任何标签。

"不试下你怎知行不通?"星仔反问道。眼下当务之急还是钱的问题,得先有了钱,才有资格讨论能不能把花枝买过来的问题。

"我们可以更加勤力演出㗎,一天两场不够就三场,三场不够就四场……"哪吒决定豁出去。

"哪有那么多人来看喔。"花枝摇头。眼下每天两场已经挺多的了，第二场看的人明显比第一场少许多。毕竟来去也就那两首"数白榄"，经常到广场来的人大都看过了。

"我有办法！"星仔的木头脑子竟忽然活络起来，"我们经常换地方就可以了哇，哪里人多就去哪里！我们可以去越秀公园，去纪念堂，去永庆坊、陈家祠……"

"可以去这么多地方？"哪吒惊喜极了。

"当然可以！"

"你识得路？"

"当然识得！"

"太好了！星仔你真有办法！"

这是星仔第一次被哪吒夸奖呢，不好意思了。从小到大星仔挨的骂不少，被人夸的次数屈指可数。"夸"是会传染的，哪吒刚夸完，花枝也跟着夸星仔：

"太棒了星仔！你挑的地方都很好。这些都是岭南文化氛围浓郁的地方，我相信，能去这些地方的人，对木偶戏表演也一定会感兴趣的！"

"你去过这些地方？"星仔还以为花枝只会在广场附近晃悠呢。

"没有，"花枝俏皮地眨眨眼，"但我就是知道！"

"你知道的事情可真多，又是罗汉告诉你的？"

"秘密!"

"哼,不说我也知道。"

花枝只是笑,恋恋不舍告辞离去,走了几步又折回,叮嘱他们最好先去纪念堂,说纪念堂那里有一棵年纪很大很大的"木棉王",是一位看过无数次星宿变幻移位的智者,或许能从它那里得到一些指引。据说它粗壮的枝干上每一块裂开的树皮里都藏着岭南的秘密,每年它都会把一两个秘密转移到红艳艳的花里,挂在最靠近太阳的枝头,让秘密可以接受阳光的照耀,那样它们就不会是个叫人心寒的秘密。待花自然凋落在地面时,谁捡到了,谁就能知晓那个秘密。

"那如果没有人捡到呢?"星仔问。

"那秘密就会随着那朵花一起腐烂,又重新回到泥土里,等着被木棉王又重新吸收进枝干里储存着。"

"那还是原来的秘密吗?"哪吒又问。

星仔着急了,哪吒怎么尽问些无关紧要的问题!星仔最在意的是木棉王知不知道自己和哪吒是怎么换过来的?有没有办法再换回去?

"木棉王真的什么都知道?"星仔问。

"传言是。"

"哪里的传言?"

"秘密!"花枝依旧神秘兮兮。

"那你同我们一起去?"哪吒还没死心咧。

第七章 谋生

"不,我必须回去。"一想起要离开,花枝也很难过。她很认真地鼓励哪吒和星仔说:"我有个预感,你们的演出一定会有很多人看的,你们一定要好好表演,说不定就成大明星啦!"

"大明星?"这三个字可说到哪吒心坎里去了。哪吒是当过大明星的,当大明星的那种感觉可真叫人怀念哇!就像屉笼里刚出炉的热腾腾的包子,烟雾缭绕飘飘欲仙。哪吒昨天才刚买了个包子吃,现在所有能想到的比喻都跟包子有关。

"是啊,大明星!你是大明星,星仔也是大明星……"花枝说。

"我都可以是明星?"星仔一愣,这个自己的确没想过。

星仔经常在夜里偷听天上的星星说话,它们站得高,看得远,说出来的话自然也有高度,用老师教的成语说就是"高瞻远瞩"。星仔听它们说过很多做人的道理,的确像是很有道理的道理,星仔听不太懂,那就一次又一次地听,这就是星仔为什么喜欢独自在夜里仰望星空的原因。当然这是个秘密,星仔谁也没有告诉,万一被星星们知道自己偷听,生气了不再说话那可就得不偿失了。对于将来自己到底可以做什么,星仔幻想过很多不同的版本,比如当航海家四海为家,或者到沙漠里去养一大群秃鹰,再或者就去山里当山大

王,总之都是干大事的,绝不能像阿爸一样,成日里就只知道切萝卜洗牛杂。到底要怎样才算干大事呢?在星仔的选项里,从来没有过"当明星"这个选项,更何况还是木偶戏的明星!对于星仔的疑惑,星星们的话里也从来也没给过他什么具体的指引,只是絮絮叨叨反复说着一些诸如"不要被其他外在的东西干扰自己的内心""坚持就一定会有收获"之类的大道理。

花枝却很响亮地回答他了:

"当然可以!人偶合一,人是明星,偶当然也是明星!"

花枝说得笃定,不由星仔不信。再说,"人偶合一"是霍师傅说的,更错不了!

"那我们赶紧去纪念堂吧,今天就去!"星仔催促,打鸡血一般兴奋。

哪吒摇头。

"不急,我们先送花枝回去,今天继续在广场表演。"哪吒看向花枝的眼神里全是不舍。

"加油!你们一定能成为大明星的!"

花枝也舍不得他们咧!

中山纪念堂是个很漂亮的地方,星仔小时候经常去。那时星仔的奶奶还在,带星仔去爬越秀山要路过纪念堂,还没

第七章 谋 生

邮筒高的星仔每次路过都忍不住伸长脖子朝里看,里边有个仿古宫殿式的八角形建筑,琉璃屋顶,赤柱石栏,像极了星仔在一位老师家看到的一幅画。那是一幅颜色淡雅的画,老师说,那叫青绿文人画,一侧还题了诗,盖了印章。见过的同学仔都断定那应该是很贵重的画,星仔也不例外。同学仔们去老师家拿回因调皮被没收的玩具或文具时,老师都只是远远把东西递给他们,断然不让他们靠近那幅画,若擅自走近了,老师会惊慌地大声呵斥。越是不让靠近,同学仔们越是好奇:莫非那幅画里还藏着什么秘密?星仔猜测,秘密一定是藏在那座有琉璃屋顶的建筑里,那建筑看起来总是闪闪发亮,说不定是星星的住处,白天它们就躲在这房间里,晚上才出来。同学仔们都不信,还嘲笑星仔脑子有问题,星仔不服气,于是调皮捣蛋的事越来越多了,被没收的东西也越来越多,老师不得不一次又一次让星仔爸妈领着星仔到他家把没收的东西领回去。

看多少次都一样,画还是好好挂在墙上,那建筑依旧闪闪发光。

纪念堂里那座好看又神秘的建筑,到底是不是老师画里的那一座呢?里头真的住着星星吗?这疑惑搅得星仔整个幼儿园生涯都苦恼不已。也就是从那时候开始,星仔喜欢上了在夜深人静时偷听星星们说话,说不定它们会提到"回家"之类的话呢,也好印证星仔的猜测。后来星仔长大了,隐约

知道星星的数量很多很多，再怎么挤也不可能住到一个房子里，但对于纪念堂里那座建筑到底是什么依旧一无所知。

有时奶奶也会带星仔到纪念堂里边歇脚，尤其是夏天的时候，整齐站立的龙眼树树底下有一排石凳，歇脚兼纳凉正好。季节对的时候，密密麻麻的龙眼就会挂满枝头，可馋死星仔了，星仔要摘，奶奶不让，说必定是喷了农药，星仔只好仰着头像看星星那样看着一串串馋人的果子，咽着口水听奶奶与纳凉的人说话。纳凉的人大都是跟奶奶一般年纪的，他们说的话很没意思，无非就是买什么菜，做什么饭，有时还说到了星仔。星仔很讨厌他们伸出满是青筋的手来捏自己的脸颊，甩开撒腿就跑，绕着那座神秘的建筑跑。建筑的门一直是紧闭着的，还有穿制服的叔叔守在门口，不能进去看，绕着它跑也很好。看哪，琉璃窗户走马灯一样变幻着光彩，看哪，红色的大圆竹子列队绕着自己报数……星仔跑哇，跑哇，比星星跑得还快。爷爷奶奶们年纪大了，反应迟钝的手是绝对逮不住星仔的，星仔可以肆意地跑过矗立的孙中山全身雕像，跑过左右两个花岗岩雕成的云鹤华表，看到"天下为公"四个大字时歪着头呆呆看了一会儿又继续往前跑去。最后星仔一般会被一阵沁鼻的香味给缠住脚步。

香味来自两棵年纪很大的玉兰树，它们身上的树皮就跟爷爷奶奶们的手一样是坑坑洼洼的，年纪一定不比爷爷奶奶们小。那些爷爷奶奶就很热衷于捡掉落在地的玉兰花带回家去养,星仔的奶奶也捡,随便拿个瓷碟子养着,家里便弥漫着一阵阵淡淡的幽香。星仔却不爱闻,跟萝卜牛杂的香味混在一起可太奇怪了。

自从奶奶去世以后,星仔就很少到那头去了。星仔也很少再想起纪念堂,除了那次老师给他们念"居高声自远,非是藉秋风"的诗句,还问同学们可都听过蝉叫声,星仔这才想起纪念堂的蝉声来。那里的蝉大概是听过交响乐的,每次都叫得抑扬顿挫慷慨激昂。看来听觉的记忆比视觉的记忆要牢固呀,随着一声声中气十足的"知——"声从记忆里跑出来,纪念堂里的所有东西又渐渐在星仔脑海里重新浮现。

花枝说的那棵木棉王星仔是记得的,就在离越秀山最近的位置,都不用进去纪念堂,在外头路过时就可以看得清清楚楚。纪念堂里不止一棵木棉树,既然是王,自然是最高最挺拔的那棵。星仔见过很多人拿着相机对准它拍,快门一下下摁得飞快,生怕迟了木棉王会端起王的架子来。星仔还见过木棉王爆絮的模样:随着"礼炮"一般的声响,棉絮大雪般从天而降,抱成团的棉絮飘飘扬扬后散落在地。还有一些俏皮的棉絮在半空玩半天不肯降落,还丝丝绒绒地往人鼻孔里钻。奶奶说这叫"广州雪",从没见过雪的星仔皱起眉,半点不认同,雪怎会是这样的呢?在星仔的想象中,雪应该是满地的橡皮泥,可以捏成各种模样,雪还是满地的炮弹,可以打雪仗。反正书里的图画是这么画的,书里的人也是这

么干的。星仔不喜欢这"广州雪",不能堆雪人,也不能打雪仗,还让星仔的鼻腔发痒!可奶奶很喜欢,她总是在木棉花爆絮的时候伸手去抓,却总也抓不住,戴上老花镜也抓不住,最后干脆蹲在地上捡,仔细包成一包,塞进挎包里带回家。带回家做什么?星仔没问,奶奶也没说,总之当宝贝似的。

"走哇,去找木棉王!"星仔迫不及待!

2

广场离纪念堂有点远,星仔叫哪吒坐车去,哪吒不肯。坐什么车?什么车能跟自己的风火轮比?所有偶里面,哪吒怕是唯一一个自带出行工具的了。哪吒突然很怀念自己不见了的两个风火轮,也不知哪里去了。

最后他们是走路去的。路有点长,两只木屐很不耐烦,一路叽里呱啦相互埋怨。日渐西落时,他们终于披着最后一丝霞光风尘仆仆踏进了纪念堂。

他们从正门进,最先见到的是那两棵很老的玉兰树。两棵树正在斗嘴,你一言我一语毫不相让。星仔仔细听,它们是在说一只贪嘴的鸟,不知吃了什么东西从昨晚就开始拉稀。左边的玉兰树叫它去右边那棵,右边的又叫它去左边那棵,搞得小鸟扑腾来扑腾去,啪嗒啪嗒半空下粪"雨"。

第七章 谋 生

星仔不敢招惹它们,想静悄悄从一旁过去,没想左边那棵玉兰树还是看到他了:

"啊!我认得你!你怎么变成这样了?"

右边那棵也跟着尖叫:

"天哪!这个孩子怎么了?我活了将近一百岁,还没见过这样的怪事!"

它们竟然记得自己!星仔既高兴又忐忑:

"我,我也不知道怎么回事,一觉醒来就变成这样了。"

右边那棵玉兰树说:"你是不喜欢当人类了吧?"

左边那棵也附和说:"是啰,他一定是更喜欢当一个木偶!"

"才不是!谁喜欢当一个被人操控的木偶!" 星仔急忙申辩。

关于当人好还是当偶好的问题,两棵玉兰树你一言我一语又争起来了。星仔只好硬着头皮打断它们:"请问——我想找木棉王应该往哪边走?"

"木棉王?是啰!这事,去问无所不知的木棉王就对了!"两棵玉兰树说着齐齐抬起一杈树枝往一边指:

"就在后边!就在主体建筑后头!"

星仔踮起脚往后看,果然有个高高的树尖从琉璃屋顶后边伸出来,应该就是星仔之前见过的那棵。星仔指挥着哪吒

走过中华表，绕过那神秘的主体建筑，果然见到了那棵高高大大的木棉王！这个季节没有花，连叶子都萧条，但王就是王，依旧挺拔伟岸，一副不可侵犯的模样。

星仔心里小鹿乱撞。之前不知道它的身份也就罢了，知道它是王之后，星仔连话都不知道该怎么说了。跟王说话，是不是得有特殊的礼仪呢？哪吒可不管那么多，张口就问：

"喂！你是木棉王吗？听说你是无所不知的智者？"

高高的木棉树只是低头看了哪吒一眼，又冷漠地把视线移开。星仔心里咯噔一下，王果然不是很好说话。

"细路，你们找我何事？"一个慈祥的声音从背后响起。

哪吒诧异地转身，是身后的另一棵木棉树，个头要矮些，枝干老得有些支撑不住了，还要靠人工打的支架撑着。

"你，你才是木棉王？"星仔和哪吒面面相觑。

那个慈祥的声音又响起："人类的确是这么叫我的。"

它真是木棉王？星仔和哪吒凑近去看，这棵老木棉树身旁立着一块石头，石头上刻着字。字是这么写的："广州好，人道木棉雄，落叶开花飞火凤，参天擎日舞丹龙，三月正春风。"星仔不是每个字都认得，但也知道这些字能证明它尊贵的身份。你看，对面那棵就没有。

哪吒不识字，却也相信它才是真正的木棉王。这里四处都可见一种全身黑色的鸟，走路八字脚，头一伸一缩，毫无顾忌地把纪念堂当成自家的庭院，屋檐上蹦蹦，树荫下跳跳，椅子上啄一啄，可唯独就是不敢到木棉王的身上去。这么吊儿郎当的鸟，哪里敢在王的地盘造次？

"你是木棉王国的国王？"哪吒问。

"不，我只是木棉王国里年纪最大的。"

"多大？"

"我已经三百多岁了。"

那的确是够老的。一百多岁的树星仔就见得多了，城里到处都是，它们已经自诩"老树"，或者"古树"，像木棉王这个年纪的，可称之为"树仙"了吧。也难怪木棉王的躯干是歪扭着的，人老了背总要佝偻着，大概树也一样。又或者，这是因为它枝干里藏的秘密太多了，多得枝干都撑不住？

"对不起，我搞错了，我还以为对面那棵才是……"星仔不好意思了。

"为什么？"

"因为——我见过好多拿着相机的人对准它拍，还说、还说它的花开得最好。"

"哈哈哈……"木棉王笑起来，"孩子，你不能光听别人说，你得自己思考。要不然你的小脑袋会生锈喙！"

"思考？"

"对，你得自己观察判断。对面那小子还太年轻，爱招

摇，我说过它好多次了都听不进去……"

木棉王说的是大实话。对面那棵木棉才几十年树龄，在木棉界就是个还不谙世事的小年轻。深夜时分趁人类都熟睡的时候，木棉王会把纪念堂里所有的树召集起来检阅一遍，苦口婆心地劝它们"都庄重些，我们当初可是为伟人而栽"。就像现在的老人家语重心长地给孙子孙女讲以前老一辈是怎么艰苦朴素一样，大多数情况下后一辈是不会听的，至少变着法子阳奉阴违。这棵小年轻，它是激进的，甚至有点叛逆的，浑身上下散发着急于表现的雄心。它总是在有人拍照的时候把身子挺得直直的，把最美的一串花挂在靠近建筑的枝丫上，让摄影师们能拍出"黄墙蓝瓦红棉花"的经典美照来，自己也就能长期占据在照片主角的位置。

对面那棵小年轻显然是听到星仔他们跟木棉王的对话了，不敢反驳，但内心显然并不认同，轻轻"哼"了一声傲慢地摇晃着枝叶。星仔悄悄用眼角瞥了它几眼，心里七上八下。每次阿爸阿妈鄙夷地说"远方有什么好"时，星仔也会像它那样嗤之以鼻。

王终究是王，并不与小年轻计较。这几百年来，木棉王目睹过清政府的灭亡，见证过广州起义的惨烈，经历过叛乱，看着身旁的总统府被夷为平地……王什么没有见过？就是这里的树，也都是在它的眼皮底下一棵棵长大的。那两棵将近百岁的玉兰，在王的眼里也是后辈。

"唉,后生仔呀就这样,再过个百几十年,大个咗就生性(懂事)了。"木棉王说。

星仔觉得这语气像极了奶奶。难怪老人们总喜欢到纪念堂来,气味相投哇。

迟钝的哪吒什么都看不出来,他全副心思都在木棉王的"秘密"上。花枝说了,木棉王的秘密会随着花掉落在地上,谁捡到就归谁。现在可没有花,怎么办呢?

"木棉王,听说你无所不知?那你知不知道天狗食日的事?"哪吒忍不住问。

星仔也猛然惊醒。对呀,自己来找木棉王可是有正事的!

"天狗食日?"木棉王缓缓说,"我当然知道。"

"天狗食日那天会发生什么?"哪吒与星仔几乎异口同声。话一出口,他们相互对看一眼,都心虚地别过头。两人虽然问的是一样的话,目的却大相径庭。

"会发生什么啊……"木棉王抖落一片树叶,缓缓地陷入了沉思中,"会发生什么呢?你们让我好好想想,我老了,记不清楚了。"

"记不清楚了?你不是无所不知吗?"星仔惊讶极了。

木棉王又抖了抖树枝。

"我的确是无所不知。世界上所有的秘密都藏在我身体里。可是秘密太多了,太多了,要找出来没那么容易……"

第七章 谋 生

木棉王告诉星仔他们,他把大的秘密藏在每一朵花里,又把小秘密藏在每一片叶子里,叶子和花都不够藏的话,就把多出来的深深埋进自己的根里。木棉王底下的根很多很多,比星星还要多,错综复杂。关于天狗食日的秘密自然是大秘密,必定是藏在某一朵花里。到底是哪一朵花呢?已是临近冬季,木棉王身上别说花了,叶子都零零星星。

木棉王说:"也可能是在今年春天的时候它随着花掉落在地,被人捡走了。"

星仔大失所望:"人为什么要把花捡走?"

"因为有用,"木棉王说,"人类会把我的花带回去晒干,做成药材,或者是煲汤喝。"

"为什么?"

"清热利湿哇!南方湿气重,我的花堪比良药。"木棉王的语气甚是自豪。

"好喝吗?"哪吒竟下意识脱口而出,可把星仔气坏了!这个只晓得吃的吃货!

木棉王这才发现,站在眼前跟自己说话的,除了星仔这个偶,竟然还有人类?!

"后生仔,你不是人类吗?怎能进入偶的世界?"

哪吒反问它:"你不是无所不知吗?"

"是了!我想起来了!你一定是半偶人!"木棉王焦急地把身上的叶子摇了又摇,"我记得我有一个关于半偶人的

秘密的,在哪里呢……让我找找。"

"不,你不用找了,他不是半偶人,他曾经是个偶。"星仔抢着澄清。

"曾经是个偶?然后现在变成人类了?这倒是件稀奇的事。对,我想起来了,关于天狗食日的事,好像就跟这个有关系。可是具体是怎么一回事呢?让我找找,都在那朵花里的,那朵花呢……"

星仔焦急地问:"你能记得那朵花被谁捡走了吗?"

木棉王说不记得了。怎么可能记得呢,木棉王每年都开那么多的花,每年都有那么多人把花捡走。

"也就是说,现在有人类知道这个秘密?"

木棉王说"对",但很快又补充一句:"如果是被人类捡走的话。"

"还能被不是人类的捡走?"

木棉王告诉他们,如果不是被人类捡走而是被什么猫猫狗狗叼走的话,那它们也可以知晓这个秘密。

猫猫狗狗?猫?啊!橘猫!莫非……莫非橘猫就是捡到了那朵木棉花所以才知道天狗食日的事?星仔恨不得逮住橘猫亲口问个明白。可现在橘猫在哪里呢?这家伙总是神神秘秘的。

木棉王见他们失望地低下头打算离开,轻轻叹了口气,地上掉落的叶子懂事地像龙卷风一样一圈圈卷动起来,卷住

第七章 谋 生

他们的脚步——连树叶都知道，木棉王很喜欢这两个孩子，不忍心他们失望离去。果然，木棉王叫住他们：

"后生仔，相识一场，我赠送你们一人一个秘密吧。"

"真的？"二人又惊又喜。

"当然是真的。"

星仔与哪吒伸手就要去捡地上的落叶，木棉王哈哈大笑起来："不，那些都是小秘密，我想赠送你们每人一个大秘密。"

木棉王话还没说完，哪吒手快已经捡起了一片落叶，果然，脑子里瞬间像被什么击中，脱口而出："星仔，你七岁时还尿过裤子！哈哈哈哈！"

星仔的木头脸差点被吓出红晕来："你别说了！那次是意外！"

幸好哪吒对这样的秘密也没太大的兴趣，他缠着木棉王要大秘密，木棉王却像忽然中了定身法一样，一动不动。

"木棉王怎么了？"哪吒问星仔。

星仔也不知道哇："它不会是反悔了吧？"

木棉王当然没有反悔，地面上的木棉王一动不动，地底下的木棉王可太忙了。它无数的根在蠕动着，就像一个无比庞大的机器在运转着，一个齿轮带动另一个齿轮，逐一筛选着根上的秘密。那些秘密就像流水线上的产品一样哗啦啦列队经过，又像待检阅的士兵，静静等候木棉王发号施令。

好一阵子木棉王才终于说话了："好了，后生仔，我帮

你们筛选出了两个你们最关心的秘密,你们一定会感兴趣的。"说着,树上竟忽然长出了两朵红艳艳的木棉花,硕大的花朵沉甸甸的,也太沉了,直接"啪"的一声砸落在地。

花!木棉花!这个季节的木棉花可真够稀罕的。那抹红色在秋风里给人很踏实的感觉,风卷得起落叶,但决计卷不起这肉乎乎的花。要不是星仔亲眼看着它们从木棉王的枝条上冒出来,会以为那是两个红柿子,应该挂在柿子树上。

哪吒迫不及待抢先捡起一朵木棉花,凑到鼻尖闻,然后疑惑地看着星仔。哪吒的眼睛那么大,死死盯着人看还是挺瘆人的。

"怎么了?你得到了什么秘密?"星仔被哪吒看得很不自在。

"你阿妈丢掉了记忆,关于你的记忆。"

星仔一惊:"什么意思?我阿妈把我忘了?"

"不,只是丢掉了一部分的记忆,你小时候的。"

"一部分?"

哪吒突然叫起来:"啊!我记起来啦!你阿妈说她都从来无打过你!亦都不记得你非要吃即食面的事,她一定是把那件事情忘掉了!"

这事星仔也觉得蹊跷,阿妈那天的反应,不像是装出来的。

"那——她为什么要忘记?"

第七章　谋生

哪吒为难地摇头："我不知道。这大概是另外一个秘密吧？"

另一个秘密？星仔小心翼翼地捡起另一朵木棉花。多希望这朵木棉花能告诉他关于阿妈的秘密呀，可是瞬间浮现在脑海里的却是一大群的神兽，闹哄哄在星仔的脑子里横冲直撞。星仔认出来了，里面有化骨龙，有咪走鸡，有为食猫，有鬼马，还有好多只星仔从没见过的奇怪神兽，星仔好不容易才数清楚，一共有十只。对，它们就是粤语神兽！花枝说过的，粤语神兽有十只！

"你快讲呀，你知道了什么秘密？"哪吒把星仔拿起来拼命摇晃，差点把星仔脑子里浮现的东西都摇掉了。

"你别摇哇！"星仔大叫，"我都快被你摇散架了！"

哪吒不好意思地停了手："到底是什么秘密？"

星仔茫然地摇头，脑子里的神兽们窜动得越来越快了。

"我看到了粤语神兽……它们在跑来跑去……啊！橘猫！"星仔忽然发出一声惊呼，意外至极。在一堆跳来蹿去的粤语神兽背后，赫然蹲坐着一团橘色的身影，那身影星仔太熟悉了，不是橘猫是谁？

哪吒也吓了一跳。橘猫？怎么会呢，橘猫就是一只猫，怎么可能是粤语神兽！再说了，粤语神兽里边的猫类，已经有为食猫了，不会再无端端多出一只"猫"来。哪吒又把神兽们数了一遍，没错，除橘猫外已经有十只神兽了，橘猫的

确不是粤语神兽,那就更奇怪了,橘猫既然不是神兽,又怎么会跟神兽们混在一起?

木棉王显然也解答不了这个问题。星仔多想跟木棉王再讨要一个秘密呀,可是木棉王不肯,它说,不管作为人还是作为偶,都必须说话算话,说一个,就一个。见星仔的样子有些悲伤,木棉王又轻轻地安慰星仔说:

"回去吧细路,其他的秘密,就等你自己去发现了。你这么醒目,肯定可以自己发现的。"

醒目?星仔精神一振:"我真的可以?"

木棉王笃定地摇晃着枝叶:"可以!一定可以!记住,不要被其他外在的东西干扰自己的内心,还有,坚持就一定会有收获。"

这些话好耳熟哇!星仔拼命回忆,终于想起来了:这可不就是星星们说的悄悄话?星仔偷听到的。

为什么木棉王会跟星星说一样的话?

3

有这样一个传说:

传说在很久很久以前,脚下这片地方曾连年灾荒,遍地荒芜。一天,天空上忽然出现了五朵彩色祥云,上有五位仙

第七章 谋 生

人,身穿五色彩衣,分别骑着五色仙羊,每只羊都口衔着"一茎六出"的优良稻穗。仙人把稻穗撒向荒芜的土地,然后又骑彩云腾空飞逝。从此这片土地便风调雨顺五谷丰登,五只仙羊因依恋人间也化为石头留了下来。

星仔一直相信这个传说是真的,那五只羊,就在越秀山上呢,星仔随奶奶去爬越秀山时经常会看到。星仔灵机一动,对呀,到越秀山上的五羊雕像前去演出!木偶戏嘛,哪能没有小孩观看?纪念堂来来去去都是老人家,没意思。

"那五只仙羊老是待在越秀山上也挺无聊的,给它们看看木偶戏也挺好。"星仔说。

"你别自作多情,五羊雕塑又不是偶!"哪吒对此很是不屑。

五羊雕塑的确不是木偶,是石头做的。星仔多希望它们也是偶呀,这样星仔就可以亲口问问它们传说是不是真的。更重要的是,星仔还想问问仙人的去处,仙人们有那么大的本事,说不定知道怎么把自己再变回人。

哪吒拗不过星仔,到底还是来到了五羊跟前。这边的小孩很多,叽叽喳喳跑来跑去,的确是个演出木偶戏的好地方。哪吒都还没准备好开场,哗啦啦已经围过来好几个小孩,他们都对星仔表现出了浓厚的兴趣:

"这是什么?"

"它会动吗?"

"会说话吗?"

"它叫什么名字?"

…………

哪吒慌乱地应答着,边回答边解释着接下来的木偶戏表演。还是有很多小孩叽叽喳喳发问,问木偶戏是什么,问哪吒是谁,哪吒应对不过来,干脆给星仔使了个眼色,直接开始表演。

花枝临走前又帮星仔他们新编了一段词,这段词还是第一次演出咧,哪吒心里七上八下没什么底。反而是星仔更淡定些,这段时间的磕磕碰碰早就给星仔的心套上了"金钟罩铁布衫",记得阿妈经常说:淡淡定,有钱剩。大人的话用在木偶表演上,也是贴切的。

星仔手中比往常多了一把纸糊的小雨伞,那是哪吒新买的道具。这段时间演出次数增加了,哪吒不仅可以吃饱喝足,还有余钱添置些演出的道具。雨伞很小,根本遮不住星仔的头,反而增添几分幽默感。

叫声靓仔你听我讲,

你老窦老母唔轻松。

赚钱忙到无觉瞓,

还要看人面色扮狗熊。
叫声靓女你听我讲,
你老窦老母唔轻松。
为你遮风挡雨无怨言,
不见艰苦只露笑容。
靓仔靓女你听我讲,
为人父母都唔轻松。
呕血筑巢为幼子,
为子女前程搏命冲。
靓仔靓女你要生性,
将父母深情记心中。
勿为小事惹亲怒,
相亲相爱乐融融。
乐——融——融!

"数白榄"还没读完,原本三三两两凑在一起闲聊的父母们已渐渐围聚过来。大人表示关注的方式不外乎往地上的破瓦碗里扔钱,正合哪吒心意。

哪吒高兴地数着瓦碗里的钱,星仔却疑惑地盯着五羊那边看。就在刚才演出的过程中,星仔老觉得有视线从五羊那边射过来,星仔也偷偷用眼角瞥过几眼,五羊还是石头的五羊,冷冰冰的。

怪了，星仔的胸口明明被视线灼得热热的。

星仔仔仔细细观察了一下，五羊里边有一只很小很小的羊羔，都还没长出角来呢，屈着前腿跪地，把头往母羊的身下拱。母羊应该就是它的妈妈，身下的乳头垂得低，刚好让小羊可以够着。星仔总觉得视线是从回过头来看的那只母羊发出来的，但星仔又不十分确定，毕竟那是石头呢，哪儿来的视线？

哪吒高兴地欢呼："太好了！太好了！你看，这么多钱！我们很快就可以去把花枝带走啦！"

星仔还对那视线耿耿于怀。

"你说，那五只羊会看我们演出吗？"他问哪吒。

"当然不会，"哪吒想都没想，"它们又不是人！"

"可是……偶也会看我们演出。"

"它们也不是偶，我讲过啦，它们是石头做的。"

"可是，你怎么确定石头做的就不可以是偶呢？"星仔还是不死心。

"你是说——石头偶？"这下连哪吒都不甚确定了，对呀，为什么只有木头能做偶呢？难道就不能有石头偶、铜偶或者铁偶？哪吒想起了广场上的那些大码花枝，她们就是铜做的。事实明摆着，花枝没有办法跟她们交朋友。哪吒无奈地摇头："即便真有石头偶，那也是另外一个世界里的，我们看不到。"

第七章 谋 生

星仔也知道看不到,但刚才那个目光是那么真切。

"细路,你在哪里学的木偶戏?"一个熟悉声音在耳边响起。

哪吒转头,被眼前一双炯炯有神的眼睛吓了一跳,下意识就把星仔倒过来拿。竟是霍师傅咧!星仔的头猛地倒栽葱,一睁眼就看见两只硕大的木屐在眼前幸灾乐祸地笑。

"我、我是同一位老师傅学嘅。"哪吒可不撒谎,霍师傅也是个老师傅。

"哦?是哪位老师傅?"霍师傅来了兴致。

哪吒支支吾吾地说:"就是、就是一个很得人尊敬的师傅,他年轻的时候好威水(威风)㗎,是个大明星。"

这么一说霍师傅倒皱起了眉头。

"这么厉害的师傅,怎就没把好功夫都传授给你咧?你这几句'数白榄'编得不错,但木偶的基本功还是太差了,身段半点不讲究,动作也不到位。"

星仔觉得这话是对自己说的,耳根子唰地臊热起来。不应该啊,偶又没有血,臊什么臊?可星仔就是觉得臊。不应该!星仔好后悔啊,当时怎么就没有好好跟霍师傅学艺呢?

即便是倒着,星仔还是能清楚看到霍师傅脸上有一朵愁云,那朵愁云星仔见过很多次了,青苗班里只要有同学仔偷懒不练功或者练不好,那朵愁云就会飘到霍师傅脸上。今天

的这朵更大,还是乌云,眼看就要化作雨雾跑进霍师傅的眼睛里,星仔多希望自己的头顶是个尖尖的螺丝呀,那就可以一头钻进地里,都不用找地缝!

霍师傅盯着哪吒的脸看了很久,看得哪吒很不好意思,过了一会儿终于忍不住问:"你看什么?"

"无,无,"霍师傅猛地清醒过来,尴尬地说,"不过是觉得你有点像……"

"像什么?"哪吒的心吊到了嗓子眼。

"像我以前一个老搭档。"

"老搭档?"

"对,"霍师傅缓和了一下情绪,轻声告诉哪吒以前自己有一个很优秀的老搭档,是一个偶,又跟哪吒说了一些当年跟老搭档一起闯江湖的威水旧事,说的时候眼睛里全是哪吒熟悉的光,那光曾经在舞台的上方久久不散。最后光还是暗淡了下去,霍师傅叹口气说:"可惜啊,时过境迁,我的老搭档已经不在了。"

哪吒可不敢问他老搭档去哪儿了,只好呆呆地看着霍师傅,应也不是,不应也不是。

霍师傅忽然拍拍哪吒的肩膀语重心长地说:"细路,今日见到你演出,我好高兴,真喫,好高兴。这年头中意木偶戏的后生仔不多了,会演木偶戏的更加少。你如果中意,一定要坚持下去啊！"

哪吒点头，又摇头，说自己还不太会演。

"不会？那就学哇！"

霍师傅告诉哪吒木偶团里办了个青苗班，就是专门教你这个年纪的细路表演木偶戏的，又说哪吒如果感兴趣话，他可以去问问团长下一期能否让他报名。

"下一期是几时？"哪吒惊喜极了，他多想名正言顺回到祠堂那里去呀，可是霍师傅的下一句话如同一盆冷水浇下来：

"下一期最快都要等明年了。假使基金会同意继续支持的话。"

明年，那也太久了，哪吒可等不了那么久。现在哪吒天天睁眼就面临着要填饱肚子的问题。

霍师傅见哪吒为难，便安抚他去不了青苗班也没关系的，还建议哪吒到八和会馆或者粤剧博物馆去看看。

"八和会馆有人唱粤曲，粤剧博物馆的戏台子也常有粤剧表演，你要多看，多听，跟着学些身段，学几个动作，最好还能学唱几句，表演起来就大不同喇！"

"真的可以？"

"当然可以！"

"太好了！"

哪吒满心欢喜,用肉乎乎的手拉住霍师傅满是老茧的手,霍师傅也顺势在他手背上轻轻拍了几下。星仔看在眼里,酸在心头,像打翻了致美斋的醋罐子。

这番话,霍师傅明明应该对自己讲的。

第八章 变 故

1

夜是相对于白天而言的。白天的存在,让夜显得更加黑暗。

——这个奇怪的想法不知从哪里跳出来,钻进星仔的脑里边,所以走在灯火通明人潮如鲫的街道上时,星仔才会感到前所未有的孤独与冷清——越热闹,越孤单。这个街道离家很近,星仔小时候经常跑过来玩。可上了小学之后渐渐地星仔就不愿意来这里玩了。同学仔也会去买萝卜牛杂吃,星仔可不想被同学仔们起花名。班里有个同学的父母是卖酱油的,尽管是在很有名的老字号致美斋,也还是难逃被人叫"豉油仔"的命运。同学仔们若知道自己家是卖萝卜牛杂的,会给自己起什么花名咧?牛杂仔?还是萝卜仔?星仔一直躲得很好,所以也就没机会知道。

夜渐深,人潮退去,永庆坊的夜才算是真正到来。这里很时兴悬挂一种椭圆形的红灯笼,就挂在一楼与二楼之间,小楼与小楼之间,把崭新的青砖外墙、裸露着红砖的墙面,

或者是刷成黄色的墙面都衬托得十分喜庆,就连隔壁现代感十足的玻璃墙面也能照出一种古典喜庆的感觉,哪怕今天什么日子都不是。没有灯笼的地方,小巷子终于深幽起来,种在门口的绿植摇身褪去白日里的鲜亮,从一张照片变成一幅水墨画,影影绰绰另有一番韵味。夜越深,水墨画就越写意,篇幅也在不断地扩大,从只有绿植盆栽,到小楼屋檐的轮廓,再到远一点的大树,都半实半虚,衬托着星仔内心的孤独。

星仔他们是昨天来到这里来演出的。

这里离阿爸阿妈的档口不算太远,星仔心痒痒的,叫哪吒带他远远去看过一眼。档口依旧只有阿妈在,不用猜,阿爸肯定还在四处找星仔。跟上次见到相比,阿妈的样子又不太一样了,人瘦了一圈,动作也缓慢了,连手上的剪刀都变钝,不断地被来买牛杂的人催。星仔在心里把那些人骂了一百遍:催什么催?慢点吃怎么了?又不会少你一块肉!

哪吒看出了星仔的心思,很快就替星仔想了个主意:

"你可以写信,我帮你拿去给你阿爸阿妈。免得他们找不到你四周围乱找。"

这可真是个好主意!星仔觉得自己真的变成榆木脑袋了,这么简单的法子怎么就想不到?见星仔点头,哪吒转身就跑去给星仔买笔买纸。这两天收入不错,哪吒底气也足。纸笔不难买,哪吒很快就买了来,还捎带给自己也买了一支

第八章 变 故

笔,用来练习怎么握。哪吒的手充其量也就握过红缨枪,笔是从没握过的,既然是人了,还是得学一学,免得闹笑话。

星仔拿起笔和纸躲到一旁的台阶上写,笔头已经碰到纸了,纸上鬼画符似的画出许多小蚯蚓,可就是半个字都写不出来。要跟阿爸阿妈怎么说呢?照实说显然是不行的。从小到大星仔撒过的谎就跟这信纸上的横线一样多,可眼下星仔偏偏就卡壳了,半句都编不出来。

星仔本想跟阿爸阿妈说自己在很远的地方呢,叫阿爸阿妈不用担心,等玩够了就回去。可想想又觉不妥,很远的地方是哪里?万一阿爸阿妈真的跑到很远的地方去找呢?南极,北极,沙漠,雪山……他们若真的跑去找那可怎么办哇?星仔可不想阿爸阿妈变成冰棍,也不想他们像电视里喉咙冒烟的路人那样渴死在沙漠里。

星仔还想跟阿爸阿妈说,自己很想念他们,还有阿爷。可是这样的话星仔说不出口,也落不下笔。记得四年级的时候老师布置过一篇叫作《妈妈我想对你说》的作文,星仔写了满满一页纸,全都是模仿范文写的,真心想对阿妈说的话半句不敢说。星仔的家没有亲昵的传统,阿爸阿妈也从来没对星仔说过什么肉麻的话。记得有一次星仔差点走丢,阿妈急匆匆找到他时,手是颤抖的,眼眶里泪花直打滚,即便是这样,阿妈也没对星仔说过什么,只是紧紧攥紧了星仔的手,攥得好紧,好紧,嘴里却是在责怪星仔乱跑,吓唬他下

次再乱跑可能就被人贩子抱走了,再也回不来了。星仔找不到阿妈的时候害怕极了,幻想着假如阿妈突然出现,自己一定会冲过去紧紧抱住阿妈哭一场,趁阿妈给自己擦眼泪时好好在阿妈怀里腻一会儿,然而阿妈并没有给他这样的机会,一听到阿妈的责怪星仔就哭不出来了,气鼓鼓地撇嘴。星仔很喜欢阿妈抱,阿妈身上肉乎乎的,抱起来真舒服,像整个人裹在云朵里,温暖又柔软。可幼儿园毕业之后,阿妈就很少抱星仔了。阿妈整天就只知道忙,做什么都要快,整天催星仔快快快,她整个脑袋大概被"快"字给占满了吧?总之没有"抱"字。

每次很想要阿爸阿妈抱的时候,星仔就会紧紧抱着那个绣着小兔子的小枕头。枕头很小,是星仔一岁时阿妈亲手做的,里面塞的是奶奶亲手捡来的木棉花絮,说是英雄花的絮,枕在头上就能像英雄一样有出息,长大了风风光光。星仔小时候的确枕着它睡觉,长大了嫌它小,就改为抱着它睡觉。这么多年过去,枕头已经很破很旧了,阿爸阿妈不止一次要拿去丢掉星仔都拦着不让,不仅舍不得丢,还当宝贝一样裹在被子里藏好,谁也不许碰,好像碰一下就会碎掉,枕头若真会碎掉,星仔的心也会跟着碎。枕头做工不算好,阿妈不是个擅长针线活儿的人,上面绣的那只小兔子也不知是从哪里剪下来又缝上去的,缝得歪歪扭扭,可星仔就是觉得好,凑到鼻前深深吸上几吸,全是能让自己心安的味道。想

第八章 变 故

着想着星仔忽然很想再抱抱那个宝贝枕头，有些日子没抱了，它该不会让阿爸阿妈当垃圾给扔了吧？星仔这下心里更纠结了：要不要在信里叮嘱一下阿爸阿妈呢？叫阿爸阿妈千万不要扔了自己的小兔子枕头。

关于现在的状况，似乎也有必要跟阿爸阿妈汇报一下。阿爸阿妈肯定猜不到，他们的儿子现在能自己养活自己了啵！一想到这儿，星仔还觉得挺骄傲的。对，要跟阿爸阿妈说，说自己在青苗班很刻苦学艺，现在已经能给大家表演了，表演时还有掌声！阿爸阿妈听到了肯定很高兴，这样他们就不必再为自己将来的生计担忧。星仔不知道阿爸阿妈当初怎么会那么铁了心非要送自己去学木偶戏，现在星仔的确觉得木偶戏还挺有意思的，还有那些身段，那些动作，那些"数白榄"，都很有意思。若自己真能像霍师傅年轻时候那样上台去表演木偶戏，也是件挺不错的事。星仔没上过正儿八经的舞台，有时候也会想在舞台上演出是什么感觉？据哪吒描述，在舞台上表演就像穿越到了另一个时空，你已经不是你自己了，人是剧里的人，偶是剧里的偶，台下的掌声、叫好声全都是在这个时空之外的，你只有回得来才能享受得到。星仔多想也去另一个时空看看哇，那可比什么南极北极还要好玩得多！

到底应该写什么呢？星仔想得越多，越是不知道如何落笔。哪吒还在一旁催，催得急，星仔一咬牙只写下一句话：

我很好不用担心我自己会回家

——连标点符号都忘记标。

到这一带来演出算是来对了，观众比在越秀山还要多得多，哪吒刚把星仔拿到手上整理了一下，都还没开始演就哗啦围了一圈人。他们的眼神是炽热的，他们还会交头接耳时不时赞许地点头。哪吒和星仔倍感欣慰——这分明是热爱才有的模样。

受了鼓舞的哪吒和星仔表演愈加卖力了，非常卖力。

唯一让哪吒和星仔苦恼的是——这里的神兽也太多了！才刚开始演出，就有三四只调皮的神兽故意在哪吒跟前窜来窜去，搅得哪吒差点演不下去。

鬼马，咪走鸡，为食猫……还有几只其他的神兽，星仔都觉得眼熟。没错，就是它们！上次木棉王给的"秘密"里头，就出现过这些神兽。这么多粤语神兽聚集在这里做什么呢？星仔仔细数了数，除了化骨龙，几乎全数到齐。莫非——捅了粤语神兽的老窝？

鬼马又捣蛋了，那么薄的翅膀扇起来的风，竟也能下起树叶雨来。"落雨啦！落雨啦！"神兽们聚到"雨"下又蹦又跳，落了地的叶子被它们脚底的风插上"翅膀"，贴着地

第八章 变 故

面飞翔起来。向来严肃的咪走鸡竟也调皮了,被"飞行"的树叶引领着,在围观的人群脚下来回钻来钻去,围观的人原本好好看着表演,突然好像想起来什么重要的事情,有手表的看手表,没手表的看天空,而后恋恋不舍地离去。

"怎都跑出来了哇?阻头阻势①!"

星仔气急败坏地驱赶它们,话已出口才猛然想起自己还跟哪吒在演出咧,吓出一阵哆嗦。这倒好,词吓没了,呆呆看向哪吒。要命的是哪吒竟也忘词了,像被孙悟空施了定身法,不知该怎么收场。

半途忘词这回事,哪吒还是第一次,以前跟霍师傅搭档的时候可从来不会发生这样的事。霍师傅演出经验足,即便是真忘词,马上就能现编几句出来救场,观众根本看不出来。

那么多双眼睛齐刷刷盯着哪吒咧!哪吒急啊,急得冒烟,急成一个点了火正嗞嗞冒烟的炮仗。就在炮仗即将爆炸的那一瞬,一个小小的声音在身旁说:"勿慌!继续!下一句是'靓仔靓女你听我讲'。"

这声音好耳熟!哪吒惊喜地转头看,果然是花枝。

"啊!是花枝!"星仔也看到花枝了,精神一振。

花枝怎么来了?哪吒停下手上的动作,刚要把星仔放下来,星仔却喊住他:

---

① 妨碍。

"别停!我们还没演完!"

哪吒又重新把星仔举起来了,虽然得了花枝的提示记起了词,心里仍发慌,念得磕磕巴巴,锯木头似的,结巴得连两只木屐都看不过眼了,吧啦吧啦谴责哪吒不够专心。

到底是把这段演完了,有惊无险。哪吒急出了一头冷汗,黏糊糊的。

花枝忍不住称赞星仔:"你说得对,演出不能演一半。"

"这是霍师傅说的,"星仔说,"演出就得有演出的规矩,戏一旦开场就停不得,除非塌了台,或是着了火!"

哪吒羞愧地低下头不敢看星仔。这话哪吒当然也听霍师傅讲过,偏偏就一时没想起来,偏偏还要在花枝面前现了丑。

"演出就得有演出的规矩!这话说得太好了!"花枝高兴地说,"这也是对木偶戏的尊重!"

规矩?尊重?这下轮到星仔不好意思了。自己可没想那么多,就是觉得既然开始演了就没理由中途停下来。就像阿妈剪牛杂,她说捞起一块总要剪完了才会放下剪子,不然那块牛杂就会恼怒地钻回锅里,再捞出来可不容易。

哪吒还在沮丧中,脚下的木屐已经雀跃欢腾起来:

"规矩!规矩!我们木屐也是有规矩的!"

"左脚右脚要分明!"

第八章 变 故

"龙船屐给男人穿!"

"高脚屐要在屋企穿!"

"出花园要穿红木屐!"

"花木屐都可以㗎!"

"不行!就要红木屐!"

…………

花枝挑了个舒服的姿势坐下,乐滋滋地看木屐们咋呼呼地讲它们木屐的"规矩"。真好呀,自从罗汉被店主人阿竹带走之后,就没有谁能给她讲有意思的事了。

罗汉是昨天被阿竹带走的。阿竹只回来了两天,把店里的玻璃修好,把新收集来的好东西摆上,就又背上大大的背包出门了。临走前阿竹在罗汉与花枝之间纠结了许久,左看看,右摸摸,最终还是把罗汉塞进了背包。花枝既失落,又庆幸。阿竹前脚刚走,花枝就迫不及待跑出来找哪吒他们了。这对花枝来说可不是容易的事,都是陌生的路,路上走的都不是偶。幸好沿途的树记性都还不错,也热心,不然花枝没那么快打听到他们的位置。

听花枝说罗汉被店主人带走了,星仔竟有点失落。在星仔心里,早就对这个无所不知的罗汉钦佩不已。

"她为什么要把罗汉带走?"星仔问。

花枝告诉星仔,把罗汉雕刻出来的那位岭南文化学者其实是阿竹相恋多年的恋人。学者近几年都在走访各地的民俗文化，阿竹便跟随他四处漂泊。这次把罗汉带上，大概是被盗窃未遂事件给吓住了吧？这尊罗汉被阿竹视为定情信物，怕放在店里不安全。

"走访？"星仔不明白。

花枝解释说："就是把各地的独特民俗文化记录下来。"

真好，这不就是自己梦寐以求的远方吗？星仔羡慕极了。之前星仔只嚷嚷着自己想要去远方，去远方做什么却没什么头绪。听花枝这么一说，星仔隐约觉得，去远方就该像学者这样的，去做有意义的事情。

什么算是有意义的事情呢？星仔却又拿不准了。

"你怎么不跟去？"星仔问。

花枝嘟起嘴："我也想去哇，阿竹没带上我。"

哪吒安慰花枝，花枝却咯咯笑起来。"无事无事，不用安慰我。每个人的'诗和远方'都不一样的，阿竹的'诗和远方'在那个学者那里，我的可不是。"

哪吒迫不及待地追问花枝是在哪里，花枝却不说了，笑得木头开花，笑得叫人捉摸不透。

星仔见花枝笑，也跟着笑。花枝的这些话很像出自一位老师之口，花枝明明不是当老师的，说起话来怎么也像个老师那样一套一套的呢？

"花枝，你怎么懂那么多哇？"星仔忍不住感叹。

第八章 变　故

"你有冇听过这句话？跟好人，学好人，跟鬼婆，学拜神。"

星仔哪能没听过呢，阿爸阿妈就很爱说这句话，然后叫星仔要多跟班里学习好的同学在一起，切莫跟那些不爱学习的厮混。

哪吒却是当真没听过，还傻愣愣地问花枝鬼婆是谁？拜什么神？这下花枝更是笑得直不起腰来。

2

霍师傅说的粤剧博物馆就在附近，星仔认得路，没费什么事就把哪吒带到了博物馆里。

如霍师傅所言，里边有个戏台子，台上有人唱戏，都是上了大妆穿了戏服的正经戏码。戏真好听，绕了梁，又来绕哪吒的耳朵，哪吒耳朵被粘住，脚也挪不开了。今日唱的是《马福龙卖箭》，武生打扮的马福龙一手抱箭上的台，拉山，挂单脚，再来个小跳踢腿，威风凛凛走了个圆台方才站定，给假意买箭的胡梦熊讲自己卖的是什么箭。奈何胡梦熊故意刁难，马福龙气愤欲离去，唱到"龙游浅水遭虾戏，虎落平阳被犬欺"这二句时，哪吒只感觉鼻子辣辣的，跟吃了那个辣萝卜干一样，眼睛里的水忍不住要滴落下来。

这落魄的马福龙跟霍师傅多像哇！哪吒不由想起自己与

霍师傅曾经的风光，再想想自己而今在街头躲躲闪闪地表演，悲从中来。

星仔不知哪吒的心思，一门心思学马福龙的身段动作。这个演马福龙的武生动作可真是了得，动作行云流水好看得很，星仔想学，但光是个挂单脚星仔就学不来，一抬脚，摇摇晃晃，不像个武生，倒像个不倒翁。花枝在旁笑得直不起身来，见星仔怒目而视，又憋住笑鼓励星仔慢慢来，说功夫这种事急不来的，心急吃不了热豆腐。星仔多想回去青苗班跟着霍师傅好好练呀，现如今别说热豆腐了，就是凉豆腐自己也没本事咽下去。

"咪走鸡，咪走鸡，千祈咪走鸡！"

很熟悉的声音。是一只肥硕的长犄角大鸡，摇摇晃晃冲到花枝身边。小小的花枝站在它旁边迷你得就像个玩具。

几日不见，咪走鸡竟然变大了这么多？看那体形，快赶上"统领"了！

莫不是认错了？不不不，的确就是之前那只咪走鸡没错，它头顶上的犄角跟其他咪走鸡不太一样，弯出了一个很好看的弧度，看起来比别的咪走鸡温顺些许。

哪吒忍不住问它怎么长大得那么快，咪走鸡依旧只顾着贪婪地啄食地上的时间碎片，并不太搭理哪吒，直至统领又"呒呒"吹响了犄角，咪走鸡才像耗尽电池一样停了下来。

显然，咪走鸡还不是统领。不过看体形也快了，只比统

第八章 变 故

领小一点点。咪走鸡得意洋洋地告诉哪吒他们，橘猫帮它找到了大块大块的时间，有了大块大块的时间自己就能快速变大，成为统领指日可待。

难怪最近很少见到橘猫咧！原来它的时间都拿去帮咪走鸡找时间了。时间是可以找得来的吗？哪吒好奇极了：

"橘猫怎么帮你？谁会把大块大块的时间扔掉？"

咪走鸡哪里知道橘猫是怎么把时间找来的喔，总之它就是能找到。一样米养百样人，广场上每日行色匆匆忙碌奔走的人通常最缺的就是时间，偶尔丢弃的只是不起眼的时间碎片，那点时间拿来做什么都不够。但是在其他的地方还是有很多对时间毫不在意的人的，他们做什么都浑浑噩噩，没半点时间规划，大块大块的时间就那么悄悄从指缝间滑落了。时间的滑落向来是悄无声息的，连时间的主人都意识不到，更别说咪走鸡了。橘猫却可以，它身上每根毛发都像安装了世界上最灵敏的探头，一触碰到时间碎片就会陡然竖起。有了这些大块的时间，咪走鸡的个头长得飞快，比其他任何一只咪走鸡长得都快。

不过大块的时间也有不好的地方，每次都把咪走鸡噎得半死，要费老大劲才能吞进肚子里。且这样的时间质量并不高，算不得优质的"食物"：广场上那些细细碎碎的时间碎片虽然小，但质量很高，在那一丁点的时间内可以做很多很多的事情，这些大块大块的时间虽然大，却只能做很少事情。换句大家都懂的话说，就是没有营养。没有营养的东西吃多了也会胖，但通常是虚胖。咪走鸡现在就是属于虚胖的状态，连走路都没以前那么利索。

星仔很同情咪走鸡，虚胖可不是件好事情。记得阿妈就说过：我们星仔瘦是瘦，总好过那些虚胖的，徒有其表。星仔就是那个时候学会"徒有其表"这个成语的。咪走鸡很明显就是徒有其表。

"你拿什么同橘猫做交易哇？"花枝问咪走鸡，"那只猫断然不会平白无故帮你，对吧？"

咪走鸡扑腾翅膀咋呼呼跳起来。它不是很喜欢"交易"这个说法，"交易"意味平等交换，咪走鸡信奉的是"着数（好处）"，绝不是交换。这一扑腾，咪走鸡终于有了个鸡样。星仔小时候去乡下玩的时候见过鸡受惊时的反应，就是这样扑腾着翅膀咕咕咕跳起来，然后两条细小的腿奇迹般撑着肥大的身躯跑得飞快。

"没有交易！没有交易！"咪走鸡的样子甚是激动，"我不过是告诉它哪里有被人丢弃的记忆！我每日都会看见很多被人丢弃的记忆！"

记忆？丢掉的？星仔眼前立刻浮现起那朵红艳艳的木棉花，那是木棉王赠给哪吒的"秘密"，说的就是星仔的阿妈丢弃了一段关于星仔的记忆。

不管阿妈为什么要丢掉那段记忆，星仔可以肯定的是，

第八章 变 故

那段记忆后来钻进了花枝脑袋里!

"你说的记忆长什么样子?是不是像个蛋?像个透明的蛋?"星仔追着咪走鸡身后问,物理意义上的"追问"。

"蛋?不不,怎么会像个蛋,"咪走鸡作为一只鸡,对这样的比喻嗤之以鼻,"那个叫记忆球。"

"好吧,记忆球,"星仔想翻白眼,翻不动,"是不是一个透明的球,中间还有东西流动?"

咪走鸡终于点了头,而且点的频率很高,笃笃笃,像极了在秋收完的田里捡啄掉落的稻谷吃的鸡,很机警,一边啄一边机灵地躲开捡麦穗的人类孩子。

哪吒在旁一直没有吭声。他在心里默默把事情捋了一下。这么说来事情应该是这样的:星仔的阿妈把一段记忆丢掉了,咪走鸡看到了那个记忆球通知橘猫去捡走,橘猫逃窜时不慎把记忆球落下了,又被花枝捡到,记忆跑进了花枝的脑袋里,所以花枝才会知道星仔阿妈打过星仔的事。事情算是捋顺了,但哪吒心里的问号却更大了:橘猫要这些记忆做什么?

这个问题谁也没有答案。哪吒、星仔和花枝七嘴八舌讨论不休。突然,身后传来一个洪亮的、喘着粗气的声音:

"你怎么会知道记忆的事情?"

谁?

大伙儿扭头一看,竟是大钢牛!星仔和花枝吓得闭嘴不敢动。这举动毫无意义，大钢牛只能看到哪吒一个人在这里自言自语。

"你也知道记忆球？"哪吒吓坏了。

"什么记忆球？"大钢牛愣了一下，摇头，"你怎么知道橘猫能把记忆拿走？你也跟它做交易了？"

"不，不……"哪吒现在一听"交易"二字就胆战心惊。

大钢牛没打算作罢，继续追问："我刚才明明听你说丢掉记忆的，你在跟谁说话？"

"我、我跟自己说。"

大钢牛咄咄逼人，哪吒愈发紧张了。健硕的大钢牛站在哪吒身旁就像一座大山，压得哪吒透不过气来。当个人一点都不好，冷不丁还会透不过气来。

花枝悄悄给哪吒提了个醒，让他问大钢牛"交易"是怎么回事。哪吒便问了，可大钢牛不肯说。

"丢！傻奸奸①！谁人跟你谈交易？"大钢牛变了脸，伸手把哪吒往外推，"滚，快点滚，你不要在这里表演！"

哪吒被他推搡着往前走，只觉得莫名其妙。

"为何不能在这里表演？"

"即刻滚！问那么多做什么？总之不能在这里表演！"

凭什么呀？！哪吒义愤填膺，但以哪吒那矮小的个头根本

---

① 粤语，傻乎乎。

第八章 变 故

抵抗不住大钢牛的推搡。

"勿推勿推!至少等我拿齐东西先!"哪吒挣扎着把星仔和花枝拿上,在两只木屐骂骂咧咧的抗议下,三步两回头无奈地离开了永庆坊。

见哪吒离开,大钢牛迫不及待低头四下寻找:

"喂!出来!我赶他走啰!喂!你在哪里?"

"嘘!细声点!"橘猫从花丛中蹿出来,朝哪吒他们离去的方向张望,满脸不悦。这个鲁莽的大钢牛,做事都不晓得瞻前顾后。

大钢牛没发现它的不悦,自顾说着:"我已经按照你的吩咐把他赶走了,你什么时候把我不要的记忆消除掉?"

橘猫叹了口气:"那你把你不想要的记忆丢出来吧。"

"怎么丢?"

"你先回忆那段你不要的记忆,回忆得越清楚越好,然后在心里默念三遍:我再也不要记得这些事了!"

"这样就行?"大钢牛将信将疑地瞪着橘猫。这只怪猫,不会是装神弄鬼吧?但随即大钢牛又信了,一只会说话的猫,本身就比神鬼还要诡异。

大钢牛早就想好了,要把当初跑不过蚁仔被蚁仔嘲笑的那一段,还有当着全体同学的面念检讨书的那一段,统统忘掉。那是大钢牛心里的刺,每次回想起来都被刺得遍体鳞伤。

大钢牛开始回忆了。那些事至今还清晰无比：蚁仔轻蔑的眼神，还有全班同学的窃笑，全都真真切切的，像一片大浪恶狠狠朝大钢牛涌来，劈头盖脸，快要窒息时大钢牛几乎是喊出来的："我再也不要记得这些事了！"

两个亮晶晶的记忆球从大钢牛的耳朵钻了出来，新鲜出炉的肉球，软乎乎的，掉落在地还弹了几下，橘猫敏捷一跃刚把它们护在身下，两只记忆球就化作两条彩色的小蛇钻到橘猫耳朵里去了。

橘猫懒洋洋地把两条小蛇关好，同情地看着大钢牛。有这样的记忆，确实挺难受的，连橘猫都觉得难受。幸好只是暂存，橘猫很快就可以把它们转移到其他地方去。

大钢牛自然是看不到记忆球的，也看不到小蛇，只觉得脑袋嗡嗡响，不知道发生什么事了。

"你到底帮我把记忆拿走了没？"大钢牛问。

"拿走了，"橘猫说，"你被蚁仔嘲讽，还有当着全班同学的面念检讨书的记忆，我全都拿走了。"

大钢牛先是惊愕，继而愤怒。

"乱讲！你乱讲！我几时被那个瘦不拉几的蚁仔嘲讽了？我几时读过检讨书？"

橘猫愣了一下，无奈地摇头。

"你个傻仔！记忆被我拿走了，你当然不记得有这些事！"

第八章 变 故

"我明明都无这些事,怎知你是不是骗我?"

这下轮到橘猫愤怒了,肚皮呼噜呼噜起伏不定。橘猫早就知道这个大钢牛四肢发达头脑简单,万没想到竟至如此不可理喻的地步。橘猫后悔了,同哪个做交易不好哇,怎就跟这个又蠢又倔的大钢牛做交易!"如何证明记忆已经被拿走"分明是个死循环,橘猫自诩聪明绝世,也把自己绕到这死循环里。

千拣万拣,拣个烂灯盏!

"痴线!"橘猫恼羞成怒,怒骂一声扭头蹿入花丛中扬长而去。

大钢牛哪肯善罢甘休哇,他发牛瘟一般扑到花丛上,胡扒乱抓着,整齐漂亮的绿化带被他折腾出满地折枝落叶。

"喂!停手!你胆敢搞破坏!"

远处传来一声怒喝,几个环卫工人拿着扫帚怒气冲冲地朝大钢牛冲了过来。

橘猫从碎叶子的缝隙间看到这一幕,叹:

"这个衰仔,怕是又要多一段想要忘掉的记忆啰!"

3

就在今天,橘猫要做一件"大事",一件筹谋已久的大事!

神兽们会聚集在永庆坊这一带,除了这里粤味浓的缘故之外,另一个重要的原因就是——橘猫给它们发出了"神兽召集令"。把哪吒星仔他们支开只是橘猫计划的第一步,接下来的事至关重要,万不能让这两个臭小子还有那个花枝在这里碍手碍脚,坏了自己的大事。

所谓"神兽召集令",实际上是一种声音。这声音非常独特,比蜜蜂扇动翅膀频率还要高,比大猪挨宰时的惨叫声还要尖锐。人类是听不到的,人类的耳膜接收不到这种频率的声波。但话又说回来,即便是听到了也没有哪个人类会为这样的声音动容,人类天生迟钝。对神兽们来说,这声音却是入脑入肺,一个个都像被勾住了魂,不由自主循声而来。就连被刻在梁上的化骨龙都不例外,冒着被人类发现的危险悄然潜来。也只有在听到"神兽召集令"的那一刻粤语神兽们才会全数聚集到一起。

"是谁发出的召集令?是不是你?是不是你?"粤语神兽们疑惑地相互询问,却没有人站出来说是自己发出的召集令。这可奇怪,神兽召集令是粤语神兽们之间才知道的秘

第八章 变 故

密，还能是谁？

一阵熟悉的音乐响起，上过小学的孩子都知道，那是举办活动时广播里播放的"进行曲"，橘猫就是踏着这音乐的节奏一步步从石板路的那一头昂首挺胸踱步过来的，石板缝间的绿草刚露头，每一步都像踩在"绿毯"上。此时橘猫头顶上若是再加上一顶华盖，可就跟帝王一般气派了。

没有人追究那"进行曲"是怎么来的，一只猫出场时自带音效似乎也不是什么太奇怪的事。神兽们难得聚到一起，只顾着追逐嬉笑打闹，乱作一团。尤其是第一次"远游"的化骨龙，看什么都觉新鲜，就连悬挂在树上的红灯笼也被它有力的尾巴拍打得摇摇摆摆。

"静下！静下！"被忽视的橘猫没好气地大嚷，"你们听着，召集令是我发的！"

什么？一只猫？！神兽们静是静下来了，都不吱声。奇怪，太奇怪，一只猫能发出神兽召集令？

它到底是谁？

"是你！狡猾的肥猫！你想干什么？"为食猫终于认出橘猫来。

这些神兽里头大概也就只有为食猫认得橘猫了，化成灰都认得。

说起橘猫和为食猫之间的恩怨，不得不提民俗史上一场重要的"战争"——粤语神兽争夺战。什么是粤语神兽争夺

战呢?这么跟你说吧:粤语神兽是粤语的守护神,共有十种,分别是咪走鸡、鬼马、化骨龙、憨鸠鸠、为食猫、蛇王、史狒、眼鲸鲸、黐离鳝,还有一个中西结合的混血儿叫"唔记DUCK"。注意,是"种",不是"只",咪走鸡就跟其他神兽不一样,它有很多很多只。至于为什么单单咪走鸡有很多只,谁也说不清,大概是因为谁也不愿意"走宝"①吧?社会越浮躁,把"咪走鸡"挂在嘴边的人就越多,咪走鸡繁殖得也越快,一只生一窝,一窝变成无数窝,生生不息。咪走鸡要长大得靠什么?靠啄食人类丢弃的时间碎片呀,人类不愿意"走鸡",却总舍得丢弃最宝贵的时间碎片,你说怪不怪?不管怎样,只要粤语神兽世世代代繁衍,粤语便世世代代繁衍;它们若是都消失了,粤语也就消亡了。

神兽那么多,谁能有幸跻身这十个席位呢?当年那一场争夺战那是相当惨烈,具体过程太过暴力不堪回首,总之最后鬼马打赢了鬼鼠拿下一席,为食猫打赢了食死猫拿下一席,咪走鸡靠着超人的坚强意志打赢了同样有名的一蚊鸡、小学鸡和静鸡鸡,就连傻乎乎的憨鸠鸠,也是误打误撞与史狒联手才打赢了同样迷糊的懵猩猩夺得一席。

细心的一定发现了,没有"猫"。"猫"呢?猫甚至连去挑战的资格都没有。

---

① 错失利益。

第八章 变 故

说起这事,橘猫是相当不服气的。"猫"在粤语里出现的频率可不低,甚至可以算是粤语常用词之一。比如作为动词用,"猫在屋企"的"猫"是待着,"猫在角落头"是躲,或者喊人"猫低",那是叫人蹲下来。动词也就罢了,输就输在跟猫有关的名词可都不是什么好词,人类避犹不及:谁也不想"食死猫"①,也不想见到有人"猫面"②,更不想遇到"奸猫"③。最惨的是长个"猫样"④,或是变成"污糟猫"⑤,甚至变成"神台猫屎"⑥,就连考试作弊用的小抄都要叫作"猫纸",哪一项都足以把猫赶入过街老鼠的行列,人人喊打。大势所趋,纵使猫再怎么机警,都难以跻身粤语神兽之列,更何况,为食猫已占有一席,不可能再容下其他什么猫。

于是橘猫对为食猫发起了挑战。不仅要挑战,还一定要赢,为此橘猫不惜"出猫招"⑦,让为食猫"食死猫",把为食猫打得落花流水,打得它哭哭啼啼差点变成一只"烂喊猫"⑧……即便如此,橘猫还是没法把为食猫的席位争抢过来,广东人爱吃是出了名的,为食猫占尽天时地利人和,地

---

① 吃哑巴亏。
② 黑口黑面,给人脸色看。
③ 赖皮的人。
④ 难看,下贱的模样。
⑤ 邋遢。
⑥ 人憎鬼厌。
⑦ 使用下三滥的手段。
⑧ 爱哭鬼。

位稳如泰山。

此后为食猫对阴险狡猾的橘猫恨之入骨，恨不得抽了它的筋，扒了它的皮，剔了它的骨，炖汤喝！

面对怒气冲冲的为食猫，橘猫竟半点不惊慌：

"今时不同往日，我早就不是以前的我了。"

"你到底想干什么？"为食猫肚子气胀了，比吃撑了还胀。

"你们这些憨鸠鸠的家伙，大难临头还不知道！"橘猫说。

"谁？哪个叫我？"憨鸠鸠冷不丁从草丛中跳了出来，左顾右盼胡乱扑腾着翅膀。橘猫吓了一跳，继而愤愤不平翻起白眼：就这样的傻东西，竟也能成为粤语神兽！

橘猫欲扑过去把憨鸠鸠狠狠摁在爪下，转瞬又冷静下来。它伸长前爪弓起身，深深呼出一口气，很快就恢复了往日里威严的神态。

正事要紧。

"你们果真没感觉到吗？你们都快从人类的记忆里消失啦！记忆消失，你们也就不复存在了！"

"你讲什么？"

"你是说，我们——会死？"

"死？"

"天哪！大件事啦！大件事啦！"

第八章 变 故

……………

受了惊吓的神兽们乱作一团,只有化骨龙依旧若无其事地用尾巴把灯笼当球"踢"。在祠堂待了一百多年,化骨龙早就跟那些濒临风化的木头一样看透了这个世界。它的木头眼睛骨碌一转,懒洋洋问橘猫可有什么证据。

"还需要证据?你们仔细想下,是不是越来越少人会提起你们了?即便提起,还记得你们是谁吗?"橘猫说。

集体沉默。

橘猫所言不假。

化骨龙收起尾巴,悻悻地低头蜷缩成一团。在祠堂这一百多年间,化骨龙什么滋味都尝过。在祠堂还是李家大宅的时候,李家有个煮饭婆就整日把"化骨龙"挂在嘴边,她生了三个孩子,天天到她的厨房里来偷东西吃,没少挨煮饭婆的骂:"你们这三只化骨龙!成日就知道食!又不帮手干活儿,生块叉烧都好过生你们!"李家还有其他的下人,也是三句不离家里的"化骨龙"。后来李家败落,宅子成了祠堂,也偶尔会有人揪着自家小子的耳朵到祠堂里来祭拜,偶尔说到"化骨龙"也是有的。老人老去,他们口中的"化骨龙"长大,却再也不提"化骨龙"这三个字了。

史狒忽然大哭:"你们说,我史狒怎么就比屁股粗俗了?头先那个细路跌坐在地哭了半天,就只知道说屁股疼,难道我史狒就不疼?"

唔记DUCK委屈地扑打着翅膀抱怨:"估唔到我唔记DUCK会变成名副其实嘅唔记DUCK,个个都唔记DUCK……"

橘猫的胡须满意地高高翘起。好,很好,目的达到了。当然,还得再煽下风点下火:

"再不重视这件事,你们就等着消失吧。"

粤语神兽们呼啦围过去,把橘猫围在中间。

"你有办法?"

"当然有办法!"

橘猫说,它从木棉王那里得到了一个关于天狗食日的秘密。木棉王的本事神兽们都知道,便对橘猫接下来说的话深信不疑。

"我已经收集了很多人类的记忆,就等天狗食日了。"

"收集人类记忆做什么?"

"在太阳被天狗一口吞下的那一瞬间释放所有记忆,记忆便可以返回到人类的脑中。"

"这跟我们有什么关系?"受了惊吓的鬼马有些不稳定,一下是鬼,一下是马。

"当然有关系,"橘猫说,"只要你们到这些记忆里边去走一圈,留下印记,只要人类的记忆里处处都装着你们,就不会轻易被遗忘。"

"真的可以?"

"当然可以!"

第八章 变 故

"那你说的记忆在哪里?快带我们去!"

"跟我走!"

一切按计划进行。橘猫舔了舔爪子,昂首阔步往东南方向走。一大群神兽紧跟其后。

"哎哟,哎哟!"浩浩荡荡的队伍把石板路踩得哇哇叫。

第九章　真　相

1

热，好鬼热。不知哪棵树上的知了一直在喊热，躲在树荫里还是热，喊了一整晚。

好吵哇，星仔都听不清星星们的睡前"夜谈"了，只看到星星们一闪一闪的，刚钻进薄薄的云层又探出头来透气。星星们也怕热呀，旁边的哪吒已经开始不盖被子睡觉了，星星们大概也不想盖。

自从变成偶，夜就变得无比漫长，比星仔阿爸的呼噜声长，比知了的叫声长，比星仔的耐性还要长。漫漫长夜不能听星星"夜谈"可以干什么呢？一串紫薇花清脆的笑声引起了星仔的注意。

那是一株大叶紫薇，从一个低矮的围栏上方探出身子。紫薇花的枝干不粗，比星仔的胳膊还要细些，摆出的姿态妖娆曼妙却又四平八稳，足够支撑起密密麻麻的叶子和花。拥挤的叶子簇拥着同样拥挤的花，要不是紫薇花瓣的裙子那么薄那么轻盈，肯定得把花蕊给热蔫啰。这一串紫薇花跟星仔

第九章 真 相

一样毫无睡意,她们随风微微抖动着蝉翼般的紫色短裙,你一言我一语聊得开怀。

星仔听了好一阵才听明白她们聊的是一只螺。现在那只螺就在紫薇花树底下费劲地蠕动,身后留下一条滑腻腻的痕迹。它一定很累吧?明明可以自由地环游世界的,偏偏被这沉重的壳拖累。星仔顿时有些可怜这只螺。

"让一让,勿挡道。"螺突然开口说话,把星仔吓得后退好几步。

真是它在说话吗?星仔又忍不住凑近去看个仔细,一只螺怎会讲话?

"叫你让开!"螺的语气开始不耐烦了。

千真万确,就是眼前这只螺在说话!这是只什么螺呢?背上的螺形壳竟还带着有明显年轮的木纹。

"你、你好!"星仔鼓起勇气跟那只螺打招呼,心里其实没底,螺不一定会搭理自己,它的语气可不太友好。幸运的是,螺抬头看星仔了,头上的触觉还不由自主缩了一下。

"你好。"螺说。

"你只壳好特别。"星仔终于敢伸手去摸。

螺说话的语气终于变得轻快。它得意地告诉星仔这个壳可是世上独一无二的,是一位手很巧的人类艺术家拿最好的金丝楠木头给自己做的,自己原来的壳不小心被压裂了。

木头做的!星仔恍然大悟,难怪能跟它说话呢,原来它

是"半偶人",哦不,"半偶螺"。想必这只螺的肉早已跟这个新的壳紧紧连接在一起了吧?那位艺术家的手真是巧,乍一看与真的螺壳并无区别。

"你要去哪儿?"星仔问。

"去那棵凤凰木底下。"螺说。

"去那里做什么?"

"旅行。"

这真是不可思议,星仔可从没听说过从一棵树底下到另一棵树底下的旅行。

"这么近,也叫旅行?"

"旅行跟距离有关系吗?能看到不一样的风景就是旅行。"螺说。

不一样的风景?这只小小的螺到底看到了什么不一样的风景?

说起这个螺来了精神。它告诉星仔,这个夏天自己已经看了很多很多不同的风景。比如这棵紫薇花的花期老长,每一朵花都能讲出许多不同的故事来。自己最喜欢做的事就是躺在她们的树荫下惬意地听她们讲故事,偶尔还会有轻盈的紫色花瓣飘下一两瓣来,不偏不倚就落在身旁,这样就能享受上一张像云朵一样轻盈的紫色小床。在这之前的几天它是在那边的荷塘看一株荷花修炼,那绝对是整片荷塘最有慧根的一朵荷花,每一只曾在它花苞尖驻足过的蜻蜓后来都大彻

第九章 真相

大悟,不会再在暴风雨来临前惊慌乱撞。

作为目的地的那一棵凤凰树,明显要比紫薇树高上一倍,腰板粗,且挺得笔直,身上的各种枝条蔓生半点不影响主干的笔挺身姿。螺对这株凤凰树充满期待,你看,正是满树繁花红似火的季节,螺已经开始在想象着睡在那红彤彤的小床上有多惬意了。有风的话,小床的周围还能铺满细细碎碎的小叶子,给自己铺出一张柔软且生机勃勃的地毯——凤凰树的叶子很细碎,耐不住任何一丝风的撩拨。

螺兴奋地告诉星仔,如果天气合适的话,它还打算沿着凤凰木的树干往上爬,爬到最顶端的位置去。

星仔羡慕地仰头看:"树那么高,应该可以看很远吧?"

"是可以看很远。"

"远处的风景一定好靓。"

"是好靓。"

"那你想不想到远处去呢?"

"一只螺怎么到远处去?"

"真遗憾。"

"不,有什么好遗憾的,"螺紧接着又说了一句书本里才会说的话,"世界那么大,你总要选一个最适合自己的地方栖身。"

"你适合这里?"

"当然。没有人会不喜欢这个美丽的大花园。"

"难道你不想去看世界?"

"对我来说,每棵树都是一个新世界。"

螺讲这句话的时候语气是很认真的,夜虽然黑,掩盖不住它熠熠生辉的目光。这光辉可不比天边的星光逊色呀,星仔疑惑了,顺着螺的目光打量起身边这个满是岭南花卉树木的大公园。不远处是一株叶子大如扁舟的芭蕉,芭蕉叶很丝滑,月光就在它光滑的叶面上来回滚动晾晒,晒出许许多多星仔从来没听过的岭南故事来。

近或者远,好像也没那么重要……

星仔多想跟谁分享一下这个崭新的想法哇,跟谁分享呢?哪吒已经睡了,花枝也急匆匆回商店去了——听说店主人阿竹又要回来。

至于神兽……怪了,无处不在的神兽们是约好了一起销声匿迹吗?下午到永庆坊里边演出,也不见它们四处乱窜。

神兽们都哪儿去了?

星仔忽然头皮一麻,五脏六腑猛地吊了起来。这显然是焦虑的表现。这么美的夜色,这么漂亮的岭南花卉,怎可能没有粤语神兽出没,不对头,肯定有哪里不对头。

两只木屐竟也无来由跟星仔一样感觉到焦虑,啪嗒啪嗒在石凳上交替跳起脚来,声音太响,把哪吒都吵醒了。

"不正常,这太不正常了。"哪吒说,"我们应该去找找。"

"怎么找？"

"分头去找。"

听他们说要找粤语神兽，一直沉默不语的凤凰木突然开了口：

"我来帮你们找吧。"

星仔和哪吒抬头看它："你？一棵树又不能动，你怎么帮我们找？"

凤凰木说："我是不能动，但在这个城市里我有成千上万的同伴，只要我发出信号，一棵传一棵，很快整个城市都可以找遍。"

"太棒了！这样可比我们去找快得多！"星仔欢呼。

"你为什么要帮我们？"哪吒将信将疑。

凤凰木说："因为我们也离不开粤语神兽哇，没有了它们，世界多没意思哇，树的世界也会变得枯燥乏味。"

事不宜迟，凤凰木即刻就给同伴发出信号。趁着等消息的空当，木屐悄悄告诉哪吒，粤语神兽与岭南花草树木的确是大有渊源咧："绿了芭蕉红荔枝，鬼马细路偷上树"讲的是馋嘴小孩爬树偷摘荔枝的事；"树顶有个月啰喂，水底有个月啰喂，细路爬树摘唔到，憨鸠鸠，跌落水"讲的是小孩爬树摘月亮的事。若是没有鬼马怂恿，没有憨鸠鸠来捣蛋，这树就无人爬，树上的荔枝无人偷摘，树也就不会有那么多津津乐道的故事。

哪吒似懂非懂，茫然环视周围的树，朦朦胧胧的，每一棵都披着薄纱般的月光。大概月亮离了树，也不会有那么多让人津津乐道的故事吧？

吴刚在月亮上砍的那棵，是桂树。

凤凰木对这次搜寻是很有信心的，成千上万棵树展开天罗地网式的搜索，哪个角落都不会错过。即便是没有凤凰木的地方，那也还有别的花草树木，它们都很乐意帮凤凰木这个忙。但原本随处可见的粤语神兽们此刻就像从这个世界蒸发了似的，怎么搜寻都不见其踪影。天蒙蒙亮时，才终于找到一只神兽，是咪走鸡。

咪走鸡是在一片金灿灿的向日葵地里被找到的，它的肚子圆滚滚，里头塞的却不是时间碎片，而是熟透掉落在地的向日葵籽。统领不见了，咪走鸡也就没了啄食时间碎片的动力。

是沿途的各种树木接力把咪走鸡引到星仔他们身边来的，咪走鸡步伐仓皇凌乱，一见星仔他们就焦急大叫："大件事啦！大件事啦！我的同伴都走啦！"

"走？走去了哪里？"

咪走鸡告诉他们召集令的事。自从橘猫把所有的粤语神兽带走之后，它就再也没有见过任何一只神兽了。

"那你怎么没跟着去？"

第九章 真 相

咪走鸡微微脸一红,不敢说自己躲起来没跟它们一起走是因为贪心想多啄食几块时间碎片,只说自己是被落下了。橘猫并没有发现少了一只,咪走鸡太多了,它也搞不清到底有多少只咪走鸡。

"橘猫把粤语神兽们带去了哪里?"

咪走鸡怎会知道咧?

"牙烟①!牙烟!一定好牙烟!"咪走鸡毛发全竖起。

"不会有危险㗎,"星仔安慰咪走鸡,"橘猫好有本事㗎!"

"咪走鸡!千祈咪走鸡!"咪走鸡突然扑腾开翅膀绕着大家狂奔起来。它健硕得近乎笨重的身躯跑起来竟也像当初小小只那样灵活,哪吒想抓住它,抓不住。

"站住!你做什么?"哪吒不悦。

"统领!是统领!我听到统领的信号声了!"

"真的?"大家闻言大喜,"统领说什么?他们在哪?"

"咘——咘——你们听不到?"

哪吒和星仔侧起耳朵细听,果然,那是咪走鸡统领吹鸡的声音。问题是,谁也不明白"咘——"是什么意思,包括咪走鸡。这可怎么好?

星仔当机立断:"走!我们沿着声音找去吧!"

---
① 危险。

"要等花枝吗？"哪吒问。

星仔犹豫片刻，摇头："来不及，迫在眉睫了！"

平日里统领的吹鸡声只会持续一小会儿，今日的吹鸡声却很长，很长，像是刻意作为一种指引，直至把哪吒他们引到珠江边上才断了声响。

眼前是一座有些年月的跨江大桥，桥身分三截，像在并排放着两块拱形积木中间又搭了一条横积木，却是钢筋造的，很牢固，桥上车流如织一派繁忙。

"过海啰！过海啰！"左木屐猛然兴奋地跳起，把哪吒掀了个跟跄。

哪吒恼怒地跺脚。"这明明是江，哪里是海？"

木屐不敢妄动了，但嘴里还是叽里呱啦为自己辩解，说这里的确可以称作海。珠江在古代就被叫作珠海，或者小海！现如今很多广州人还把过珠江称为"过海"。

"是咧是咧！"星仔表示赞同，"我阿嬷（奶奶）带我过珠江都是讲'过海'㗎！"

提起奶奶，星仔又连带想起了很多小时候的事。奶奶还在的时候多好哇，她会给星仔讲她小时候的故事，还有她的奶奶的故事，上百年间的事就像从时光胶囊里漏了出来，一股脑儿倒进星仔的耳朵里。没有什么事是奶奶不知道的，她知道眼前这座海珠桥是当年广州城第一座横跨江大桥，知

第九章 真 相

道屋门口那株老榕树的来历,也知道鸡公榄为什么叫鸡公榄……星仔相信,若是现在奶奶还在的话,她一定知道粤语神兽们都去了哪里,也一定知道橘猫为什么要把它们都带走。

奶奶是怎么知道那么多的呢?星仔小时候问过奶奶这个问题,但奶奶不回答,只顾在观音像前双手合十嘴里念念有词。星仔便猜想着,大概是神明告诉奶奶的吧,神明什么都知道。

于是星仔不由自主地学奶奶双手合十,默默看着桥下并不太平静的珠江水。水自然是有声音的,或许水里的神明愿意告诉星仔点什么,可星仔听不懂。

"这里又不是寺庙,你拜什么?"哪吒翻起白眼。一个眼睛那么大的人翻白眼是怪吓人的,幸好从桥头经过的人和车都行色匆匆,谁也没留意到一个大眼睛孩子在翻白眼。

"不不不,这里是有寺庙的,"这回右木屐抢在左木屐前面开了口,"叫慈度寺,就建在海珠石上。"

"海珠石?"哪吒指着桥头一块写着"海珠石"的石头哈哈大笑起来,"这么细小的石头?能建寺庙?"

"不,我说的是真正的海珠石,这个只不过是后人用来纪念海珠石的一块小石头。"左木屐不甘示弱。

"那真正的海珠石呢?"哪吒追问。

"无啰。"

"去哪儿了？"

"沉海底了。"

星仔和哪吒都吓了一跳。

"为什么？"星仔问。奶奶可没跟他讲过海珠石的事。

两只木屐抢着话说，说海珠石其实是珠江中的一块白垩纪时期就有的大礁石，就连眼前这条珠江，这座海珠桥，都是因这块大礁石而得名。海珠石很大很大，石面高出水面好几米，不像是"石"，倒像是一座"岛"。《广州府志》中说"沉珠浦，在府城南三里，江中有石号'海珠'"，说的就是这块巨大的海珠石。南宋时一位名唤李昂英的广州籍探花在这海珠石上建了书院，又建了寺庙，那便是慈度寺。当时的"海珠晴澜"还是宋代的羊城八景之一咧，美不胜收。

"这么神奇的海珠石，再也见不到了？"星仔语带呜咽。

见星仔难过，木屐和哪吒也陷入了沉默。这么美的海珠石，不见了确实可惜。

"咪走鸡！千祈咪走鸡！"咪走鸡又激动地扑腾起来，哪吒竖起耳朵听，果然是"咘咘"的声音又响起来了。

"快！跟紧咪走鸡！"哪吒喊。

过了桥，又沿着江边走了一段，咪走鸡依旧没有要停下来的意思。两只木屐虽然不满，却一反常态沉默不语。一种很奇怪的感觉一路伴随着它们，愈往前走这种感觉愈加强烈。

"我觉得这个地方非比寻常。"左木屐悄悄对右木屐说,得到了右木屐很肯定的答复:

"我都觉得!绝非寻常!"

木屐到底是木屐,它们可以整个身体匍匐在大地上,心脏也就跟大地紧密连接在一起,总能感觉到许多人类感觉不到的东西。通常情况下人类看事物不是用心,而是用眼。

"看啊!又一块海珠石!"哪吒大叫着朝前跑去,大家紧追上去,果然见一块红色的石头上赫然刻着"海珠石"三个字。这是块用机器切割出来的石头板,明显不是什么海珠石。

"看!海珠石就在这底下!"

说话的又是哪吒。眼睛大就是好,看得比别人快。就在这块石头的后面,有一个挺大的方形大坑,四周铺上了石头板,坑面也用玻璃保护了起来,仔细探头看,可以隐约看到玻璃底下是饱经沧桑的石头面,众人猜测,应该就是传说中的海珠石,只可惜玻璃反光,看不清这海珠石与其他石头有什么两样。

"咘——咘——"

很明显了,声音就是从这个坑里传上来的。

咪走鸡迫不及待地跳进坑里,玻璃发出"哐"的沉重的一声。

"小心点,咪走鸡!"哪吒伸手去够咪走鸡,够不着,星仔也伸手去够,还是够不着,只能眼睁睁看着咪走鸡在玻璃板上扑腾着翅膀团团转。

星仔说:"不如我们下去把它拉上来吧?正好看清楚海珠石的样子。"

哪吒点了点头,跟星仔一起小心翼翼地坐到了大坑的边上,双腿往下垂着晃呀晃。

"一,二,三,跳!"

就在他们的脚碰到玻璃的那一刻,玻璃上忽然闪出一道金光。

2

所有的人声,水声,汽车鸣笛声,机器轰隆声,还有刚才还在耳边萦绕许久的"咻咻"声,全都销声匿迹了,世界安静得像被按下了静音键。

这一定是一片远古年代的海吧?星仔见过海,小时候阿爸阿妈带他去海边堆过沙子,那时候星仔看到的海很聒噪,波涛汹涌,绝不像这样子,平静得像一面镜子。

真的像镜子啵,在日光下光亮亮的,金闪闪的,能反射出所有的光。

哪吒的大眼睛再次发挥了作用。

第九章 真 相

"看!海面上有好多球!"

星仔认出来了,是记忆球,全都是记忆球!就跟上次装着阿妈记忆的记忆球一模一样。这该有多少记忆球哇?把整个海面都铺满了,海与天,就这么被无数记忆球分毫不差地"切割"开。

星仔想凑近看,被哪吒往后拽。"我来,你勿靠近水!"

哪吒自己靠近看,水面终于微荡漾起来。这回可以看清了,每个记忆球都刚好一半在水上,一半在水下,水上的那部分里头是很活跃的,像无数条河流在球里交错流动,水下的倒影却是死气沉沉的,纹丝不动,把记忆球也分毫不差地"分割"成两半。

怪!这实在是太奇怪了。星仔伸手想去摸一摸,脑子里忽然浮现当初记忆球变成小蛇钻进花枝脑袋的场景,吓住,又缩回手。

"怎么会这么多的记忆球?"星仔嘀咕。

"别管什么球了,我们是来找粤语神兽!"木屐忍不住出声提醒。紧贴在大地上的木屐,始终更加脚踏实地。

"对,赶紧找粤语神兽!"哪吒拉着星仔往后跑。真危险呀,星仔可是个偶呢,万不能让海水给泡了。

真是个怪地方,除了海,就是一大片金灿灿的沙滩,没有树,没有草,没有石头,没有任何飞禽走兽,往前望去,

是一望无际的海，往后望去，是一望无际的沙子，哪吒和星仔站在其中就像被遗弃在茫茫宇宙中的尘埃一样，不由心生恐惧。

"嘿！蹦高点！再高点！"

忽然一个巨大的记忆球一蹦一蹦从远处蹦过来，径直砸向哪吒和星仔。哪吒和星仔下意识伏地趴下，这才看清这里的沙子可不是普通的沙子，半透明状的，就跟记忆球的球壁一样。

透过半透明的球壁，可以看清这个巨大的记忆球里头赫然是一匹马，前腿短，后腿长，背后还有蝉翼般的"翅膀"，没错啦，就是鬼马。

"你怎么在球里面？其他神兽咧？"哪吒冲上去想把球拦住，反而被球的冲力推着连连后退。

鬼马被"禁锢"在球内，依旧很鬼马，对哪吒的问话充耳不闻不说，还得意地在球内跳起舞来。

"嘿！我发明了球内舞！"在局促的球内，它竟也能跳出许多花样舞步来。

跟在鬼马后边一蹦一跳过来的那个球里头是化骨龙，这可是老朋友了，哪吒一眼认出它来。

"是你！你不是在祠堂里吗？怎么也跑到球里去？"哪吒问。

化骨龙的球滚动得太快刹不住停，一骨碌把哪吒撞倒在地。幸好哪吒现在是人类了，也幸好地上的沙子很柔很软，哪吒用一个灵活的侧身翻又重新站了起来——这是个粤剧动作，哪吒以前跟霍师傅一起练习过无数次了，跟坏龙打斗的那场戏里哪吒要连翻好几次咧，非常熟练。

"哈哈哈……"无心无肺的化骨龙竟哈哈大笑。

"笑！你尽管笑！最好把你嘴巴笑裂开！"哪吒没好气地冲化骨龙嚷。化骨龙一听即刻收住了笑。嘴巴开裂可不是说笑的，这几日天气干燥，不仅是嘴巴，化骨龙全身都会噼里啪啦裂开些细缝来。

"你们怎么会在球里？橘猫咧？"

"阴谋！这是个惊天大阴谋！"一个浑厚低沉的声音说。

说话的是跟随在化骨龙后头滚过来的咪走鸡统领，它太大了，挤在球里就像被塞进腊肠皮的肉似的，只能滚，根本蹦不起来。

统领到底是统领，说话比化骨龙和鬼马有逻辑多了。它告诉哪吒和星仔，橘猫把粤语神兽们骗到这里来，是在酝酿一个关乎全世界的惊天大阴谋。

"快说快说，什么大阴谋？"星仔迫不及待。

咪走鸡统领并不回答，待后边的神兽都一一赶上来，这才严肃而又痛心疾首地说：

"它想当粤语神兽之王。"

话音刚落,所有神兽都神情激动地声讨起橘猫来。被禁锢在球内有段时间了,粤语神兽们早就焦躁万分。尤其是"眼鲸鲸",就像被人捞了扔到砧板上一样甩尾乱蹦,嘴里全是不好听的话。

一只猫怎么当粤语神兽之王?它甚至连粤语神兽都算不上!星仔很用力地想也想不通咧,怕是想得太用力了,木头脑袋都发出了夸啦夸啦的声音。

咪走鸡统领说,这只活了千年的橘猫虽然无法跻身粤语神兽位列,但确实是神兽,可以自由穿梭在各个世界之间。它有个独一无二的本领,就是可以把人类自愿丢掉不要的记忆捡拾回来,安放在这个"大沙漏"里。

"沙漏?"

"对,我们现在就身在一个远古时代遗留下来的大沙漏里,沙漏有两端,一端是水,一端是沙。"

"你怎么知道的?"

咪走鸡不太好意思回答这个问题。若不是自己贪嘴把这里某个金灿灿的记忆球给啄破了,那些记忆也不会钻到自己脑袋瓜里。幸好大家并不执着于此,只顾继续追问:

"为什么要把人类的记忆放在大沙漏里?"

"这样当大沙漏调转过来的时候,所有的记忆也将跟着颠倒过来。只要把这些记忆放回到人类世界去,所有人的记忆都会颠倒过来,到那时,关于'猫'的所有词都从贬义变

第九章 真 相

成了褒义，猫将成为深受人类喜爱的神兽之王。"

"哼！这只卑鄙无耻的奸猫！""阴湿猫！""无耻！成日出猫招！打你史狒！"……神兽们又七嘴八舌怒骂橘猫，史狒连连被点名，捂住脸羞得想找个地缝钻进去。

把一切都颠倒过来？那世界可就乱了套啰！

"怎么办？怎么办？"哪吒和星仔仓皇对视一眼，只看到对方眼里的迷惘与惊慌。

谁也没个主意。

热！

这个密封的"沙漏"，一丝风都无。哪吒早就大汗淋漓，湿透的衣衫像吸饱了血的水蛭一般紧贴着皮肤，怎么甩都甩不开。还是一个偶的时候，哪吒就很怕黏糊糊湿漉漉的天气，这样的天气会加剧身体的腐化，搞不好身上还会长出蘑菇来。想不到而今变成人更容易"发潮"，大晴天的也疑心身上会长出蘑菇来。

"都傻奸奸站着做什么？快把神兽们救出来哇！"两只木屐按捺不住了，一蹦一尺多高，冷不丁把哪吒掀翻在地，彻彻底底摔了个四脚朝天。痛！真痛！哪吒痛得龇牙咧嘴，却顾不上骂了，木屐说得对，得赶紧救出神兽。

怎么救呢？别看那些球是半透明状好像很脆弱的样子，实际上坚固无比。别误会，不是坚硬的那种牢固，相反地，

它柔软似水，用手戳就凹进去一个手指印，用脚踹就凹进去一个脚印，见招拆招，总之就是不会破。哪吒尝试搬石头砸，坚硬的石头见了柔软的"水"依旧无计可施。只听说过"水滴石穿"的事，也知道水中的石头会被磨成光滑的鹅卵石，还没听说过石头能把水给砸开的。"以柔克刚"这种战术，大概也是从水那里得到的灵感吧？

"嗨气①！一点用都无！"白白忙了半天的哪吒懊恼极了。

星仔想起了课本里学来的一个词——似水记忆。刚开始星仔是理解不了的，记忆是记忆，水是水，记忆怎么会像水？此刻星仔恍然大悟：记忆真的如水，越想忘掉的愈加忘不掉，越想戳破它就愈加固若金汤。

必须得搬救兵！

但是——到哪里去搬救兵？

"我知！我知！我们去找花枝。花枝见识广识得的事多，一定有办法！"哪吒说。

不知不觉中，哪吒已十分依赖花枝。

---

① 粤语，白费力气。

第九章 真 相

花枝果然在店里。

商店还是那个商店,柜台还是那个柜台,底座也还是那个底座,但花枝却已经不是原来的花枝了,身边少了罗汉,形单影只不说,还浑身上下微微泛透出一股陈年的腐朽味,就像一个年久失修、在湿润的空气中沤了许久的木偶,活力全无。

"花枝,花枝,你怎么了?怎么像只病猫一样?"哪吒一个箭步冲过去紧紧贴在商店的玻璃门上,费劲地看里边的花枝。他不会知道一侧的花圃中有一双泛着绿光的眼睛正恶狠狠盯着他,尤其是在他说出"病猫"二字的时候,那两道绿色的寒光像两把带毒的利刃。

花枝无精打采地抬头看,见是哪吒他们,笨拙地滚下底座,爬上排气口。

"你们怎么来了?"翻过无数次排气口的花枝竟气喘吁吁差点翻不过来。

星仔刚想说解救神兽的事,被哪吒抢了先。

"你怎么了?生病了吗?"哪吒已经把粤语神兽的事丢到九霄云外了,满脑子都是花枝病恹恹的模样。

"我无事。"花枝摇摇头,想像往日一样踮起脚尖来个

单脚旋转好证明自己真的没事,却重心不稳"哎哟"一声跌坐在地。

哪吒赶紧把花枝扶起来。花枝胖是胖,并不十分重。当初艺术家雕花枝用的可是上等的木头,松软有韧性。

花枝不好意思地笑:"阴功啰,马失前蹄。"

"你到底怎么了?"哪吒问。

"我也不知道怎么回事,就是觉得很没劲,全身都没了力气,"花枝说,"不只是我,你看,我所有的伙伴都说身体沉重得很,提不起劲。"

哪吒和星仔探头去看,果然,商店里所有的工艺品都像被人抽掉了魂魄一样,死气沉沉,当真就是商店里供出售的"死物"了。

何止是艺术品哇!细心的星仔发现:所有的树,所有的花草,所有的建筑物,全都丢了魂魄,成了"死物"。

"总觉得世界上突然少了些什么,"花枝愁眉苦脸的样子跟之前判若两人,"干什么都提不起精神。"

哪吒还要追问,被木屐打断:

"多管闲事!你忘了你来做什么啦?救粤语神兽要紧!"

花枝闻言浑身一震:"粤语神兽出什么事了?"

两只木屐争着把粤语神兽被软禁的事告诉花枝,还不忘义愤填膺地谴责橘猫,那只阴险狡诈的奸猫!

第九章 真 相

"怪不得那只猫行为古怪,原来真有阴谋!"花枝叫起来。

"那我们现在如何是好?"哪吒问。

花枝下意识摇头,突然想起了什么稍顿片刻,又继续摇头。

"要是罗汉在就好了……"花枝快哭出来了。

偶会哭吗?当然会的,开心就笑,伤心就哭,不管哪个物种都一样,唯一不同的是木偶没有眼泪。花枝多羡慕人类可以有眼泪呀!伤心的时候流泪,至少可以表现出来自己的伤心,不像偶,只能藏在心里,越憋越伤心。花枝这么想是有根据的,广场上人来人往,她见过不少伤心流泪的人类。比如上次一个四五岁的小女孩跌了一跤放声大哭,她妈妈就赶紧把她抱在怀里安慰,她爸爸买来了她最爱吃的棒棒糖。总之——有眼泪真好。

要是罗汉在的话,他一定会有办法的。可是罗汉早就被阿竹带走了,花枝亲眼看着阿竹把罗汉塞进背囊中的。现在罗汉会在哪里呢?花枝猜想,应该是跟那个传说中无所不知的岭南文化研究学者在一起吧?

月色朦胧。

风有点疾,草有点乱,虫叫声有点大,橘猫掐须一算,正是谈机密的好时机。

橘猫故意选在哪吒半夜起身去厕所的半路蹿出来，施计把他引到了一片一人多高的三角梅后。三角梅还没有花，铁丝般的枝干挺扎手的不甚友好，哪吒厌恶地躲着那些枝条，催促橘猫：

"快说，到底是什么秘密？"

刚才橘猫是这样对哪吒说的："勿声张，跟我来，告诉你一个关于你的惊天大秘密。"

实际上橘猫躲在这片三角梅里已经大半天了，好不容易才逮到一个哪吒落单的机会。事既败露，哪吒是它手里最后一张王牌了。

"你先勿急。我找你来就是要告诉你秘密的，一个你一直想知道的秘密。事关重大，你切记千万不可声张。"

"废话少讲！快点说！"哪吒不耐烦地打断它。这只不怀好意的橘猫，莫不是又在憋什么"猫招"？

尽管怒火熊熊，橘猫还是强迫自己保持镇定，并把那又长又卷的几根猫须高高翘起，免得被自己的怒火给"烧了须"。

橘猫要告诉哪吒的，确实是一个火辣辣的秘密。

橘猫告诉哪吒，他之所以会跟星仔互换身份，是因为自己的实验出了点小差错。

实验？差错？这个火辣辣的秘密直接把哪吒给点燃了，比当初那碗濑粉上边的辣萝卜还要辣。

第九章 真 相

"勿慌,"橘猫安抚他说,"这件事对你来讲绝非坏事。可以说,你是这个实验的获益者……你早就想变成人类了对吧?你应该感激我把你变成了人类。你早就不想当一个偶了……"

橘猫说的没错,那时候的哪吒的确不想再当一个偶,尤其是一个上不了舞台只能眼睁睁等着腐化的偶。是这只邪恶的猫把自己变成人类?哪吒接受不了这样的事。自从那天听粤语神兽讲橘猫的阴谋之后,哪吒就认定这是只邪恶的猫。

"信口雌黄!我不信你!"

"事实就是事实,由不得你不信。"

"那你说,到底是什么实验?"

"这个说来就话长了。它关乎一个世界上最伟大的计划。"

"什么计划?"

橘猫告诉哪吒,自己酝酿这个计划已经差不多一百年了。

百年前的一天,橘猫无意中从木棉王那里得到一个关于天狗食日的秘密,从那一刻起,这个惊天地泣鬼神的计划就渐渐在橘猫脑子里形成。活了上千年,橘猫早就受够了粤语对"猫"的偏见。机会来了!机会终于来了!天狗食日,百界交融,那可是千载难逢的翻身机会!

"离天狗食日只剩下最后两天了!两日后的正午,天狗

就会啊呜一口把金灿灿的太阳吞下。到那一刻，百界都会连通在一起，随着翻转的沙漏一起翻转，再翻转。只要抢在第二次翻转之前把所有颠倒过来的记忆放出来，让它们钻回人类的脑袋里，'猫'就会变成世界上最吉祥的生物，所有关于猫的词都会是好词。'猫面'将是世界上最美好的表情，'出猫招'也会成为夸一个人做事有良计的好词……"橘猫越说越激动，眼睛里全是炽热的光芒，仿佛被贪婪的天狗上了身，正在对那轮燃烧的太阳虎视眈眈。

"那'奸猫'咧？"哪吒忍不住问。

"当然也是好词！'奸'即是'醒目'的意思，'奸猫'即是说一个人好醒目。"

"'神台猫屎'咧？难道还是香的？"

"你想下，连猫屎都可以上神台被人供奉，猫的地位得有多高？"

"不是……不是这个意思……"哪吒竟不知如何反驳。

"就是这个意思！"橘猫得意大笑，"到时候只要这个意思钻进人类的脑袋里，一传十，十传百，过不了多少年所有人类只会记得这个意思。"

哪吒终于想起粤语神兽来：

"你为什么要把粤语神兽们都关起来？你想把它们怎么样？"

橘猫说："它们必须消失。等它们慢慢溶化在球里，世界上就再也没有粤语神兽了。"

"消失？你是要杀死它们！好狠哪，欺人太甚！"

话一出口，哪吒有一种似曾相识的感觉，好像自己之前也说过这样的话。想了一阵终于想起来了，是当年演出"哪吒闹海"的时候对着恶龙说的。

当年"欺人太甚"这四个字，哪吒是怒目竖眉说的、咬牙切齿说的，全靠霍师傅的巧手和他设计的精妙机关，哪吒愤怒的表情带动了观众的义愤填膺，甚至有小孩挣脱开大人的怀抱冲上台要帮哪吒揍那条恶龙。

哪吒的眼睛那么大，怒目而视确实很有威慑力。橘猫可不敢盯着他的眼睛看，发怵地低下头说道：

"它们会妨碍我的计划。"

"那也不能杀了它们！欺人太甚！"

橘猫见哪吒的怒火在铜铃大的眼里熊熊燃烧，仿佛马上就要按捺不住长出三头六臂来，眼骨碌一转装出一副可怜兮兮的模样，唉声叹气：

"你勿恼，我也很难过㗎……但我不甘心！这么多年你可知我受了几多委屈？好不容易有一个机会可以翻身，我绝不可错过……"

哪吒见橘猫耷拉着头的难过模样，怒火瞬间降了不少：

"那也不一定要让它们消失！"

"不，必须消失。"

"非消失不可?"

"非消失不可!"

橘猫告诉哪吒,人类的记忆中,与文化有关的记忆是最根深蒂固的。鸡毛蒜皮的杂事可以说忘就忘,说记错就记错,唯独跟文化有关的记忆是深深扎根在脑子里的,是渗透进血液里的,千百年都难以撼动。只要粤语神兽们还继续存在,迟早都会唤起人类真实的记忆,人类迟早都会发现不对头,那自己千辛万苦筹谋了百年的计划随时可能功亏一篑。

"上百年来我费尽心机才收集到这么多的记忆球,怎么能让计划功亏一篑呀?呜呜呜,你一定要帮我。"说着说着,高傲的橘猫竟破天荒哭泣起来。

猫也是有眼泪的,哪吒看到了,也摸到了。温温热热。原来猫的眼泪与人的眼泪一样,也是温温热热的。

哪吒有些动摇了。也不知当初是谁对猫有这么大的意见,竟没给"猫"安上半个好词。受委屈的滋味哪吒知道,的确不好受。但橘猫可怜归可怜,哪吒怎可能帮着它作恶?

"你别乱讲,我怎么帮你?不,我、我才不会帮你!"

橘猫很肯定地说:"你可以!现在也只得你可以帮我了。你一定跟我一样很希望记忆可以颠倒过来。当初那个实验出了点问题,唔,出了点小问题,只是小问题,记忆没有交换过来。"

橘猫终于说到那个实验的事了!尽管橘猫一再强调是

第九章 真　相

"小问题"，哪吒仍紧张得浑身发颤。

那个"实验"到底是怎么回事？

橘猫说，只是提前试验一下"天狗食日"的威力罢了。

"你不相信木棉王？"

"不不！"橘猫赶紧否认，"从木棉王那里得来的秘密自然是可靠的，只是事关重大，我、我必须先试验一下。"

"试验什么？"

"确认天狗食日时百界是否真能连通起来。"

"如何试验？"

"就在天狗食月的时候先找一人一偶试试能否交换。"

"天狗食月？"

"对，就在你变成人的那个晚上。"

橘猫告诉星仔，当时自己无从知晓天狗到底何时会食日，倒是清楚地知道"天狗食月"近在眉睫。食日或是食月，料想都是差不多的吧？可以一试。

"为何选中我和星仔？"哪吒又问。

橘猫直截了当："因为星仔不想当一个人，而你不想再当一个偶！"

哪吒认真回想了一下，那段时间自己的确是把自己当星仔了，夜里自己偷偷练功不说，白天星仔在霍师傅的眼皮底下练功，实际上也是自己在操控星仔，不是星仔在操控自己。

"你怎知星仔不想当一个人?"哪吒百思不得其解。当一个人多好哇,为何星仔会不想当一个人?

橘猫神色有些不自然,支吾说大概是如此吧,星仔经常在骑楼街发呆,甚至跟自己说过"宁可当一个偶也不要像现在这样"之类的话。

"那也不代表他想当一个偶。"

"他还喜欢把自己跟木偶一起挂在柜子里。"

哪吒一时语塞,竟不知如何辩驳。

橘猫继续说:"也不知是哪里出了差错,你们二人只交换了身体,并没有交换记忆。如此看来,食日与食月,终究是不同的。"

关于天狗食月的事,木棉王没说,也就无从知道。

橘猫又说,除了粤语神兽,这计划最大的阻碍,来自岭南文化研究学者。

"他们的脑袋里满满全是粤语文化,只要有他们在,篡改粤语文化绝非易事。我虽然已经收集了很多很多的记忆,但里边几乎没有研究学者的记忆,这些学者比普通人更珍视他们的记忆,从不轻易丢弃,上百年来,竟一个也没有捡到过。"

哪吒越听越觉不妙,竟无师自通学会了打冷战。

"你不会是想把那些研究学者也消灭掉吧?"

"不,当然不,"橘猫忙解释,"我只是想让你帮我个忙，让研究学者自己把记忆丢掉。"

见哪吒不解，橘猫提示道："雕刻出罗汉的那位研究学者，就是当中最厉害的一个。"

"他怎肯自愿丢掉记忆？"

"不肯自愿，那就只好——强行了。"

"强行？"

"对，你这样——"

橘猫忽然跃身跳上哪吒的肩膀，压低声音在他耳边交代了一番。

"不行！不行！"哪吒惊慌摆手。

"你想清楚！所剩时日无多了。"橘猫说，"你难道不想成为一个真正的人类吗？"

"当然想。"

"只要星仔相信他一直都是个偶，你就可以永远做一个人类。"

"不！不能做伤天害理的事！"

见哪吒眼里的火又烧起来了，橘猫扔下一句话，抽身离去。

"好好考虑清楚吧！机会仅此一次！"

第十章 重 生

1

到了晚上,珠江本质上是一面会流动的镜子,把一艘艘闪烁着霓虹的客轮变成对称的两艘,从一个灯火辉煌的码头,送到另一个灯火辉煌的码头。整个过程不甚真实,仿佛走着走着就会消失在微微颤动的霓虹中。你说,水的力气怎么那么大咧?那么重的船,船上还坐满了人,水推起来竟半点不显费劲,还有兴致哗啦啦扬起水花唱起歌。

哪吒觉得自己也是一艘身上坐满了人的笨重客轮,却没有水来推动他。没有推力,哪吒走不动了哇,身体越来越沉,越来越重。有那么一瞬间哪吒甚至开始怀念自己还是一个偶的时候,一举手一投足都有人来操控,不用自己使半分力气。

江风送过来一阵湿漉漉的水汽,哪吒下意识想躲,又猛然想起自己已经不是一个偶了,那点水汽压根无法将自己怎么样。

想当年被扔在仓库里,任何一阵水汽都足以让所有的

第十章 重生

偶如临大敌。在那个阴仄的仓库里，水汽便是最大的"天灾"，比什么地震啊台风啊要可怕得多。哪吒运气要好些，被放置在了稍高的位置，不算太潮湿。但其他的偶就没那么好运了，尤其是被直接扔在地上的，惨不忍睹。二十多年来哪吒眼睁睁看着地上东歪西倒的偶一个个慢慢自我消亡，就像在看一部超长的恐怖片，掉胳膊掉腿那都是算好的，最可怕的是发霉、长毛，甚至长出了蘑菇，变得面目全非。

偶尔也有演员到仓库里来，却不是来"拯救"哪个偶，而是又送来了更多废弃的偶。

"冇用㗎啦！"他们嬉笑打闹着放下手上的偶，"走走走！这里空气这么差！"

对演员们来说，仓库里这些偶都是"冇用"的了，要么是过时了不再演的角色，要么是太旧了或者太残了，总之是不会再有人搭理了。

这样的惨况，不堪回首。哪吒小心翼翼驱逐着脑子里顽固的记忆，越驱逐越清晰。

"只要你和星仔的记忆交换过来，让他相信自己一直是一个偶，你就可以永远做一个人类了！"

——橘猫的话又在耳边响起。

耳边忽然传来一阵很清脆的嬉笑声，是一大家子吃完晚餐到江边来玩。两个与星仔一般大小的小孩相互推搡着打

闹,一个猛撞,把满腹心事的哪吒撞倒在地。

这倒好,帮哪吒把满脑子胡思乱想给撞没了。哪吒费劲地爬起来目送他们远去,半点不生气。

"你望着江面好久了,望什么?"花枝缓缓靠近哪吒。

真的是缓缓靠近的。花枝已经愈发迟钝笨重了,像块刚刚吸饱了水的海绵,挪动一步都得使尽浑身气力。

哪吒忧心忡忡:"这到底是怎么了?"

怎么了?花枝也想知道。在哪吒过来找花枝之前,她一直在广场上与那些大版花枝待在一起。这些长得跟花枝一模一样的大型雕塑已经是花枝最亲近的"同类"了。花枝像往常一样伸出手摸了又摸,不出意料硬邦邦,冷冰冰的,谁也不搭理花枝。花枝多希望她们也是木头做的啊,这样花枝就有了实实在在的"亲人",她们会告诉花枝到底发生了什么事,即便不知道发生了什么事也可以给花枝点安慰。自从罗汉走后,花枝感觉自己成了无依无靠的"孤儿"。

星仔走过来,被扑面而来的一阵江风打得乱了脚步,手脚互撞一阵咯咯响。

"你们怎么都在这里发呆?快点想办法救出粤语神兽哇!"星仔声音发颤,都快哭出来了,"天狗食日就快到了,我不要一直是这个样子哇,呜呜呜……"

哭声让哪吒发慌:

"我、我也不知道怎样才能救出粤语神兽……"

第十章 重　生

"走！我们去找罗汉。"花枝使出浑身力气以毋庸置疑的语气说，"他一定有办法！"

"罗汉在哪里？"星仔问。

花枝摇头表示不知。"我们想办法跟着阿竹就行了，她很快又会远行。"

"你怎知阿竹会去哪里？"

"相信我，只要跟着阿竹，就一定可以找到罗汉，还有龙教授。"

"龙教授？"

"即是那位岭南文学研究学者。"

岭南研究学者！哪吒的心底咯噔一下，鬼使神差附和道："对，我们去找龙教授……"

"好！去！"星仔表示赞同，"博学多才的龙教授，肯定比罗汉还要有办法！"

"你讲得对！"兴奋起来的花枝说话流利了许多，"我早就想见下那位无所不知的龙教授了！"

"走！走！走！"星仔迫不及待。

花枝却说还要等等。

"阿竹明日才出发。"

"明日就明日！"

事情说定，星仔和花枝都松了口气，哪吒却愈加心烦意乱。胸腔里有面鼓在敲，没猜错的话应该是牛皮大鼓，咚咚

敲得震天响,胸口都被震得一跳一跳的,每一个字都是橘猫说的话。

当时橘猫附在哪吒耳边说的是:

"你去找大钢牛帮忙,绑架阿竹让他就范。"

"绑架"这词十分形象——先绑再架。哪吒脑海里即刻浮现这样一幕:先把龙教授绑起来,然后再把刀架在他的脖子上,逼他就范。不对不对,他怎肯轻易就范。正确步骤应该是这样的:先把阿竹绑起来,再把刀架到阿竹的脖子上,逼龙教授就范。可以肯定的是,不管是按哪种步骤,都离不开大钢牛的帮忙。

橘猫怎会挑大钢牛这样的人当帮手?哪吒只觉不可思议。这只橘猫真是生蛳猫入眼①——饥不择食啊!当然,这话不能让橘猫听了去,没蛳怕是也给气出蛳来。

没有时间让哪吒去找大钢牛,甚至都没有时间犹豫要不要去找,阿竹第二天就踩着第一丝晨曦风风火火出门了。哪吒急匆匆把花枝塞进背囊,一手拎上星仔,也风风火火尾随其后。

阿竹只背了个小背囊,身轻如燕健步如飞,浑身乏力的哪吒走着走着被阿竹越落越远,几乎都要跟丢了。

要是风火轮还在那该多好哇!哪吒真怀念脚踩风火轮的日子。

---

① 粤语,"生皮肤病的猫也看得上",形容情人眼里出西施,略带贬义。

第十章 重生

幸好阿竹很快买票上了辆大大的汽车，哪吒身上还有钱，也前后脚上了车，坐到阿竹同一排。阿竹不认识哪吒，也没发现他背囊里的花枝，见哪吒长得有趣忍不住多看了两眼，还朝哪吒笑。

笑是很友好的信号，哪吒刚才还忽上忽下的心突然就安定不少。

哪吒鼓足勇气问阿竹要到哪里去，阿竹的眼睛笑成一条缝：

"还能到哪里去呢，这辆车开往哪里，自然就是往哪里去。"

问题在于，哪吒根本没留意这辆车到底开往哪里。

尴尬！比在演出时脸上唰唰掉漆还要尴尬。连被哪吒用大编织袋套起来的星仔都不安地在袋内扭动身体。

"嘘，勿动！"哪吒打开一角拉链悄声警告，星仔在里头就像条被扔到岸上的鱼。

"我缺氧，周身难受。"星仔说。

"乱讲！你是偶，缺什么氧？！"

哪吒语气重了些，比鼻息还重，说完竟自己也觉得快窒息了。一抬头，阿竹疑惑的眼神就落在大大的编织袋上。哪吒想说点什么掩饰过去，脑子却搅成一摊糨糊。

哪吒只好低下头去。当个人类可真麻烦，脸皮时不时就出卖一切。幸好阿竹并没有追问，她把头转向窗外，看一整

排伟岸的桉树在车窗外士兵一样站成整齐的一排,她像首长,一棵棵进行检阅。

很有郊外的样子了。汽车早就拐出了两侧是楼房的柏油路,现在路的两侧是各种农作物,从桉树与桉树之间的间隙可以清楚看到,这一片是香蕉,香蕉前面是丝瓜,似乎还有红番茄红彤彤挂在A字形的竹架上。哪吒没吃过番茄,直觉告诉他那么红的不是什么好东西。

车外的风景可比沉闷的车内好多了,阿竹一路都没有再把头转回来。哪吒趁机选个角度把袋子拉链拉开,让星仔和花枝可以看清外面的状况。但此刻的星仔和花枝都已不再烦躁不安了,他们呆滞的眼神也跟阿竹一样牢牢锁在窗外。

一切顺利。正如花枝所预计的,他们如愿见到了传说中无所不知的那位岭南文化研究学者——龙教授。

龙教授头发半白,黝黑的脸上挂着几条深褐色的大皱纹,深凹的眼眶里嵌着两颗比常人更圆更亮的"夜明珠",用炯炯有神来形容不够表现那种清透的、洞悉一切的神韵。这些都是他丰富学识的证明,见到阿竹时却不由自主流露出眉飞色舞的孩童神采。

阿竹自然知道哪吒一路尾随她,但不露声色。下车时不露声色,翻过一座山时依旧不露声色,就连停下来逗小鸟逗蚂蚱也都不露声色。有那么一瞬间哪吒甚至觉得阿竹是刻意放慢了脚步等他,哪吒的脚步越走越重,根本走不快。

第十章 重生

这是一片竹林。在茂密的枝叶间,搭了一个几乎与竹子融为一体的竹房子。星仔从缝隙间瞪大了眼睛看,认定被遗落的婆娑树影,还有鸟飞过的痕迹大概都是龙教授盖房子的材料之一。星仔从小就渴望拥有一座深藏在竹林里的房子,竹竿当梁,竹叶当瓦,再拿虫叫声装饰窗户。竹林是捉迷藏的胜地,有了房子星仔就可以毫无顾忌地出去探险,或者把自己跟小田鼠藏匿在一起。累了困了,多少有个可以归返的地标。

星仔看到龙教授的第一眼,就认定他一定是在竹林里练就绝世魔法了,要不然炎夏的竹笋不会那么多,已经有一定年岁的竹叶也不会那么嫩绿。

这个龙教授绝非凡人!星仔迫不及待想要问问他能不能把自己变回人类,但龙教授不是偶,并没有办法听见一个偶的问询。星仔又想通过哪吒转达,但可怕的事情正渐渐发生——连哪吒都开始听不太清楚星仔的话了。偶的世界与人的世界正在悄悄地断开联系。

阿竹和龙教授把哪吒迎进了竹房子里。有"客人"来访是件高兴的事,阿竹说,这里已经很久很久没有人类访客了,她很想要一个人类访客跟着她来这里。

房子里摆满了龙教授亲手做的各种竹编玩偶,有蚂蚱,有蜻蜓,还有各种叫不出名字的东西。最大的是一只张开翅膀的凤凰,很大,阿竹甚至可以骑到它背上去。

哪吒问他们为什么要独自住在这里，龙教授说："这里远离人类。"

"你不喜欢人类？"

"有时候确实不太欢迎。"

哪吒一惊："那你不想当一个人类？"

"不，我愿意。"

"为什么？"

"当一个人类可以拥有智慧，我喜欢用智慧去解决世间的问题。"

智慧？哪吒没有。以前还有勇气和正义，现在眼看也快要没有了。哪吒沮丧地看着渐渐一动不动的星仔和花枝，那样子呆滞、绝望，就跟自己当年在仓库里无异。之前他还能断断续续听星仔和花枝在说话，现在不管哪吒怎么把耳朵凑近去，怎么全神贯注，都难以辨别出它们到底在说什么东西。

"偶会死吗？"星仔用最大的声音朝哪吒喊话，但哪吒依旧是一脸迷惘地看着他。

"你在说话吗？你说什么？"哪吒手足无措，无半点办法。

阿竹终于留意到了袋子里的星仔。

"这是什么？一个木偶吗？"阿竹难掩兴奋，这对她来说可是个新鲜玩意儿。

第十章 重 生

哪吒把星仔从袋子里取出来,解释说自己是个木偶的表演者,这是他的木偶搭档星仔。

"表演者!"阿竹愈发激动了,忍不住伸手去摸星仔,"你可以给我们表演一下吗?"

阿竹兴奋起来的表情跟花枝可真像,哪吒没有办法拒绝。龙教授也笑眯眯地说:"表演一个吧,这里满屋子都是你的观众。"

龙教授说的是那些竹编的东西,哪吒悄悄叹气。如果是木头做的多好呀,竹子做的,显然不在偶的世界里。

哪吒并没有什么心情表演,只随意摆动了几下呆滞的星仔,念一段之前花枝编的"数白榄",不想演到一半耳边就传来花枝微弱的声音——"继续!继续表演!"

真的是花枝在说话咧!哪吒扭头去看,花枝正努力抬高腿,企图从背囊里翻出来。还有手中的星仔,动作也稍微灵活了些许,就像腐朽的关节刚刚涂了点润滑油。

哪吒总算明白是怎么一回事了。自己竟忘了,必须靠表演来维系住偶的世界!

忙活出一头汗的哪吒更加来劲了,认认真真走了个圆台,然后清了清嗓子开始唱,抑扬顿挫,与刚才判若两人。

龙教授与阿竹鼓起掌来:"对!这才是木偶表演啵!太精彩了!"

星仔与花枝都在恢复,但只是恢复了一半,就像充电

只充了一点点,能动,但动不麻利,能说,但不是每一句都能听清。哪吒到底听清了花枝在喊:"不够!不够!继续呀!"

当然不够。就哪吒一个人表演哪里够?可眼下也没有其他人可以表演了。

还有谁可以表演呢?

恰巧龙教授问哪吒是在哪里学的木偶表演,学多久了,这话倒提醒了哪吒,一下想起霍师傅来。

对!找霍师傅去!

2

重新踏入祠堂,哪吒感觉恍若隔世。

是龙教授和阿竹亲自把哪吒送回到霍师傅那里的。哪吒结结巴巴跟龙教授描述了关于偶的世界需要靠演出来维系这件事情,请求龙教授跟他一起去找霍师傅,一起想办法制造更多演出的能量。龙教授也没多问,二话不说就送哪吒回来。阿竹知道龙教授的心思,他是迫不及待想见见哪吒口中最厉害的木偶师傅,他最喜欢跟这些老艺人打交道了。

霍师傅依旧是躲在工作室里,正专心致志给一个木偶头上色。哪吒看第一眼就倒吸一口凉气:粗箭眉,菱形吊眼,头顶两团发髻,这不是自己吗?

第十章 重生

果然就是哪吒，霍师傅新造了一个哪吒。

霍师傅一说起哪吒就激动。

"我这一世人最骄傲的一场戏就是二十多年前排的《哪吒闹海》哇！而今老搭档哪吒突然间就不见了，哪里都找不到。你说，没了哪吒还怎么闹海？谁来闹海？"

当然无法闹海。霍师傅只剩下闹脾气了，谁也不搭理，团里排不排练他也不管，整日里躲在工作室里。工作室传出了敲敲打打和刨木头的声音，声音急促、无序，听到的人只当他在发泄什么，谁也想不到他是在用木头再造一个新哪吒。这年头谁还会用木头做偶哇？不是纸就是石膏，只有小部分用到木头，这纯木头做的偶，怕是没人举得起来咯！霍师傅才不管那么多，没了哪吒他浑身都不自在，就像身体少了点什么东西，重新造一个哪吒就是在重新造一个自己。

说着说着霍师傅突然神情落寞地叹气："唉，新的终究是新的，同我原来的搭档无法比喽。"

那股落寞的神情如一把利剑插进哪吒眼睛里，哪吒很艰难才忍住没有脱口而出自己就是哪吒。

"霍师傅，你的哪吒知道你这么想念他，一定会回来的。"哪吒舔舔嘴唇轻声对霍师傅说，眼睛却停留在那个新哪吒身上，半点不敢看霍师傅。

"我也觉得他会回来的。"霍师傅点点头，"他是跟一个叫星仔的学员一起不见的，大概是被星仔带走了吧。"

霍师傅放下手上的工具专心打量哪吒,越看越觉得眼熟,闭上眼回忆:"对!我见过你!"

哪吒惊出一头冷汗。霍师傅说的却是:

"你就是在纪念堂表演的那个!我们还说过话。"

霍师傅果然记忆力很好呢!哪吒趁机说正事,说自己之所以在纪念堂演出,就是为了维系住偶的世界。又告诉霍师傅每一个偶在偶的世界里都可以像人一样交流,一旦偶的世界消失了,那所有的偶就都成了真正的死物了。

"死物?那怎么行!"在霍师傅的心中偶从来不是死物。每次跟哪吒在台上表演时,他都能感觉到手上的哪吒是活的,总能跟自己默契地相互配合。不表演的时候,霍师傅跟哪吒也很亲。哪吒清清楚楚地记得,有一回霍师傅喝醉了酒,把鼻尖贴到了哪吒的鼻尖上,还摸着哪吒的脸絮絮叨叨地说话,说什么?不外乎就是"长大就好""生生性性"之类的话。那都是父亲对孩子才说的话,哪吒瞪大了眼睛看着他,不知该如何回应。哪吒没有家人,不太习惯什么是慈父。

"只有表演可以给偶的世界补充能量,让偶的世界继续存在。最近是不是没人演出了?这个孩子说偶的世界就快消失啦!"阿竹抢着说。

霍师傅有些沉痛地摆手:"现在是淡季,剧团的人都放假呢。原本一些地方还时不时有些零星的表演的,最近也忽然没了动静。"

"为什么会这样？"哪吒猜测是因为粤语神兽消失了的缘故，却不敢说。

霍师傅摇头："我也不知道到底发生什么事了。一个原本很喜欢写木偶剧的朋友说最近一个字都写不出来了，没有新剧，也就没了表演的欲望了。"

"霍师傅，求求你想想办法吧。"哪吒看看花枝，又看看星仔，心里五味杂陈。

"只是需要表演的话，倒是小事一桩！看着——"霍师傅从一堆木偶中翻出一个新版的哪吒来，"看着，我即刻给你们整一段《哪吒闹海》！"

这个"新版哪吒"哪吒认得，是剧团后来用新材料做的，比哪吒轻，比哪吒新，衣衫的用料却没有哪吒考究，都是千篇一律机绣的图案，哪比得上哪吒原本身上的衣裙。哪吒荷叶裙上的纹路和红肚兜上的吉祥锁都是霍师傅当年找绣娘一针一针绣上去的。

霍师傅把新版哪吒拿在手上先试着比画了一下，不甚满意。"只剩下这个了，团里演《新哪吒传奇》用的，你们将就着看吧。"

这话让新版哪吒很不服气。"我怎么了？我哪点比不上那个快要腐烂掉的残次品？走着瞧，我一定要你收回刚才的话！"可惜霍师傅听不到它的话，就连哪吒也听不太清——

偶的世界能量再次告急。

到底是新的咧，胳膊是胳膊腿是腿。新版哪吒使出浑身解数，竟轻而易举就完成了许多高难度的动作。霍师傅演着演着渐入佳境，就在哪吒一个鲤鱼打挺翻身骑上想象中的"龙背"、一拳接一拳把恶龙打至求饶时，霍师傅分明"看"到他身下真的伏着一条巨龙，正挣扎扭动。霍师傅露出了满意的笑，对！就是这样！霍师傅已经有二十多年没有这么酣畅淋漓地跟哪吒一起降伏巨龙了。好不容易从满洲窗缝隙间钻进来的一丝风很快就被屋内火焰般的气氛给蒸发掉，霍师傅汗流浃背。

掌声起，也有喝彩声，来自龙教授和阿竹。阿竹很兴奋，手掌都快拍烂了。

让哪吒脑袋嗡嗡的，是来自那一堆偶的掌声——比较清晰，虽然还不太响亮，也足以说明这会儿能量已经充裕了许多。

霍师傅把白背心脱下，顺手拿起搭在椅背上的毛巾，却不擦汗，而是认认真真仔仔细细给新版哪吒擦掉操作杆上的手汗。这可是以前哪吒才有的待遇！哪吒羡慕地看着扬扬得意的新版哪吒，心里燃起一团火。非要形容下这团火的话，这团火该叫嫉火，半点不逊于当初风火轮上吹不灭燃不尽的仙火！

辉煌的往事仿佛还在昨日：那时候的霍师傅还没有半边

油光的脑袋，也还没有凸起的肚腩。他健硕有力的胳膊足以支撑起一切，木头做的哪吒到了他手里便失去了重量，真真切切变成一个轻盈的、恍若活物的哪吒。台下掌声雷动，欢呼声差点把舞台棚顶掀起来。霍师傅把哪吒高高举过头顶，绕场一周，好让掌声和欢呼声均匀地沐浴在哪吒身上。霍师傅坚信哪吒是能看得到的，能受到鼓舞的，要不它怎能演得一场比一场好咧？

哪吒忧伤地看着被霍师傅高高举起的新版哪吒，眼下它才是所有人目光的焦点。那种成为焦点的感觉可真好哇，早就被哪吒深深刻在了心头，像在心尖最敏感的位置安装了一台过滤器，所有练功的累、日夜兼程的苦，全都被过滤得一干二净，留下的只有甜。

哪吒不由舔舔嘴唇，只舔到了苦。

霍师傅看出了哪吒眼中的艳羡，拍拍哪吒的肩膀说："细路，再勤力点，你一定也会演得很好的。"

这是霍师傅第一次近距离正面看清了哪吒，拍肩膀的手忽然停了下来，定定盯着哪吒看。

"你好面善啵，你生得好似我以前那个搭档。"

"搭档？"阿竹问。

"即是哪吒。"

哪吒看向他刚放下的哪吒，大大咽了口空气。那个哪吒正在不满地念叨着什么，听不清。哪吒与哪吒到底也是不一

样的。一想到自己可能被替代,胸口的秘密像一块浸了水的海绵,越来越膨胀,越来越沉重,哪吒又喘不过气来了。

"演出!必须演出!不能让偶的世界消失。"哪吒喃喃说着,伸手去拿星仔,才发现星仔在嘤嘤哭泣:

"只靠你和霍师傅演出是远远不够的,呜呜呜,偶的世界那么大,需要的能量很多很多。你们快点想办法哇!呜呜呜……"

星仔哭,花枝也哭了。她把胖胖的身体蜷缩成一团,塞在背囊的一角像个颤抖的肉球。哪吒偷偷把手伸进背囊里拍拍她的背稍作宽慰,又问霍师傅可有办法唤来更多的人参与演出。霍师傅为难地摇头。团里的人大都休假去了,临时也凑不出什么像样的演出来。

"你可有学徒?"龙教授问。

"学徒?"霍师傅精神一振,"有哇!青苗班有几十个学徒!"

"是了!青苗班!"星仔大喜,"快!去找大钢牛!他是班长,同学仔都听他话喋!"

"大、大钢牛哇……"哪吒想起橘猫的话。看看龙教授,怯了,又看看阿竹,更怯。

脚下两只沉寂已久的木屐终于储足能量又开始蹦跶起来:"对!找大钢牛!找大钢牛!"

大钢牛并不难找,霍师傅很快就联系到他。然而大钢牛

第十章 重生

赶到祠堂时身边赫然还跟着一个熟悉的身影。谁？橘猫！

这个坏东西竟然还敢露面?！两只木屐一见它就激动地破口大骂，花枝和星仔在背包里也不安地躁动着。橘猫不搭理它们，若无其事踱步到哪吒的跟前，给哪吒打了个眼色，又意味深长地看向阿竹。

怦！怦！怦！

是心跳！哪吒按住胸口，从来不知道人类的心脏可以发出这样的巨响，像极演出时后台擂起的战鼓。哪吒第一次在战鼓中只想退缩。

龙教授好奇地盯着这只在哪吒跟前站定不动的猫，啧啧称奇。

"这只猫好特别啵，"龙教授甚至掏出放大镜对着它看，"你看它身上的毛发，像藏着一整片星空。"

星仔一惊，原来不只是自己有这样的感觉。

"你识得这只猫？"龙教授问哪吒。

"不识，唔，见过几次……"

哪吒支支吾吾不知如何作答。花枝在旁着急："快叫他们把这只邪恶的猫抓起来，解救粤语神兽！"

橘猫轻蔑地瞥了她一眼，又把目光重新投向哪吒。见哪吒没有反应，干脆直接示意大钢牛开始动手。来之前橘猫已经跟他又达成了一笔"交易"，只要他跟哪吒一起把阿竹控制住，让龙教授就范，事成之后橘猫成了未来世界的统治

者，大钢牛便是这个世界上最成功的"大将军"。

大将军！大钢牛做梦都想做一个大将军！大将军都是战无不胜的。

橘猫一声令下，大钢牛迅速从口袋里掏出了一个不甚锋利的"箭尖"，从身后箍住阿竹，抵在她胸口。那箭头是他从一家射箭馆那里偷来的，一整支箭不好偷，便只把头掰了下来。原本用家里的折叠水果刀也可以，但大钢牛斟酌之后还是选择了用箭。大将军用的必须是箭，即便没有箭身。

"你做什么?！"霍师傅大吃一惊，伸手要去拉扯大钢牛，被龙教授拦住：

"别过去，他手里有利器，小心伤了阿竹！"

霍师傅赶紧缩回手：

"大钢牛，你癫咗咩（疯了吗）？"

大钢牛不敢看霍师傅，扭头看向哪吒。具体要做什么大钢牛也不知道，只知道按照橘猫的计划，下一步该哪吒上了。

橘猫冷冷对哪吒说："还愣着做什么？赶紧叫他自愿扔掉所有跟岭南文化有关的记忆。"

哪吒喘着粗气一言不发，橘猫又催促道："快点，这是最好的机会了！你想想，仓库，还有腐烂的木头……"

花枝和星仔终于察觉到不对劲："哪吒！难道说你是那只恶猫的同党？不信！我不信！"

第十章 重生

"不是……"哪吒下意识要辩解,被橘猫截住话。

"不用理他们,"橘猫说,"等记忆颠倒过来,你就是他们心中最好的人。"

橘猫说到"人"字的时候,刻意用了很重的语气,这是赤裸裸的强调,哪吒没理由不懂。哪吒鼓起勇气看向龙教授,依旧不敢开口。

橘猫提示他:"你问他,如果要他放弃脑子里所有关于岭南文化的记忆来换取阿竹一条命,他愿不愿意?"

哪吒怯怯开口问了,龙教授愣了一下,但很快就用毋庸置疑的语气回答:"愿意。"

"真愿意放弃?"哪吒看着他脚下已初现轮廓的记忆球竟慌了神,"那是你毕生的心血呀!"

那记忆球真大,真圆,亮闪闪的全是难得一见的好记忆。

龙教授听出了哪吒语气的变化,故意放慢速度一字一顿说:"孩子,心血和名利固然重要,但跟生命相比,什么都微不足道。"

"生命……生命……"哪吒重复了一声,又小声重复一声。

龙教授趁机劝道:"你快叫他放开阿竹,要什么我们好商量。世界上最大的成功并不是得到自己想要的一切,而是活得有价值。如果我毕生所学能换取一条生命,那我就没有

白学。"

哪吒留意到了,龙教授说的是"生命",不是"人命"。大概在他的心里,不是只有人命才叫生命。那么——偶呢?

记忆球里流动的东西越来越清晰了,真美,比流动的星带美,比谜一样的珊瑚群美。橘猫扑到记忆球跟前贪婪地盯着它的变化。球面很光滑,光滑得反光,橘猫的"猫面"被凸起的球面拉得变了形,尖牙闪烁寒光。

哪吒忍不住问龙教授:"假如是换取一个偶的生命而不是人,你也愿意吗?"

龙教授还没来得及回答,霍师傅就抢着回答:

"如果是哪吒,我愿意!只要哪吒能回到我身边,只要哪吒还能跟我一起打恶龙,我什么都愿意!"

"霍师傅……"哪吒终于忍不住跪倒在霍师傅脚下哭了起来。

"细路,你怎么了?"霍师傅弯下腰拉他。

"霍师傅,其实、其实我就是……"

橘猫见势不妙,恶狠狠扑上霍师傅的肩膀,咬住霍师傅的衣领不放。这穷凶极恶的模样把哪吒吓了一跳,恶龙!眼前分明是那条蛮不讲理兴风作浪的恶龙!

哪吒爬起身,也不知是从哪里来的力气,竟像头红了眼的斗牛一样朝橘猫扑了过去,橘猫料不到他会来逮自己,跃

下霍师傅的肩膀往后逃窜,把大钢牛撞了个趔趄,阿竹趁机挣脱,被龙教授一个箭步护在身后。但大钢牛很快又重新扬起手中的"箭",这回是抵在了哪吒的脖子上。

"痴线!你发癫啊?"大钢牛的牛鼻喘着粗气。

"大钢牛,你勿要相信那只猫,它骗你㗎!"

"骗?"

"冇错喇!什么未来世界的统治者,什么大将军,都是骗你的!"哪吒一股脑儿把橘猫如何把粤语神兽都禁锢起来,如何企图颠倒记忆当神兽之王的野心说了出来。

大伙儿都笑了:"还想当统治者?过街老鼠还差不多!"

"我不信,我差一点点就成功了。"大钢牛仍旧嘴硬,但拿着箭尖的手还是垂了下来。

龙教授见状趁机劝道:"细路,如果让你成功了,你觉得你的人生有价值了吗?"

"价值?"大钢牛茫然,"什么是价值?"

"那我换个问法,"龙教授说,"你觉得你会不会开心?"

"会,谁人成功了不开心?"

"偷偷把自己的成绩改成一百分,你会高兴吗?"

"额,大概……"大钢牛迟疑,"或许……不会。那又不是我的成绩。"

第十章 重 生

"你现在做的,就跟篡改成绩差不多。"

"我、我什么都不知道㗎,是那只猫叫我做的!咦,猫咧?"大钢牛低头寻找,才发现橘猫早已经窜进了花圃中躲着,只隐约露出半个头。

"哼!你们两个叛徒!"失了势的橘猫虽躲得严实,依旧态度强硬,"你们背叛我一定会后悔的!"

"多行不义必自毙!要后悔的是你!"哪吒说。

"嘴硬没用!哼,天狗就快食日,胜负就在眼前,我们走着瞧!"橘猫留下这么一句,扬长而去,很快消失在花圃中。

哪吒的大眼珠子随着橘猫离去后微微颤动的花草一起抖动着,许久才又冲过去抱住霍师傅的大腿,大哭。

"细路,你到底怎么了?"霍师傅探身去拉他的胳膊。

哪吒哭得更大声了。"怎么办,这可怎么办好?好快就要天狗食日了,到时会有大量颠倒的记忆出现,粤语神兽也会消失……"

"快带我们去你说的那个大漏斗,把粤语神兽救出来。"霍师傅当机立断。

还是迟了,至少低估了橘猫的狡猾程度。当他们匆忙赶至那块海珠石所在的位置时,入口已经被关闭掉了,里头的出不来,外头的进不去。就连咪走鸡首领的吹鸡声也变得断断续续有气无力的,里头的状况不容乐观。

哪吒忽然无比怀念团里的一个木偶,马良。他们谁身上都没有神笔,拿堵住的入口束手无策。更糟糕的是,没有人知道到底什么时候天狗会食日,也不知天狗食日到底会发生什么。

"你说,天狗食日那天我们能不能换回来呢?"星仔最关心的仍是这个。

哪吒缓缓摇头。摇头表示不知道,而非不乐意。此刻霍师傅就在身旁,深情款款。哪吒恨不得立刻变回一个偶回到日思夜想的霍师傅手上。

吹鸡声又变了,哀怨而缓慢,像极了垂暮老人用最后一口气在交代后事。大事不好,困在球中的粤语神兽们怕是凶多吉少。

"怎么办?怎么办?"大家乱作一团,两只木屐从哪吒的脚底挣脱,直接敲打在覆盖入口的玻璃上。哪吒也光脚把玻璃踩得嘣嘣响。

龙教授却反而镇定下来。

"勿慌!小事。"他说。

霍师傅忙问龙教授:"你有计?"

"有计!"龙教授胸有成竹。

"乜计?"

龙教授神秘一笑。

"放心,我有法宝。"

第十章 重生

3

天狗食日的那一刻终究是来临了。

没有哪吒和星仔想象中的风云变幻,也不像电影里那样天昏地暗飞沙走石,天狗干脆利落一口把太阳吞了,然后又缓缓吐了出来。星仔又变回了人,哪吒又变回了偶——除此之外,世界仿佛并没有太大的变化。

也即是说,龙教授的"法宝"奏效了。

龙教授说的法宝,是文化。用龙教授的话讲:只要文化还在,希望就在,绝不是那些错乱的记忆能篡改得了的。

"都放心!乱不了!"龙教授用笃定的语气给大家喂定心丸。

龙教授还用了一个比喻:"离离原上草,一岁一枯荣……"大钢牛第一个抢接出后面两句:

"野火烧不尽,春风吹又生!"

这个诗学校教过,他早就会背了。虽是会背,大钢牛仍一肚子疑惑:难不成粤语神兽还能像野草一样,春风吹又生?

龙教授很肯定地说:"能!"

"真的?粤语神兽还能生?"

"当然是真的。越受重视,粤语神兽就繁殖越快。"

似乎有道理啵！星仔想起了咪走鸡。就是因为人类整日里念叨着"咪走鸡"，世上才会有那么多只咪走鸡。

"那要怎么生？"

龙教授拍拍哪吒的肩膀，又握住霍师傅的手说："这就要靠我们所有人齐心协力啰！"

"即是怎么做？"

龙教授抬手在光滑的下巴处做捻须状：

"信我。听我指挥行事。"

当然信。大家都信。龙教授的样子看起来就十分可信。他的智慧虽然改变不了自己身材变形或者头发变白的问题，但绝对可以解决这个问题。

4

有只乌蝇嗡嗡叫，
停咗系隔离鸡仔寮。
阿仔作业写唔落，
睇鸡仔，再食个蕉。
食完个蕉捉虫仔，
捉只虫仔乍乍跳。
阿妈话你史狲痕，
我请你食藤条！

第十章 重 生

认出来了,认出来了,大家眼前活蹦乱跳的,是一只史狒!

这只小小的史狒冒冒失失闯入,看见板着脸的霍师傅,害怕了,战战兢兢躲到大钢牛身后。然而大钢牛手上还拿着藤条咧,藤条最喜欢落在史狒上!小史狒一慌,又躲到龙教授身边。龙教授看起来最和蔼,他看不见小史狒,但仍慈眉善目对大钢牛称赞有加——这只小史狒就是大钢牛"生"出来的。

四肢发达的大钢牛第一次觉得自己头脑并不简单,把小时候听阿嬷唱的歌谣串一串,改一改,轻而易举就率先"生"出一头粤语神兽来。

不不,不只是大钢牛的功劳,这里的每一个人、每一棵树、每一株花草、每一只昆虫都有贡献。是他们不厌其烦地传唱才终于让这只小小的粤语神兽诞生出来。

两只木屐不甘落后,也抢着要来"生"一只粤语神兽。这样的差事对自诩满腹经纶的木屐来说,小菜一碟。下面这个粤语歌谣就是两只木屐你一句我一句随口哼出来的,也算动听:

落雨大,水浸街,

虾仔落街整湿鞋。
整湿鞋点返书斋?
塞把树叶落鞋底。
树叶太细稳莲叶,
一叶唔够打孖来。
先生话佢真正乖,
只只字都咪走鸡!

"咪走鸡!是咪走鸡!"原先的那只咪走鸡激动地拍着翅膀扑腾庆祝。落单多日,孤独的滋味不好受。它在庆祝一只小小的咪走鸡诞生,更庆祝自己终于如愿以偿成了统领——眼下就数它最大,自然而然成了新统领。

"咘——咘——"

新统领第一次吹响了犄角,四面八方都有咪走鸡循着鸡声奔来。原来世上还有这么多的咪走鸡哇!咪走鸡的数量,从来是个谜。

"还有我!还有我!"

对,还有花枝咧!聪慧的花枝之前已经给他们编过一些"数白榄"了,早就得心应手张口就来。这回她想起了广场上那些整日里奔忙的人,从广场上那些金闪闪的大楼里进进出出,忙忙碌碌也不知道自己到底在忙些什么。好多次花

第十章 重 生

枝想他们说两句,都没人有空搭理她。花枝心里早憋了好多的话,不吐不快。好快,"眼鲸鲸""为食猫"和"唔记DUCK"就拖着满脸通红的小"史狒"出来了,真不愧是花枝啊,一箭四雕:

> 一二三四五六七,
> 老细话要多劳多得。
> 做嘢做到眼鲸鲸,
> 做到阿妈姓乜都唔记DUCK。
> 以为升职加薪在眼前,
> 点知到最后头耷耷。
> 头——耷——耷——
> 一二三四五六七,
> 该我话要爱自己先得。
> 时不时允许为食猫上身,
> 腰酸骨痛就起身摇一摇史狒。
> 长命功夫长命做,
> 劳逸结合先至能day day up!
> Day——Day——Up——

花枝的这首歌谣,让星仔想起了闲不下来的阿爸阿妈,还有早就过了身的阿婆与生病的阿公。星仔也想编一

个歌谣,里边没有星辰,没有大海,只有家里人。家里人就是星仔的星辰与大海。星仔现在只想快点变回人,回到阿爸阿妈身边去,帮帮阿爸阿妈,让他们可以不用那么忙,可以跟星仔一起看星辰与大海。但阿爸阿妈似乎不怎么领情咧,星仔苦恼极了。他编的歌谣是这样唱的:

木棉花开红又红,
阿爷赏花捻须公,
阿婆花下执棉絮,
阿妈晒花煲靓汤。
鬼马细路禽上树,
扰落花苞咚咚咚。
老豆激到乍乍跳:
打死你个化骨龙!

一只小小的鬼马爬上哪吒的肩头,不明就里瞎起哄:"打死你!打死你!"

哪吒恼了,伸手去逮,逮不着。小小的鬼马竟也有翅膀,未发育完全也能飞,飞到高处,哪吒踮起脚都够不着。

脚下还有一只小小的化骨龙,哪吒低头看,大眼,秃头,还有长长的"龙须",跟原来的化骨龙一模一样,就连只有半边脑袋也一模一样。

第十章 重生

"哈哈哈……原来所有的化骨龙都欠削!"哪吒和星仔笑出眼泪来。

还有很多很多其他的粤语歌谣,是霍师傅和龙教授编的。他们编的可比这些好太多了,讲粤菜的能冒出香味,讲百花的能随风绽放,讲木偶戏的能让偶都活了过来,讲粤剧的能让听者都忍不住跟着哼唱。

通俗、有趣、押韵,青苗班的学员们都很喜欢,一学就会。课本里要背诵的段落若是也这么有趣就好了,一学就会。

霍师傅见他们学得七七八八,便吩咐说:"快带上你们各自的木偶去演出吧!"

"去哪里演出?"有学员问。

"哪里都行,"霍师傅说,"大榕树下、河涌边、天桥下或是步行街头,都很好。"

刚开始学员们还扭扭捏捏,生怕演得不好,或是没人来看,但演过一两次就快速打消了顾虑。不仅是有人来看,还不少,有时甚至围上里三层外三层,掌声不断。

真像个真正的木偶戏演员咧!学员们越演越来劲,都把这次有意思的演出当成青苗班的结业演出了。

咪走鸡,通街走,
鬼马蛇王跟其后。

化骨龙仲憨鸠鸠,
一撞撞到为食猫。
为食猫话好鬼鱼,
装假狗来踢皮球。
好彩仲系好朋友,
唔记DUCK隔夜仇。

街上的神兽越来越多,四处乱窜。两只木屐噼里啪啦打着拍子计数,一、二、三、四……二十七、二十八……

怎么回事?远远不止十种粤语神兽哇!就连当年落了榜的"偷鸡""一蚊鸡""装假狗""好鬼鱼"等好多神兽都过来凑热闹。

好鬼热闹哇!广东人就喜欢热闹。

5

说说橘猫。

天狗食日前那一刻,橘猫正端坐在"大沙漏"里那片一望无际的沙滩上,尾巴一左一右拍打着,面朝大海。海水早就看不见了,海面上被密密麻麻的记忆球所填满,那都是橘猫的"法宝",或者说"武器"。按照橘猫的计划,只要等天狗食日这些记忆球都颠倒过来时把它们放回到人类世界

第十章 重 生

里,关于"猫"的记忆都会是好的记忆,橘猫将成为粤语神兽之王,谁也撼动不了它的地位。

变局近在眼前了!橘猫很紧张,紧张得猫须都在哆嗦。

油角仔的那句"衰猫滚开"至今仍是橘猫心里的一根刺,碰不得,一碰就痛不欲生。

在橘猫还是一只小奶猫时,是一户大户人家养着的。那户人家家里有个公子叫油角仔,成日里抱着橘猫,跟橘猫玩,橘猫也把他当成自己的同伴,最信赖的同伴。然而随着油角仔上了学之后,就渐渐不喜欢跟橘猫玩了,有时甚至会把缠在脚边的橘猫一脚踹开。

"哼,最衰就是猫,你同我滚开!"

猫怎么就衰了?橘猫百思不得其解。后来才渐渐搞明白,油角仔说的"衰",还真的是"好衰":

油角仔喜欢吃零食,阿妈就骂他是"为食猫";油角仔耍点小聪明,阿爸就说他是"奸猫",成日"出猫招";油角仔闷声不说话了,又被同伴说是"阴湿猫",成日里摆出个臭脸,谁愿看他的"猫面";有一次雨天摔了跤,又被人笑是只"癫痫猫"……猫!都是猫!油角仔看到橘猫就气。

天狗食日那一刻,所有记忆真的可以如木棉王的秘密里说的那样颠倒过来吗?橘猫心里也没有十足把握。万一倒不过来呢?万一倒一半呢……

忐忑间,天狗突然就食日了。

谁也料不到天狗的嘴巴会那么大,太阳是被它整个塞进嘴里的,没有噎着,也没有烫着,那些刺眼的光连同太阳一起塞进天狗的嘴。世界确实如刚才说的,没有风云变幻,也没有飞沙走石,天狗悄悄就一口把太阳给吞了,片刻后又缓缓吐了出来。

大沙漏里却是另一番景象:

海与天渐渐调转,先是倾斜,继而颠倒,海水与沙子混在一起,形成流动的沙。好一个巨大的"搅拌机"呀,记忆球混杂在水和沙当中翻滚,如同胃里的食物一般被挤压、翻转、研磨……

待大沙漏转回原状,一切才恢复静止。水是水,沙是沙,浮在水面的记忆球却像被消化殆尽,无影无踪。

还能去哪里呢?不是在沙里,就是在水里。这里的沙和地面上的沙是连在一起的,这里的水与真正的海水也是连在一起的。难怪大海那么蓝,沙子那么细,海水那么咸,海浪又那么地欢乐……原来里边装着人类那么多的记忆!

不!不应该是这样的!不应该是这样的!橘猫彻底傻眼。别说把反转的记忆球释放出去了,它甚至连记忆球是否反转都没看清。"搅拌机"的威力太大,瞬间卷入所有的记忆球。

第十章 重 生

不可能，这不可能……橘猫的猫须轻轻颤动，猫耳朵卷起，猫爪子伸出，竖起的毛发如风中的芦苇般呈波浪状。它的脚下渐渐浮现一个巨大的记忆球。球很大，很沉，装了上千年的记忆，海水试探了好几次，终于把它卷入海中，渐漂渐远……

恢复宁静的大海伸出了"温柔"的手，一下又一下轻抚着橘猫冰冷的脚。它想安抚这只什么都不知道的猫。

真的，它什么都不知道。

橘猫的眼睛里只有两座光洁无垠的雪山，荒无人烟。

尾 声

好了，故事讲到这儿，是时候坦白我的身份。

我叫童话，是个喝珠江水、看木偶戏长大的，土生土长的童话。

我很喜欢讲故事。如果你们喜欢，我还可以继续给你们讲。

我的故事并不全是虚构的，不信你可以自己去纪念堂问木棉王，或者去广场上问问那些大版花枝。你还可以去木偶团里随便问哪一个木偶，运气好的话，你可能会遇见霍师傅，遇见星仔，或者哪吒。

现在的木偶团可比以前热闹多了。就在故事发生的第二年的春天，青苗班又迎来了一拨新学员。新学员懵懵懂懂的，也跟星仔他们当初一样看不懂祠堂墙上神灵留下的神秘符号，也会抱怨手酸、抱怨累。当然他们比星仔那一届要幸福些，木偶团演出多了，收入增加了，基金会拨的钱也更多了，住宿和餐食都改善了许多。教学的师傅也不止霍师傅一个，多了好多个"小助教"，星仔便是其中之一。

星仔没有住在祠堂里。反正家离得不算远，每日里早些

第十章 重 生

起来，帮阿爸阿妈做好出摊的准备再赶过去也不迟。通常情况下，天还没亮透。

星仔是迎着晨曦的方向赶路的，啪嗒啪嗒的木屐声打破骑楼街清晨的宁静，把静鸡鸡赶得无影无踪。尽管霍师傅已经给哪吒做了新的风火轮，两只木屐可不愿继续被束之高阁，非要套到星仔脚上。

龙教授说过，生命得有价值。这话被两只木屐牢牢记在心里。既然是木屐，就得被人穿在脚上才有价值。

木屐对星仔来说并不合脚，太大了，但星仔不在乎。木屐声响亮而浑厚，像是谁撒了一大把玻璃珠子，一部分在石板路上反复弹跳，一部分撞到店铺还未拉起的铁闸门上，还有一部分被空荡荡的街吞掉了，只剩下悠悠回响。星仔对此很满意，总觉得自己穿上了一种特殊的乐器，这乐器很受骑楼街的欢迎，偶尔还能有共鸣。

说回故事本身。

是的，你们猜的没错，就在天狗食日那一刻，星仔变回了人，哪吒又变回了偶。严格说来也不一定是那一刻变回来的，那天并没有发生什么惊天动地的变化。搞不好实际上这事跟天狗食日也没太大关系，那都是外因罢了，他们两个的意志力才是根本原因——人和偶都一样，当意志力足够强大时，事情总能朝你所希望的方向发展。星仔和哪吒都迫切地想要做回自己，那他们就肯定能做回自己。

  做回人的星仔依旧想去远方,但他已经在自己的身边找到了"远方";哪吒仍想找回曾经的辉煌,也已经在霍师傅的手中找回了属于一个偶的辉煌。这大概就是龙教授说的"价值"吧?自从龙教授说了"价值"这两个字后,大家都学会了说这两个字。

  霍师傅依旧很卖力地教学、很卖力地推广木偶戏,他绝不会让偶的世界消失。他说,就是豁出老命也不能让偶的世界消失,这是他活着的价值。失而复得的哪吒在他手中又成了大放异彩的"常胜将军",霍师傅带着他开始四处"征战",四处比赛。

  "星仔你怎么还没到?我们已经装好车了,马上就要出发啦!"霍师傅打电话催促星仔。这次他们要去的是一个特别盛大的木偶戏比赛,世界性的。

  霍师傅已经把星仔当成自己的接班人了,去哪儿都带着他。之所以选中星仔,一半是霍师傅选的,一半是哪吒选的——哪吒在星仔的手中总要表演得格外卖力!

  "快啦,快到啦!"星仔举着阿妈的手机,嘴里应着,脚步却被橱窗里的东西给绊住了。

  这是骑楼街上新开的一家门店,灯火亮堂堂,一眼可以看清整个店里摆着的都是猫,大大小小,红的绿的,系围巾的,戴帽子的,清一色蹲坐着,举高左侧的爪子朝路过的每个人反复招手。

第十章 重 生

眼熟，非常眼熟！

星仔把鼻尖贴到玻璃橱窗上去看，最大的那只是橘色的，头微微往后缩，眼睛浑圆，胡须长，且翘。星仔看它，它也盯着星仔看。它的橘色毛发在灯光下如绣满繁星锦缎，它的眼神清澈得像白云山的泉水咚咚流。

招财猫……这名字真好，真吉祥。

真想要。

星仔看了看价格牌，又在心里算了算自己的零花钱，恋恋不舍继续往前走。

木偶剧比赛开始了。

木偶剧比赛又结束了。

任何重大的事情都跟天狗食日一样，酝酿许久却又来得快走得匆忙。星仔很庆幸自己赶上了这样的盛事，哪吒也是。这样盛大的木偶剧比赛真让人大开眼界。

世界真大！不同种类的偶真多！除了木偶，还有纸做的偶，铁皮做的偶，塑料做的偶……总之什么偶都有。这些偶也活灵活现，这些偶表演起来也非常精彩。

与木头无关的"偶"到底算不算"木偶"？要是在以前，霍师傅会嗤之以鼻，但现在霍师傅却摸着光秃秃的脑瓜顶笑呵呵说："都一样，只要能表演的就都是木偶。"

大概这就是龙教授说的"创新"吧。这两个字星仔和哪

吒还不太懂，隐约觉得偶的世界扩大了是好事。至少，粤语神兽们活在更多"偶"的共同的记忆里会更加牢固，不那么容易消失。

更重要的是，花枝可以如愿跟大版花枝们一起玩耍了！铜做的，木做的，都是偶。

花枝开心，他们就开心。能让别人和自己开心也是龙教授说的"生命的价值"。

不说了。我要去看木偶戏了。

再会。

（全书完）

咪走鸡：	比喻不要错过了机会。
鬼马：	意思类同于"机灵古怪""搞怪"。
化骨龙：	爱称，多指自家孩子不听话、调皮。
憨鸠鸠：	指人呆滞、傻，有时也用作表示不满之词。
为食猫：	形容嘴馋、贪吃的人。
蛇王：	懒惰、偷懒、好吃懒做的意思。由于蛇大多数时间把身体蜷成一团，待着不动，被广州人视为懒惰的象征。
史狒：	指人的臀部。
眼鲸鲸：	眼神定定的样子。
黐离鳝：	意为神经病、脑子有问题，表达不满或调侃。
唔记DUCK：	意为"不记得"。